AF235953

MICHAEL SCHERFENBERG

GWENN HA DU

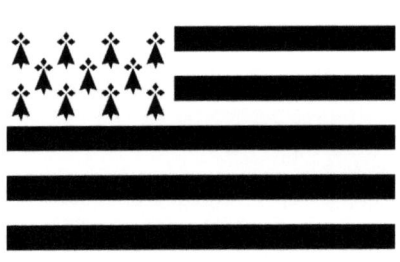

MICHAEL SCHERFENBERG

**GWENN HA DU –
DIE FARBEN DER BRETAGNE**

ROMAN

Bibliografische Information der Deutschen Nationalbibliothek:
Die Deutsche Nationalbibliothek verzeichnet diese Publikation in
der Deutschen Nationalbibliografie; detaillierte bibliografische
Daten sind im Internet über http://dnb.dnb.de abrufbar.

Lektorat: Eugen Schneider und Joseph M. Scherfenberg

Herstellung und Verlag: BoD – Books on Demand, Norderstedt

ISBN: 978-3-7557-1265-7

FÜR

CHARLOTTE, LUISE, JOSS, PHINE, VALENTIN UND THERESE

GWENN HA DU –
DIE FARBEN DER BRETAGNE

1

29. AUGUST 1977 – AUF DEM WEG ZUR ILE DE BRÉHAT

Welch ein Postkartenpanorama eröffnete sich vor ihm durch die Frontscheibe seines Autos! Aber Jean-Yves Toudic, Capitaine und Leiter der Brigade der Gendarmerie Nationale von Paimpol, hatte zutiefst schlechte Laune. Der Grund oder besser die Gründe dafür? En Avant de Guingamp, sein heiß geliebter Heimatverein, war am gestrigen Sonntag in einem Fußballspiel der 2. Division mit 4:1 gegen Angers unter die Räder gekommen. Nach dem Zwischenstand von 0:3 hatte er voller Zorn das Stade Yves Jaguin von Guingamp verlassen. Das Ende der zweiten Halbzeit wollte er sich danach nicht mehr antun. Es reichte. Jetzt saß der Capitaine am folgenden Morgen um 10:30 Uhr in seinem dunkelblauen Dienstfahrzeug, einem Renault R 12, und schaute auf den Hafenanleger der Fähre zur Ile de Bréhat. In wenigen Minuten würde sein Fährschiff kommen. Lustlos biss er in sein Schinken-Tomaten-Baguette, das auf Grund der immer noch sommerlichen Temperaturen schon etwas durchgeweicht war. Gleich auf der Insel könnte er sich im Café du Bourg etwas Frisches zu essen gönnen. Er hatte schließlich noch einiges vor und ein kaum gefüllter Magen würde seine schlechte Laune noch steigern.

Hier auf dem Parkplatz an der Pointe de l'Arcouest standen an diesem Spätsommertag Ende August nur noch wenige Autos. Wie in jedem Jahr waren für die meisten Franzosen die Sommerferien mit dem 15. August, dem Fest- und Feiertag Mariä Himmelfahrt, bereits zu Ende gegangen. Wer jetzt noch eine Fähre auf die Insel nehmen wollte, kam zumeist aus Holland, Deutschland

7

oder dem nahen England, was an den Autokennzeichen schnell zu erkennen war.

Zu den deutschen Touristen fiel Toudic ein, dass ab diesem Sommer 1977 extra für sie ein lokaler Radiosender im nahen Rennes jeden Mittag von 12:00 Uhr bis 13:00 Uhr Nachrichten und Informationen in ihrer Landessprache sendete. – Musste das wirklich sein? Gerade die älteren Leute hier in der Bretagne konnten sich noch zu gut an die schwere und demütigende Besatzungszeit unter den Deutschen erinnern.

Zum Glück waren wenigstens die zahllosen Touristen aus Paris bereits abgereist! Wie gerne lästerten sie doch über die „hinterwäldlerischen" Bretonen. Nahte aber der 14. Juli, der Nationalfeiertag und damit der Beginn vieler Betriebsferien in ganz Frankreich, konnten diese Parisiens gar nicht schnell genug ihre Koffer packen und mit ihren Autos Richtung Westen, in die einzigartige Bretagne, brausen. Denn hier warteten über 1200 Kilometer Küste und damit sorgloser Strand- und Badespaß auf die erholungssuchenden Gäste aus der Hauptstadt. Auch die Culture Bretonne, die sorgfältig gepflegte und lebendige regionale Kultur mit ihren keltischen Wurzeln, zog die Pariser jedes Jahr von Neuem magisch an. Die Bretonen verstanden zu feiern auf ihren traditionellen Fest-Noz-Abenden hier im äußersten Westen Frankreichs. Nach der melancholischen Musik der Dudelsäcke und der sie begleitenden Schalmei war schon mancher Tourist regelrecht süchtig geworden, zumal dazu bis zum Morgengrauen in Gruppen ausgelassen getanzt und gefeiert wurde. In dieser in ganz Frankreich einzigartigen sommerlichen Atmosphäre der Bretagne konnten die Gäste aus der entfernten Hauptstadt den Alltagsstress hinter sich lassen, aus einer Metropole, die gerade im Hochsommer wegen der Millionen Touristen aus der ganzen Welt und der stickigen Luft unerträglich war.

Vor dem Chef des Kommissariats aus dem nahen Paimpol lag an diesem Augusttag eine polizeiliche Routineaufgabe auf der malerischen Kanalinsel im rauen Norden der Bretagne. Eigentlich hätte sich bei dem Gedanken, für einen Tag sein stickiges und verqualmtes Büro in der Rue Jean Moulin in Paimpol für diesen Außeneinsatz auf der Ile de Bréhat verlassen zu können, gute Laune einstellen müssen, aber neben dem verkorksten Fußballspiel vom Vortag nervte ihn noch sein Sohn Hervé, Schüler der Seconde im Lycée Auguste Pavie in Guingamp.

Gerade hatte das Gymnasium einen Blauen Brief nach Hause geschickt, aus dem hervorging, dass Hervé, Schüler der 10. Klasse, seinen Lehrern große Probleme bereitete. Deshalb sollten Toudic und seine Frau Françoise morgen, am Dienstag, um 16:00 Uhr bei Hervés Klassen- und Deutschlehrer, Monsieur Sévellec, im Lycée vorsprechen.

Als ob dies alles noch nicht genug wäre, bedrückte ihn ferner die Aussicht, heute Abend Gaëlle zu sehen, wie jeden Montagabend. Er musste endlich seinen ganzen Mut aufbringen und mir ihr sprechen.

Plötzlich tauchte die Vedette auf und erlöste ihn aus dem immer tieferen Eintauchen in dunkle Gedanken. Das kleine zwischen der Ile de Bréhat und der Pointe de l'Arcouest verkehrende Linienboot brachte nur ein Dutzend Passagiere von der Insel zurück auf das Festland. Langsam tuckerte es Richtung Anleger. Ein Matrose stand schon an der Bugspitze bereit, um gleich das Boot sicher an der Kaimauer zu vertäuen.

Toudic nahm aus dem Handschuhfach das bereits gelöste Ticket, ergriff auf dem Beifahrersitz seine abgewetzte, schwarze Aktentasche und stieg aus seinem Renault.

Nachdem er seinen Dienstwagen abgeschlossen und sein dunkelblaues Offizierséképi aufgesetzt hatte, ging er schnellen Schrittes über den Parkplatz in Richtung Anleger. Dabei grüßte er noch kurz nach links die nette junge Frau im Fahrkartenschalter, bei der er vor circa 20 Minuten sein Ticket erworben hatte. Hinter einer kleinen Schar von Mitreisenden mit Koffern, Fahrrädern oder kleinen Handwagen betrat Toudic als Letzter die Vedette Enez Vréhat. Auf dem Oberdeck fand er mühelos einen bequemen Sitzplatz unter dem ausgeblichenen Sonnensegel. Jetzt freute er sich auf die etwa fünfzehnminütige Überfahrt zur Insel.

9

Nach der kurzen Überfahrt zur Ile de Bréhat würden ihn im Port Clos, dem im Süden der kleinen Insel gelegenen Hafen, die beiden Kollegen vom Gendarmerie-Außenposten Ile de Bréhat in Empfang nehmen.

Das Boot nahm langsam seine Fahrt auf und ließ den Hafen von l'Arcouest hinter sich. Toudic musste wieder an seinen Sohn Hervé denken. Er konnte gut verstehen, dass der Fünfzehnjährige, wenn er mittags gegen 16:00 Uhr oder 17:00 Uhr erschöpft aus der Schule kam, keine große Lust auf seine Hausaufgaben verspürte; aber ein Mindestmaß an schulischem Einsatz musste sein. Sonst könnte Hervé bald seinen Traum vom Abitur vergessen.

Er hatte schon mehrfach erwähnt, in die Fußstapfen des Vaters treten zu wollen. Als Voraussetzung zur Bewerbung als Offiziersanwärter bei der Gendarmerie Nationale galt aber das Abitur.

Schon zwei Wochen nach dem Schuljahresbeginn, der Rentrée, hatten sich mehrere Fachlehrer am Lycée über den Schüler Hervé Toudic beklagt, so dass Professeur Sévellec als Klassenlehrer tätig werden musste und die Eltern einbestellt hatte. Zwar arbeitete Toudics Frau Françoise als Schulbibliothekarin am Lycée Auguste Pavie, aber er war sich nicht sicher, ob sie deswegen in der Lage war, bei Hervés Lehrern ein gutes Wort für ihren Sohn einzulegen.

Zum Glück hatte das Schiff bereits den Port Clos, den Hafen der Insel, erreicht. In der kleinen Schar der dort wartenden Passagiere erkannte Toudic sofort die beiden Kollegen, die am Anleger bereits auf ihn warteten.

Auf ihrem morgendlichen Kontrollgang über die Insel hatten sie an der Nordspitze einen Toten gefunden.

10

2

9. JULI 1940 – AUF DER N 12 NACH GUINGAMP

Ganz ruhig und untertourig schnurrte der Zweizylindermotor der Zündapp KS 750 im Schritttempo über die Route Nationale 12 von Rennes westwärts Richtung Saint Brieuc. Das nagelneue Wehrmachtskrad wurde von dem Gefreiten Ernst Zielinski gesteuert. Konzentriert lenkte er die Maschine hinter einer endlosen Kolonne von Infanteristen her. Das Getriebe war so ausgelegt, dass im ersten Gang mühelos das Marschtempo der Fußtruppe gehalten wurde. Im Beiwagen saß der junge Leutnant Paul Sailer, mit einer Straßenkarte der Bretagne auf den Knien. Da sie am späten Nachmittag nach Westen und damit direkt in die langsam untergehende Sonne hineinfuhren, hatte er sich an dem heißen Julitag schon vor mehreren Stunden seine Sonnenbrille aufgesetzt. Zum Glück näherten sie sich an diesem 9. Juli 1940 langsam ihrem Ziel Guingamp, westlich von St. Brieuc. Deswegen deutete Leutnant Sailer seinem Fahrer mit dem linken Arm an, rechts ran zu fahren, um eine wohlverdiente Marschpause einzulegen.

Der Frankreichfeldzug war beendet und die ganze Bretagne seit dem 23.06.1940 in deutscher Hand. Seit Stunden hatten die beiden von ihrem Krad aus zerstörte französische Panzer und andere Militärfahrzeuge gesehen, die ausgebrannt links und rechts am Straßenrand der N 12 lagen, stumme Zeugen der schweren Kämpfe, die hier in der Bretagne noch bis vor wenigen Tagen getobt hatten. Auch anderes Kriegsgerät der Franzosen lag herrenlos am Straßenrand. Sailer hatte von Kameraden, die, im Gegensatz zu ihm, an den Kämpfen im Juni teilgenommen hatten, gehört, dass sich am Ende ganze Verbände des Feindes den Deutschen kampflos ergeben hatten und in Kriegsgefangenschaft geraten waren. Deshalb kamen ihnen auf dem linken

11

Fahrstreifen der N 12 lange Kolonnen von marschierenden französischen Kriegsgefangenen entgegen, darunter immer wieder Schwarz- und Nordafrikaner, Soldaten aus der Kolonialarmee Frankreichs. Die Wehrmacht hatte ihre geschlagenen Feinde anfangs einige Zeit in behelfsmäßigen Kriegsgefangenenlagern festgehalten. Nun mussten die armen Kerle noch bis Rennes laufen, um von dort aus per Bahn nach Osten, Richtung Deutschland, abtransportiert zu werden, einem unsicheren Schicksal entgegen.

Sailer verspürte fast so etwas wie Mitleid mit den erschöpften und demoralisierten Franzosen.

Zielinski bog an einer Einmündung nach rechts auf einen Feldweg ab. Etwa 20 Meter dahinter brachte er die Maschine zum Stehen. Sailer kletterte sofort aus dem Beiwagen und setzte seinen Stahlhelm ab, den er die ganze Zeit getragen hatte.

Zwei Stunden nach dem letzten Halt tat es gut, endlich ein paar Schritte auf dem Feldweg hin und her zu gehen und die müden Glieder dabei ausstrecken zu können. Der Leutnant hatte sich gerade mit Hilfe der Karte über ihren aktuellen Standort informiert und dabei festgestellt, dass ihr Ziel, Guingamp, nur noch etwa 45 Kilometer von ihnen entfernt lag. Diesen Ort würden sie leicht vor Anbruch der Dunkelheit erreichen. Es gäbe dann keine Schwierigkeiten, sich in der dortigen Kommandantur anzumelden und eine Unterkunft zugewiesen zu bekommen.

Aus der rechten Tasche seines Uniformrocks zog Sailer eine Packung Senoussi, öffnete sie und bot Zielinski zuerst eine Zigarette an. Beim Rauchen standen sie einen Moment lang schweigend nebeneinander und genossen die Stille. Heute Morgen hatten sie in Rennes ihre Dienstfahrt nach Westen angetreten und konnten auf der Nationalstraße anfangs zügig vorankommen. Erst gegen Mittag, kurz vor Lamballe, stießen sie erstmals auf vor ihnen langsam marschierende Kameraden. Ab da ging es auf ihrem Motorrad nur noch schleppend voran. Wegen des Gegenverkehrs durch die langen Kolonnen von französischen Kriegsgefangenen war ans Überholen kaum mehr zu denken.

Als Sailer seine Zigarette aufgeraucht und die Kippe auf den Boden geschmissen hatte, schaute er sich interessiert um. – Ja, er kannte Frankreich gut, so hatte er noch vor einigen Tagen gedacht. Aber was er hier in der kurzen Zeit und auf dem Weg von Rennes links und rechts der N 12 gesehen und beobachtet hatte, ließ sich mit seinem ursprünglichen Frankreichbild kaum in Einklang bringen. Sein Wissen darüber basierte bis jetzt auf Schulbüchern, dem Studium von Reiseliteratur und den Erzählungen der Alten, die 14/18 den „Großen Krieg" an der Westfront mitgemacht und ihm so viel von dem Land und den „Franzmännern" erzählt hatten. Auch sein Vater und einige seiner Lehrer in der Volksschule und danach auf dem Gymnasium mussten bei jeder sich bietenden Gelegenheit anfangen, davon zu berichten. Erst vor einer Woche hatte ihn sein Bataillons-Kommandeur von Freiburg nach Paris zu einem Lehrgang geschickt. Auf Grund seiner sehr guten Französischkenntnisse, die aus Sailers Personalakte hervorgingen, sollte der junge Offizier in seine kommende Aufgabe eingewiesen werden: Das 6. Aufklärungsbataillon mit Sitz in Guingamp brauchte dringend einen Dolmetscher.

Auch Zielinski hatte in der Zwischenzeit seine Zigarette aufgeraucht und betrachtete voller Stolz und mit Kennerblick die am Rande des Feldwegs stehende Zündapp. Das graue Leder der beiden Packtaschen glänzte in der Abendsonne. Darin hatten Zielinski und der Leutnant heute Morgen vor ihrem Aufbruch aus Rennes ihr karges Marschgepäck verstaut. Die feldgrau gespritzte Maschine war nach der heutigen Fahrt etwas eingestaubt. Morgen in Guingamp würde er Zeit finden, sie wieder auf Hochglanz zu polieren.

Die perfekte Pflege eines ihm anvertrauten Fahrzeugs hatte er schon in der Automechanikerlehre im Fuhrpark der Brauerei Paul Kipke in Breslau gelernt. Nach seinen drei Lehrjahren übernahm ihn die Firma 1932. Kurz vor seiner Einberufung als Reservist zur Wehrmacht im August 1939 durfte er im Personalbüro noch eine kleine Urkunde und eine Geldprämie für zehn Jahre treue Dienste bei Kipke entgegennehmen. – Was war nicht alles

13

seitdem in den letzten neun Kriegsmonaten passiert, vor allen Dingen beim Einmarsch in Polen!

Nur Weniges davon würde er bei seinem ersten Heimaturlaub seiner Verlobten Hedwig erzählen können.

Hedwig arbeitete im Lohnbüro bei Kipke und seit einer Weihnachtsfeier ihrer Brauerei von vor zwei Jahren waren sie ein festes Paar. Eigentlich wollten sie dieses Jahr Weihnachten heiraten. Zielinski ging jetzt ganz nah an die Zündapp heran und überprüfte nochmals den Sitz des Reservereifens, der am hinteren Ende des „Bootes", wie die Kradfahrer den Beiwagen liebevoll nannten, angeschraubt war. Alles schien in Ordnung zu sein.

Die Flügelschraube zur Befestigung des Ersatzreifens hatte er gestern vorsichtshalber noch einmal nachgezogen und die beiden links und rechts am Beiwagen verzurrten Reservekanister vorschriftsgemäß aufgefüllt.

Sailer und Zielinski gehörten ursprünglich einer motorisierten Heereseinheit an, die in einer Kaserne im Norden Breslaus beziehungsweise im nahen Liegnitz beheimatet war. Doch der Krieg hatte sie hierher ganz in den Westen Frankreichs, in die Bretagne, verschlagen. Erst gestern in Rennes war der Gefreite dem Leutnant als persönlicher Fahrer vorgestellt und zugeteilt worden. Seitdem hatten sie noch nichts Privates miteinander besprochen. Beide horchten auf, als sie das abendliche Angelusläuten einer Dorfkirche in der Ferne vernahmen. Nach dem Ende des Glockenläutens hörte man das Brüllen von Kühen und metallisches Klappern, das von einer Weide herrührte, die einige hundert Meter weg von ihrem Krad liegen musste.

Obwohl Sailer ein Großstadtkind aus Breslau war, kam ihm diese typische Abendstimmung auf dem Land so vertraut vor: Während seiner Schulferien durfte er regelmäßig seinen Onkel Georg besuchen, der am Fuß des Riesengebirges mit seiner Familie eine kleine Landwirtschaft betrieb. Als Feriengast machte er sich auf dem Hof der Verwandten nützlich. Sailer kannte sich

14

deshalb mit der schweren Feldarbeit und dem Versorgen der Tiere auf einem Bauernhof aus.

Der Leutnant drängte langsam zur Weiterfahrt. Sie durften ihr heutiges Ziel, Guingamp, nicht zu spät erreichen.

Ein letztes Mal vor dem Wiederaufbruch gen Westen wollte er den Rundumblick und die abendliche Ruhe genießen.

Links und rechts des Feldwegs und soweit das Auge reichte, erkannte er knorrige Apfelbäume, an denen fast reife Früchte hingen, wahrscheinlich zum Mosten bestimmt. Parallel dazu und als Schutz der Weiden und Ackerflächen vor Sturm und Regen verlief jeweils eine circa 1,50 Meter hohe Mauer aus aufeinander gestapelten Feldsteinen. Im Schatten der Mauern hatten sich kräftige Ginsterbüsche ausgebreitet, die jetzt in knallgelber Blüte standen.

Plötzlich zog eine immer näher auf sie zu kommende Staubwolke das Interesse der beiden Deutschen auf sich. Hufgetrappel und das Knirschen von eisenbereiften Wagenrädern kündigten die baldige Vorbeifahrt eines Pferdegespanns an. Sailer und Zielinski traten instinktiv zur Seite. Vor ihren Augen tauchte ein riesiges hellbraunes Zugpferd auf, das vor einen groben einachsigen Wagen gespannt war. Auch Zielinski, der sich mit Pferden auskannte, war über diesen Koloss von Pferd erstaunt. Die stämmigen Brauereipferde bei Kipke, mit denen die Bierkutscher ihre Getränke ausfuhren, waren bei weitem nicht so schwer wie das Pferd, das gerade in leichtem Trab an ihnen vorbeizog.

Auf dem Kutschbock des Einspänners erkannte Sailer vorne links einen Bauern, mit einer abgewetzten Joppe bekleidet und einer karierten Schlägermütze auf dem Kopf.

In seinem rechten Mundwinkel hing ein erkalteter Zigarettenstummel. Neben ihm saß eine Bäuerin, wahrscheinlich seine Frau. Beide waren mittleren Alters, aber Sailer kamen sie sehr verhärmt vor, wahrscheinlich bedingt durch die harte Arbeit, die sie von Kindesbeinen an täglich verrichten mussten.

Wenn das plötzliche Auftauchen und die Vorbeifahrt des Pferdefuhrwerks nicht so schnell passiert wären, hätte Sailer noch die Zeit gehabt, diese Szene mit seiner Leica III zu fotografieren. Man hatte sie ihm heute Morgen als Dienstapparat gerade erst ausgehändigt. – Schade!

Vor allen Dingen die Tracht der Bäuerin erregte seine Aufmerksamkeit: Ihr hohes weißes Spitzenhäubchen auf dem Kopf, mit den beiden nach unten hängenden Schläfenbändchen, die dunkle Bluse und das mit großen Blumenmustern dezent verzierte Schultertuch hätten ein bemerkenswertes Motiv abgegeben. Das daraus entstandene Foto wäre ein ideales erstes Lebenszeichen aus der Bretagne an seine Familie in Breslau gewesen.

Nur kurz hatte die Frau neugierig vom Kutschbock aus auf die beiden Deutschen heruntergeschaut, als sie von ihrem Mann scharf angefahren wurde. Eingeschüchtert wandte sie ihren Kopf zur anderen Seite. Sailer hatte kein Wort von dem verstanden, was der Bauer gerade seiner Frau zugerufen hatte. Das musste wohl Bretonisch sein, diese alte keltische Sprache, die traditionellerweise hier auf dem Lande gesprochen wurde, vor allen Dingen im Westen der Bretagne. Er würde in den nächsten Wochen und Monaten viel Zeit haben, Näheres über diese ihm bisher unbekannte Sprache und Kultur in Erfahrung zu bringen. Seine Ausbilder hatten gerade auf dem einwöchigen Vorbereitungslehrgang in Paris schon einiges über den besonderen Charakter der Bretagne berichtet.

In der Zwischenzeit erreichte das Fuhrwerk die Einmündung zur N 12 und blieb hier stehen. Der Bauer schaute kurz nach links und rechts. Nach einem lauten Peitschenknall und einem energischen »Allez!« setzte sich das Gefährt wieder behäbig in Bewegung und verschwand nach und nach auf der gegenüberliegenden Seite der Nationalstraße auf einer schmalen Landstraße in Richtung eines kleinen Dorfes. Von dort musste vorhin das Angelusläuten gekommen sein. Gerne hätte Sailer auch die Zeit gehabt, sich die auf der Ladefläche sitzenden kleinen Kinder der Bauern etwas näher anzuschauen. Waren es drei oder vier gewesen? Durch die hölzernen Gitterstäbe der Bordwand des

Wagens hatte er sie nur schemenhaft wahrgenommen, eingezwängt zwischen mehreren Milchkannen sitzend.

Als Sailer sich jetzt seinen Stahlhelm wieder aufsetzte, holte Zielinski den Zündschlüssel des Motorrads aus seiner linken Hosentasche hervor. Er steckte ihn in das Zündschloss am oberen Rand des Scheinwerfers, öffnete den Benzinhahn und trat beherzt den Kickstarter durch. Sofort setzte sich der noch warme Boxermotor der Zündapp regelmäßig tuckernd in Gang.

Sailer hatte in der Zwischenzeit wieder seinen Platz im Seitenwagen eingenommen. Die Fahrt auf der N 12 Richtung Guingamp konnte weitergehen. Heute Morgen waren die beiden beim Studium der Straßenkarte schon zu dem Ergebnis gekommen, dass sie noch vor Guingamp unbedingt eine Tankstelle ansteuern mussten. Jetzt, gegen 18:20 Uhr, durchquerten sie auf der N 12 einen kleinen Ort kurz vor Saint Brieuc namens Yffiniac. Am Ortsausgang erkannten sie die kleine Dorftankstelle, inzwischen von der Wehrmacht requiriert.

Zielinski steuerte die Zündapp nach rechts und bremste vor einer kleinen Holzbaracke ab. Umgehend zeigte sich ein junger deutscher Soldat in einem ölverschmierten grauen Arbeitskittel. Unaufgefordert hielt ihm Sailer aus dem Beiwagen heraus sein Soldbuch und den Fahrbefehl entgegen. Der Soldat schaute kurz auf die beiden Dokumente, legte diensteifrig seine Hand an den rechten Rand seiner Feldmütze und schleppte zwei Zehnliterkanister Benzin heran. Zielinski füllte umgehend den 23-Liter-Tank der Maschine damit wieder auf. Die beiden Reservekanister waren für den Notfall reserviert. Sie konnten ihre Fahrt fortsetzen. Seit heute Morgen bereits hatte Sailer bemerkt, dass kaum Fahrzeuge mit französischen Kennzeichen unterwegs waren. Zum einen schien es hier in der Bretagne wenig Autos zu geben und außerdem war das Benzin schon seit September 1939 und dem Beginn des Krieges für Zivilisten rationiert worden. Doch fielen ihm hier und da abgestellte und verwaiste PKW auf, augenscheinlich zwangsweise stillgelegt und auf Kanthölzer oder kleine

17

Stapel aus Steinen aufgebockt. Die deutsche Wehrmacht würde sich bestimmt bald dafür interessieren.

Rasch durchquerten sie die Departements Hauptstadt Saint Brieuc. Kurz vor dem westlichen Ausgang der Stadt bemerkte Sailer rechts neben der N 12 an einer dieser hier typischen Kirchen aus grob behauenem grauen Granitstein ein Kriegerdenkmal aus dem Krieg von 14/18. Davor standen zwei französische Gendarmen, rauchend und entspannt auf die Rahmenstange ihrer Dienstfahrräder gestützt. Als das Krad an ihnen langsam vorbeifuhr, grüßten sie lässig durch Handanlegen an ihr Képi. Sailer grüßte militärisch korrekt zurück.

Aber hatte er nicht gerade einen Anflug von Spott auf ihren Gesichtern erkennen können?

Daran musste er sich wohl gewöhnen. Er und seine Kameraden waren schließlich nicht als Gäste, sondern als Okkupanten in Feindesland gekommen.

Gleich hinter St. Brieuc brachte das Hinweisschild „Guingamp – 36 Kilometer" Sailer wieder auf andere Gedanken. – Na endlich!

Zielinski gab noch einmal Vollgas, zumal die gut asphaltierte Landstraße vor ihnen völlig frei war. Es machte ihm sichtbar Spaß, jetzt kurz vor dem Ziel einmal alles aus dem 26 PS starken Motor der Zündapp herauszuholen. Während der Fahrt schaute der Gefreite ab und zu nach rechts auf den im Beiwagen sitzenden Leutnant. Sailer war tatsächlich eingeschlafen. Kein Wunder nach dieser langen und beschwerlichen Fahrt und für Stunden eingezwängt in dem Beiwagen. Hinter einer scharfen Rechtskurve und einem kleinen Hügel tauchte endlich Guingamp vor ihnen auf. Überhastet schaltete Zielinski in einen kleineren Gang, was der Motor mit einem lauten Aufheulen quittierte. Sofort war Sailer wieder hellwach. Unter den zahlreichen in deutscher Sprache gehaltenen Hinweisschildern am Straßenrand machte der Leutnant das Schild „Kommandantur" aus und gab seinem Fahrer per Handzeichen den Befehl, jetzt die N 12 nach rechts zu verlassen. Langsam rumpelte die Maschine über das grobe und holprige Kopfsteinpflaster der Chaussee. Vor ihnen lag das kleine Städt-

18

chen Guingamp. Neugierig schaute Sailer auf die Reste einer Jahrhunderte alten Stadtmauer, die noch keinen richtigen Blick auf die dahinter liegende kleine Provinzstadt freigab. Nur der hohe Turm einer stattlichen Kirche zeichnete sich bereits deutlich ab.

Kurz bevor Zielinski die Zündapp durch das schmale östliche Stadttor steuerte, stellte sich bei Sailer ein Gefühl großen Glücks ein: Er, Leutnant Paul Sailer, stolzer Offizier der siegreichen deutschen Armee, 24 Jahre jung, freute sich auf das Abenteuer Guingamp!

3

29. AUGUST 1977 – EIN RÄTSELHAFTER FUND

»Bonjour, Monsieur le Capitaine!«

Die beiden am Hafen wartenden Gendarmen, Le Gall und Guillou, freuten sich sichtbar, ihren Chef zu sehen. Sie waren es, die ihn heute Morgen telefonisch alarmiert hatten. Ein Leichenfund auf der friedlichen Insel. Auch wenn bisher nichts auf ein Verbrechen hinwies, wollten sie gerne, dass sich ihr Hauptmann selbst ein Bild vor Ort machte. Nur in der Ferienzeit war der Polizeiposten auf der kleinen Insel Bréhat mit zwei Beamten aus Paimpol besetzt. Abwechselnd verrichteten zwei Gendarmen jeweils für einen Monat hier ihren Dienst. Im Gegenzug dafür bekam Toudic im Sommer personelle Unterstützung durch Polizisten aus anderen Teilen Frankreichs. Gerade in der Ferienzeit und einem Ansturm von 300.000 Touristen gab es in der quirligen Hafenstadt Paimpol für ihn und seine Leute besonders viel Arbeit. Bei der Diensteinteilung hatte Toudic nie Schwierigkeiten, aus der Gruppe seiner Feldwebel zwei Freiwillige für Bréhat zu finden. Diese vier Wochen Dienst auf der malerischen und nur drei Quadratkilometer großen Insel galten unter den Ordnungshütern eher als Urlaub. Obendrein vergoldeten ihnen noch ein lukratives Trennungsgeld und Tagesspesen die Zeit auf Bréhat.

Ihre Arbeit bestand lediglich darin zu überwachen, dass nicht ohne Erlaubnis am Strand geangelt wurde, oder Touristen, die mit ihren *vélos* über die spärlichen Inselwege rasten, in ihre Schranken zu weisen. Gelegentlich mussten die Gendarmen auch eingreifen, wenn Restaurantgäste die Zeche prellten oder Ausflügler am Souvenirladen Andenken ohne Bezahlung mitgehen ließen.

Ansonsten benutzten einige Fischer und Bauern auf dieser autofreien Insel Minitrecker. Der weitere Fuhrpark bestand lediglich aus einem kleinen Jeep für die Inselärztin, der gleichzeitig von den Pompiers, den Feuerwehrleuten, im Notfall benutzt wurde. Letztere verfügten auch noch über ein SAVIEM Löschfahrzeug und ein kleines Seenotrettungsboot.

Außerhalb der Ferienzeit kamen die etwa 350 ständigen Inselbewohner mühelos ohne *flics* aus. Aber von Mai bis September zog es hier Tausende von Gästen auf die „Blumeninsel", wie Bréhat auch auf Grund ihrer farbenprächtigen Blumen- und Pflanzenvielfalt genannt wurde. Die meisten reisten mit dem Fährschiff als Tagesgäste an. Andere blieben länger. Sie fanden eine Unterkunft in den Inselhotels oder mieteten sich bei den Insulanern ein. Viele junge Leute zogen es vor, einfach ihr Zelt auf dem Campingplatz unweit des Hafens, aufzuschlagen. Wenn hier des Nachts zu laut gefeiert wurde, waren ebenfalls die beiden Gendarmen aus Paimpol gefordert.

Auch die Angehörigen der diensthabenden Beamten kamen gerne am Wochenende auf Besuch, aber nur als Tagesgäste. Es war schon schwierig genug, den beiden Polizisten ein winziges Büro und eine spartanische Unterkunft über dem kleinen Feuerwehrstützpunkt der Ile de Bréhat zur Verfügung zu stellen. Aber alles in allem ließ es sich als Polizist auf Zeit wirklich sehr gut aushalten auf diesem herrlichen Stückchen Erde, nur fünf Kilometer vom Festland entfernt.

»Bonjour, Messieurs!«, begrüßte Toudic seine beiden Kollegen freundlich.

»Was ist passiert?« Die beiden Gendarmen berichteten kurz darüber, wie sie heute Morgen gegen 7:30 Uhr auf ihrer Routinepatrouille über die Insel eine männliche Leiche gefunden hatten. Sie habe am Fuß des Leuchtturms Le Paon, an der Nordspitze Bréhats, am Strand gelegen. Nachdem sie den Fundort sorgfältig abgesucht, gesichert und im näheren Umkreis alles vorsorglich fotografiert hatten, sei der tote Mann mit Hilfe der Inselfeuerwehr zum Bourg de Bréhat, dem kleinen Siedlungszentrum der Insel, gebracht worden.

»Mon Capitaine, gehen wir am besten direkt zum Kühlhaus der Fischereigenossenschaft. Dorthin haben wir den Leichnam vorsichtshalber bringen lassen«, schlug Le Gall vor.

Die drei Gendarmen ließen den kleinen Hafen hinter sich. Mit einem lauten Signal des Schiffshorns verabschiedete sich gerade die Fähre, mit der Toudic vorhin angekommen war, und nahm ihre 15-minütige Rückfahrt Richtung Pointe de l'Arcouest auf. Toudic, Le Gall und Guillou stiegen am Ende des Hafengeländes ein gutes Dutzend Steinstufen hinauf. Oben angekommen, zogen die drei Uniformierten sogleich viele neugierige Blicke der Touristen auf sich. Vor ihnen lag Le Bourg de Bréhat, der Dorfmittelpunkt der Insel. Alles war Toudic so vertraut. Er besuchte seit vielen Jahren gerne die Ile de Bréhat, bisher aber immer privat. Er freute sich jedes Mal, hier zu sein, auf dieser einzigartigen Insel mit ihrem milden Klima, vom Golfstrom umspült. Schnellen Schrittes überquerten die drei Beamten den überschaubaren, aber sehr belebten Kirchplatz mit seinen Souvenirläden, einladenden Restaurants und Crêperien. Auch ein kleiner Supermarché befand sich hier.

Toudic schaute kurz sehnsüchtig auf den Außenbereich eines Restaurants, dessen Plätze, bestens beschirmt, allesamt besetzt waren. Es war Mittagszeit. Gerne hätte er sich dazu gesetzt

21

und etwas Kaltes getrunken. Auch wäre es Zeit für einen frischen Salat gewesen. Erst jetzt bemerkte er, wie schwer ihm sein durchgeweichtes Sandwich von heute Morgen im Magen lag. Deswegen war es gut, ein paar Schritte zu laufen. Am rechten Rand des Marktplatzes lag die Mairie, das kleine hübsche Rathaus der Insel. Links oben über dem Eingang hing bewegungslos eine große bretonische Fahne.

Gwenn ha Du, weiß und schwarz, gestreift. Kein Lüftchen regte sich. Auch die daneben hängende Trikolore baumelte schlaff vom oberen Türrahmen herab.

»War sie nicht deutlich kleiner als die bretonische Flagge?«, fragte sich Toudic. Gerade hatten sich Le Gall und Guillou mit einem Taschentuch Schweiß von der Stirn abgewischt. Kein Wunder bei dieser Mittagshitze und in ihren dunkelblauen Uniformen, mit dem obligatorischen Dienstképi auf dem Kopf.

Auch Toudic fing an, sich ein schattiges Plätzchen sehnlichst herbeizuwünschen. Unter Platanen neben der Dorfkirche Notre Dame de Bréhat beobachtete er ein paar Insulaner beim Boule-Spiel. Diese sechs Bréhatins im Ruhestand mit ihren von Wind und Wetter gegerbten Gesichtern trugen Schirmmützen, langärmelige Hemden und lange helle Hosen aus leichtem Stoff. Natürlich wurde die ewige filterlose Gauloises in ihrem Mundwinkel auch während des Spielens nicht abgelegt. Von der Kirche mit ihrem nach oben offenen gemauerten Glockenturm schlug die Uhr jetzt drei Mal. 11:45 Uhr.

»Allez, on va prendre l'apéritif!«

Zeit für die alten Herren, die Kugeln einzupacken und aufzubrechen. Toudic blickte ihnen neidisch hinterher, wie sie den neben der Kirche liegenden Bar Tabac ansteuerten, um dort im kühlen Inneren ihren täglichen Aperitif zu trinken.

Endlich zeigte Le Gall nach links.

»Wir sind gleich da, mon Capitaine.«

Obwohl sich Toudic ganz gut auf der Insel auskannte, war ihm das Kühlhaus der Inselfischer noch nie aufgefallen. Es musste wohl neueren Datums sein. Sie bogen nach links ab und setzten unterhalb der auf einem kleinen Hügel gelegenen Kapelle Saint Michel ihren Weg durch ein Fleckchen Heidelandschaft fort. Etwa 200 Meter hinter Saint Michel und noch mit genügend Abstand zur schroffen und steilen Felsküste lag ein moderner Zweckbau mit Flachdach. Zwei kleine Traktoren mit Anhänger parkten davor. Von einem dieser Einachser bellte ein struppiger Schäferhundmischling die drei Männer wütend an. Zum Glück war er an dem kleinen Anhänger angekettet. Überall roch es stark nach Fisch.

Vor dem Eingang des Gebäudes döste ein junger Mann in einem blauen Overall, der auf einem knallbunten Campingstuhl saß. Als er die drei Gendarmen ankommen sah, schreckte er hoch. Le Gall hatte den jungen Feuerwehrmann heute Morgen angewiesen, den Eingang zu bewachen. Kein Unbefugter sollte Zugang zum Kühlraum bekommen.

»Salut, Madame le Docteur wartet drinnen schon auf Sie.« Der junge Pompier war erkennbar froh über das Ende seiner Mission.

Mit einem kurzen Kopfnicken ging Le Gall an dem Mann vorbei und öffnete wortlos die Eingangstür des Gebäudes. Die beiden anderen folgten ihm. Sie betraten eine größere Vorhalle. Links hingen Fischernetze an der Wand. In geräumigen Holzregalen stauten sich unterschiedliche Arbeitsutensilien für den Fischfang, wie Plastikbehälter in allen Größen und Formen, Fangkörbe sowie Kühlboxen aus Styropor. Neben dem letzten Regal lagerte noch ein kleines, ausrangiertes Beiboot aus hellem Hartplastik, das bestimmt bis vor kurzem zur Ausrüstung eines Fangbootes gehört hatte. Rechts war hinter einer Glasscheibe ein kleines Büro zu erkennen, in dem zwei Fischer mit der Sekretärin der Fischereigenossenschaft diskutierten. Die junge Frau schaute kurz auf und lächelte den drei Beamten freundlich zu. Die beiden Fischer schienen hingegen von den Gendarmen keine Notiz zu nehmen.

Am Ende der Vorhalle schob Le Gall eine schwere Schiebetür aus Milchglas auf. Sofort hörte man das dumpfe Brummen des Kühlaggregates. Eisige Luft schlug den Gendarmen ent-

23

gegen. Überall grüne oder graue Plastikwannen. Hier stand der frisch eingelagerte Fang und wartete darauf, an Kunden auf der Insel oder im nahen Paimpol für gutes Geld verkauft zu werden. Aber auch im fernen Paris fanden frische Austern, Muscheln, Hummer und Meeresfische aus der Bretagne ihren reißenden Absatz. Wenige Augenblicke nach dem Betreten der Kühlhalle fing Toudic an zu frieren. Ein Temperatursturz von mehr als 40 Grad Celsius innerhalb von Sekunden. – Mon Dieu! In der Mitte der Kühlhalle erleuchtete ein Deckenstrahler in hellem Licht einen langen Holztisch, auf dem die unbekleidete Leiche lag. An der Kopfseite des Tisches stand die Inselärztin. Le Gall und Guillou hatten sie nach dem Auffinden des Toten heute Morgen um eine erste Begutachtung des Toten gebeten. Toudic ging auf sie zu, stellte sich vor und begrüßte per Handschlag die zierliche Frau mittleren Alters, Madame Prigent. Über ihrem Ärztekittel trug sie eine helle Gummischürze. Le Gall und Guillou schauten neugierig auf den Untersuchungstisch, blieben aber in respektvollem Abstand dazu stehen.

»Was können können Sie bereits sagen, Madame Prigent?«

»Der Mann müsste um die 60 Jahre alt sein. Rein äußerlich befand er sich in einem guten gesundheitlichen Zustand. Kein Übergewicht, 171 cm Körpergröße, guter Zustand der Zähne. An zwei Stellen sind schwere Kopfverletzungen deutlich zu erkennen. Wahrscheinlich hat er sie sich beim Sturz vom Felsen aus mehreren Metern Höhe zugezogen. Auf den ersten Blick deutet nichts auf eine Fremdeinwirkung hin.«

»Und der Todeszeitpunkt?«

»Vermutlich irgendwann gestern Abend«,

erwiderte Madame Prigent.

»Haben Sie sonstige Beobachtungen gemacht, Madame?«

»Dem Toten fehlen zwei Zehen, links der kleine, rechts die mittlere Zehe und…«

»Ja, Madame …«

»…unter drei Fingernägeln der rechten Hand habe ich kleinere Blutreste entdeckt. Vielleicht hat sich der Mann einfach

24

nur gekratzt oder sie rühren vom Sturz her. Der Tote hatte keine Papiere bei sich. Seine Kleidung sehen Sie hier«. Dabei zeigte sie auf einen quadratischen metallenen Beistelltisch, der rechts neben dem großen Tisch stand.

»Das Fehlen der beiden Zehen erklärt auch, warum er orthopädische Schuhe trug. Brauchen Sie mich noch, meine Herren? Ansonsten warten ab 13:00 Uhr meine Hausbesuche bei mehreren Patienten auf mich.«

Toudic antwortete umgehend:

»Nein, wir haben uns ein Bild gemacht. Ich danke Ihnen für Ihre Mühen, Madame Prigent.«

Behändo deckte die Ärztin eine helle Plastikplane über die Leiche und befreite sich danach von ihrer Schürze und ihrem Kittel. Darunter trug die dezent geschminkte Frau eine makellos weiße Bluse und eine helle Jeans. Ihr dunkles natürliches Haar, kurz geschnitten und nur von einigen silbernen Fäden durchzogen, rundete das Bild einer immer noch sehr attraktiven und sportlichen Frau um die 50 Jahre ab. Madame Prigent verstaute ihren Kittel und die Schürze in einem an der Wand stehenden Blechspind. Daraus entnahm sie ihren kleinen Rucksack und setzte sich eine modische Sonnenbrille im Peter-Fonda-Stil auf.

Beim Verlassen des Kühlraums versprach sie Toudic, ihm in den nächsten Tagen einen kurzen schriftlichen Bericht zukommen zu lassen. Auf Toudic hatte diese bemerkenswerte Frau mit ihren braunen Augen, ihrer warmen Stimme und ihrem festen Blick Eindruck gemacht.

Die drei Polizisten verließen ebenfalls den Kühlraum. Toudic bat die Sekretärin darum, den drei Polizisten für fünf Minuten das Büro zu überlassen. Die beiden Fischer hatten das Büro inzwischen verlassen. Die junge Frau nahm die Möglichkeit freudig an, jetzt gleich im Freien eine Zigarette rauchen zu können.

»Wie schätzen Sie die Lage nach dem Bericht von Madame Prigent ein, Messieurs?«, begann Toudic.

Ziemlich schnell waren sich die Beamten darüber einig, dass vor allen Dingen wegen der Blutspuren unter den Fingernägeln

25

doch eine Obduktion in der Gerichtsmedizin durchzuführen sei. Toudic bediente sich des Telefons im Büro der Fischereigenossenschaft und rief bei der Präfektur in der Departements-Hauptstadt Saint Brieuc an. Nach einem kurzen Gespräch konnte er seinen beiden Kollegen Folgendes mitteilen: In gut einer Stunde würde von dort ein Hubschrauber der Gendarmerie Nationale den Toten abholen und zur Rechtsmedizin der Universitätsklinik in Rennes, dem Centre Hospitalier Universitaire (CHU), bringen.

Als die Sekretärin jetzt wieder ins Büro zurückkehrte, wies der Hauptmann sie an, den Kühlraum bis zum Eintreffen der Kollegen aus St. Brieuc zu verschließen.

Endlich draußen vor der Tür des Gebäudes der Fischereigenossenschaft angekommen, schlug Toudic Le Gall und Guillou vor, am Kirchplatz eine Mittagspause einzulegen.

Die beiden Beamten nahmen diesen Vorschlag ihres Chefs hoch erfreut auf.

»Nach der Mittagspause«, so kündigte Toudic an, »nehmen wir drei noch einmal den Fundort des Toten am Leuchtturm ganz genau unter die Lupe! – Vielleicht ergibt unsere Nachsuche mit sechs Augen doch noch etwas Neues!«

4

10. JULI 1940 – DIENSTBEGINN IN GUINGAMP

Nach ihrer Ankunft am Vorabend des 10. Juli in Guingamp hatten sich Sailer und Zielinski gegen 19:15 Uhr gleich in der örtlichen Kommandantur angemeldet. Dort erfuhren sie, wo sie in Guingamp Quartier beziehen sollten: Der Gefreite bekam ein Bett in der nahen Infanterie-Kaserne zugewiesen. Bis zu ihrem

26

militärischen *débâcle* der französischen Armee vom Mai/Juni 1940 war hier das 48. Régiment d'Infanterie stationiert.

Auf Sailer wartete ein Zimmer in einem Haus in der Rue du Docteur Corson. Der Leutnant befahl seinem Fahrer, am nächsten Morgen um 11:00 Uhr vor der Kommandantur am Boulevard Clemenceau auf ihn zu warten. Zum Glück war Guingamp nur eine kleine Provinzstadt mit 6000 Einwohnern, so dass sich beide Soldaten hier schnell zurechtfinden würden. Sailer war die wenigen Schritte von der Kommandantur bis zur Rue du Docteur Corson zu Fuß gegangen. Neugierig hatte er sich auf seinem Weg in die neue Bleibe umgeschaut.

In dem Ort herrschte eine gespenstische Ruhe, nur kurz unterbrochen von einigen Fahrzeugen der Wehrmacht, die scheppernd über das Straßenpflaster rumpelten. Von den Einheimischen war jetzt gegen 19:35 Uhr und kurz vor dem allgemeinen Ausgangsverbot niemand zu sehen. Wahrscheinlich hielten sie immer noch den Kopf eingezogen und wollten abwarten, was die vor kurzem über sie gekommenen deutschen Besatzer vorhatten, dachte sich Sailer. Beim Überqueren der kleinen Place Saint Michel, kurz vor seinem Ziel, flog die Tür einer Bar auf und zwei junge Männer, die wild aufeinander einprügelten, platzten heraus. Der eine von ihnen blutete kräftig aus der Nase, der andere beschimpfte ihn wüst. Als sie jedoch den deutschen Soldaten sahen, ließen sie sofort erschrocken voneinander ab und verschwanden fluchtartig im Inneren der Kneipe. Deren Namen erfuhr Sailer durch das Schild über der Eingangstür: "Ty Jakez". – »Klingt seltsam«, dachte sich der Leutnant.

Die Rue du Docteur Corson lag jetzt direkt vor ihm. Sie machte auf ihn gleich einen sympathischen Eindruck. Links und rechts standen Einfamilienhäuser aus grauem Granit oder braunen Natursteinen unterschiedlicher Größe und Färbung. Allen gemein war die Bedachung mit Ziegeln aus Schiefer. Die mehrheitlich sehr gepflegten Häuser standen direkt an der engen Straße und ließen keinen Blick auf die dahinter liegenden Gärten zu.

Wahrscheinlich waren die Grundstücke noch viel größer, als der Betrachter von der Straße aus vermuten konnte, dachte sich Sailer. Von der Place Saint Michel her kommend stieg die Straße leicht an. Als der Leutnant nach wenigen Metern einen parkenden VW-Kübelwagen auf der linken Straßenseite ausmachte, wusste er, dass er die Hausnummer 19 erreicht hatte. Kurz blieb er davor stehen. Aus seiner Heimat Breslau über Freiburg, Paris und Rennes hatte ihn der Krieg hierher verschlagen, ganz in den Westen Frankreichs, nach Guingamp, nach seinen ersten Eindrücken eine beschauliche Provinzstadt, von der er vorher noch nie etwas gehört hatte.

Zur Straße hin begrenzte ein geschmiedeter Zaun mit hohen schwarzen Streben und mit pfeilähnlichen Spitzen das Grundstück Nummer 19. Beim Betreten des Anwesens bemerkte Sailer über der schweren Außentür an der Straße die beiden in geschwungener Schrift gehaltenen Wörter „Ker Bugale".

Wohl ein weiteres Zeugnis aus der bretonischen Sprache? In den nächsten Tagen und Wochen böte sich ihm bestimmt genügend Zeit, dieser Frage nachzugehen, sagte sich Sailer. Vielleicht sollte er sich auch bald ein bretonisch-französisches Wörterbuch kaufen. Am Marktplatz gäbe es bestimmt einen Buchladen.

Auch die Nummer 19 glich den anderen Häusern in der Straße. Sailer fand gleich Gefallen an den hellbraunen Natursteinen der Außenmauern. Die rechte Hälfte des Hauses stand parallel zur Straße, die linke hingegen im rechten Winkel zur Rue du Docteur Corson. Das hier darauf gesetzte turmähnliche und spitze Dach verlieh ihm eine ganz besondere Note. Vor der schweren Haustür stellte der Leutnant seinen großen Rucksack auf der niedrigen Außentreppe aus Sandstein ab. Sowohl das Holz der Tür wie auch die Fensterrahmen und der große Balkon im ersten Stockwerk waren frisch mit weißer Farbe gestrichen. Alles machte auf Sailer einen einladenden Eindruck.

Er betätigte den kupfernen Ring des Türklopfers. Gleich darauf öffnete ein Uniformierter die Tür, nur wenig älter als er selbst. Zum großen Erstaunen Sailers handelte es sich um keinen

Angehörigen der Wehrmacht. Vor ihm stand ein Mitglied der Organisation Todt, einer besonderen Bautruppe, in seiner braunen Uniform. Ein Offizier, wie Sailer an dessen Schulterstücken erkannte. Verdutzt musterte der Neuankömmling den vor ihm stehenden Mann in seiner korrekt sitzenden Uniform.

»Sie wünschen?«, fragte dieser barsch.

Der Leutnant stellte sich kurz vor und zeigte das offizielle Schreiben zur Einquartierung. Das hatte er vor wenigen Minuten in der Kommandantur ausgehändigt bekommen. Sein Gegenüber lud ihn wortlos mit einer Handbewegung ein, das Haus zu betreten. Im Flur blieben beide stehen. Der OT-Mann nahm jetzt eine freundlichere Haltung ein:

»Horst Pretschler, Oberbauführer. – Angenehm!«

Beide tauschten den fälligen Handschlag aus. Sailer hatte gar nicht die Zeit etwas zu erwidern.

»Wenn Sie erlauben, Herr Leutnant, weise ich Sie in Ihre neue Bleibe ein. Wir sind hier drei Mann, mit Ihnen vier. Das Haus ist groß genug und ich zeige Ihnen gleich Ihre Bude im ersten Stock.«

Obwohl sich Pretschler bemühte, freundlich zu sein, hatte Sailer kein gutes Gefühl bei diesem Mann. Das konnte nicht nur an dessen sächsischem Dialekt liegen, den Sailer schon immer schrecklich gefunden hatte.

Pretschler und Sailer stiegen die Holztreppe hinauf. Die Stufen knarrten unter den schweren Stiefeln der beiden Offiziere. Oben angekommen erkannte Sailer den Zuschnitt des ersten Stockwerks: vier Zimmer und ein Badezimmer, dessen Tür halb geöffnet war.

Pretschler öffnete die Tür neben dem Badezimmer und erklärte Sailer, dass dieser Raum nun ihm gehöre.

»Wir essen gemeinsam gegen 20:00 Uhr unten in der Küche.«

Sailer war sehr erleichtert, dass Pretschler nach dieser Ansage verschwand und die Treppe hinabstieg. Nun konnte er sein Zimmer in Augenschein nehmen. Da es in dem Raum etwas muffig roch, öffnete er das Fenster. Sein Blick schweifte über die Nachbargrundstücke und einen Teil der alten Stadtmauer. Etwas anderes ließ ihn aber geradezu frohlocken: Dahinter und fast zum Greifen nah erhob sich der wuchtige Glockenturm der mittelalterlichen Basilique Notre-Dame de Bon-Secours.

In einem französischen Michelin-Reiseführer von 1936 hatte sich Sailer vor einigen Tagen, als er den Marschbefehl für Guingamp bekam, schon einiges über die Sehenswürdigkeiten von Guingamp angelesen. Das große ehrwürdige Gotteshaus in Sichtnähe stellte für Sailer etwas sehr Vertrautes und Beruhigendes dar. Zu Hause in Breslau konnte er auch von seinem Fenster aus den nahen Dom auf der Oderinsel erkennen. Der häufige Blick darauf, im Wechsel der Tages- und Jahreszeiten, übte auf Sailer immer wieder eine besondere Faszination aus.

Jetzt hörte er aber von unten Stimmen und das Geklapper von Gläsern und Geschirr. Auf der Turmuhr der Basilika konnte er die Zeit erkennen: 19:55 Uhr.

Rasch verstaute er sein Marschgepäck, seinen Stahlhelm, die Gasmaske und die Dienstpistole in dem geräumigen Kleiderschrank. Das weitere Mobiliar bestand aus einem viereckigen Tisch, zwei Stühlen und einem kleinen Nachtschrank, dazu noch einem sehr breiten Bett, das jeweils durch ein aus Rattan geflochtenes und bogenförmig geschwungenes Fuß- bzw. Kopfteil begrenzt wurde. Darin würde er bestimmt gut schlafen können. Besser als in den spartanisch eingerichteten und ungemütlichen Stuben der Kasernen, mit denen er in den letzten Monaten vorliebnehmen musste.

Als die Turmuhr von Notre Dame gerade 20:00 Uhr schlug, eilte Sailer die Treppe hinunter und betrat die geräumige Wohnküche am Ende des langen Flures. Am Tisch saßen bereits Pretschler und zwei andere junge Offiziere. Nach einer kleinen Vorstellungsrunde wusste Sailer, mit wem er es noch zu tun hatte: Links neben dem OT-Mann saß Stabsarzt Kurt Fischer aus Tübingen, rechts von ihm Leutnant Dietrich Kampe. Nach Sailers erstem Eindruck schien Fischer ein umgänglicher und ge-

30

mütlicher Schwabe zu sein, wohingegen Kampe, Leutnant der Feldgendarmerie und aus Braunschweig stammend, auf Sailer gleich den Eindruck eines scharfen Hundes machte, vor dem er sich besser in Acht nehmen sollte. Auch dessen später beim Essen laut vorgetragenen politischen Äußerungen ließen einen strammen Nazi erkennen. Vorsicht war geboten, dachte sich Sailer.

Aber etwas sehr Erfreuliches erfuhr er hier bei Tisch: Seine drei neuen Kameraden hatten vor ein paar Tagen Madame Yvette engagiert, Kriegerwitwe seit 1918. Sie wohnte ganz nahe, an der Place Saint Michel.

Madame Yvette kam täglich in das von den deutschen Offizieren bewohnte Haus und kümmerte sich um deren Frühstück und das Abendbrot. Sie kaufte für sie ein, putzte alle Räume und wusch und bügelte die Wäsche der Herren Offiziere.

Pretschler nannte die monatliche Summe, mit der sich Sailer an der Entlohnung für Madame Yvette und die gemeinsame Verpflegung beteiligen sollte. Sailer erfuhr außerdem noch, dass die deutschen Soldaten ansonsten mittags in der Kantine des Gymnasiums Notre Dame verpflegt wurden. Als Sailer anschließend einen großen Teller Rührei, eine Schale mit knackigem Salat, alles frisch von Madame Yvette zubereitet, dazu noch Baguette und Camembert verspeist hatte, verspürte er eine große Müdigkeit. Zügig leerte er sein zweites Glas Rotwein und wünschte seinen drei Mitbewohnern eine gute Nacht.

Oben in seiner neuen Bude angekommen, fühlte sich Sailer erleichtert, endlich ungestört zu sein. In Rennes hatte er sich noch ein dickes Schulheft gekauft, das er ab sofort als Tagebuch benutzen wollte. Gleich setzte er sich an den Tisch und schrieb auf, was er seit dem Aufbruch aus Rennes gesehen und erlebt hatte:

Die lange Fahrt mit dem Beiwagengespann von Rennes über Saint Brieuc nach Guingamp, immer tiefer in die ihm noch sehr fremde und geheimnisvolle Bretagne hinein, Spuren von Tod und Zerstörung links und rechts neben der N 12. Seeluft hatte er über die Nase und die Lippen wahrgenommen und Schwärme von

31

über ihnen kreisenden Möwen beobachtet. Kein Wunder, denn auf der Höhe von Saint Brieuc waren sie auch nur etwa zwei Kilometer von der nahen Kanalküste entfernt gewesen. Er hoffte inständig, bald mit eigenen Augen das offene Meer und die weiten Strände hier in der Bretagne sehen zu können.

Schade, dass in der Heimat keine Verlobte oder Freundin auf ihn wartete. Er hätte ihr so viel zu schreiben und anzuvertrauen gehabt. Kurz vor Ausbruch des Krieges war er noch mit Ruth, einer sensiblen Musikstudentin, liiert gewesen, aber das hatte sich schnell wieder zerschlagen. Sie passten doch nicht zusammen.

Plötzlich fiel ihm ein amouröses Abenteuer ein, das im Nachhinein bei ihm einen zwiespältigen Geschmack hinterlassen hatte:

An seinem 21. Geburtstag hatten ihn zwei Kameraden, die mit ihm den Fähnrichslehrgang an der Kriegsschule in Dresden besuchten, dazu überredet, ein gewisses Etablissement zu besuchen. Wenig später war er im „Paradiesgarten" gelandet, sehr diskret und versteckt am Rande der Dresdner Altstadt gelegen. In einer großen Bar im Eingangsbereich, die als Kontaktraum diente, hatte Sailer versucht, ganz souverän zu wirken. Völlig erstaunt hatte er sich anfangs einen Überblick verschafft. – So viele junge Frauen! Kaum älter als er und im Gespräch mit den Freiern vertieft. Niemand hatte sich augenscheinlich für ihn interessiert. Nur eine zierliche und äußerst hübsche Schwarzhaarige, die gelangweilt an einem Einzeltisch vor ihrem Cocktail saß, hatte auffordernd mehrfach zu ihm herübergeschaut. Sailer war schon kurz davor gewesen, überfordert und entmutigt den Rückzug anzutreten, als eine große Dame mittleren Alters an ihn herangetreten war. Durch ihr langes silbernes Abendkleid und ihre Pelzstola unterschied sie sich deutlich von den anderen Frauen in der Bar. Sailer hatte bereits mitbekommen, dass sie respektvoll „Madame Gisèle" genannt wurde. Mit rauchiger Stimme hatte sie ihn nach seiner Wahl gefragt. Schüchtern hatte er auf die Schwarzhaarige verwiesen.

Wenig später war er mit ihr hinauf in das Obergeschoss gestiegen. Mit jeder Stufe hatte sich sein völlig ausgetrockneter Mund weiter zusammengezogen.

Sie hatte ihn auf ihr Zimmer im zweiten Obergeschoss geführt. Dort hatte sie sogleich die 30 Reichsmark für die gemeinsame Stunde kassiert. Als sie beide auf dem Bett in der Mitte des geräumigen Zimmers Platz genommen hatten, hatte sie ihm zu seiner großen Erleichterung erst einmal ein Glas Sekt angeboten. Die junge selbstbewusste Dame hatte ihren Namen genannt: Rosa. Sie sei erst vor kurzem aus Berlin nach Dresden gekommen, hatte sie ihm erzählt.

»Und was machst du so?«, hatte sie wissen wollen. Als Paul ihr darauf arglos geantwortet hatte, dass er zur Zeit noch Soldat sei, aber nach den zwei Jahren bei der Wehrmacht Französisch studieren wollte, war sie in schallendes Gelächter ausgebrochen.

»Französisch kan ick och sehr jut, aber janz ohne Abitur und die Herrn Professoren!«

In den nächsten 50 Minuten hatte sie Paul auf ihrem breiten Bett nicht den geringsten Zweifel daran gelassen, wie recht sie mit ihrer frivolen Behauptung hatte. Sailer hatte in jener Nacht den „Paradiesgarten" mit einer Mischung aus tiefer Scham und großer Zufriedenheit darüber verlassen, etwas längst Fälliges zustande gebracht zu haben. Aber diese Lehrstunde der besonderen Art in Dresden lag bereits drei Jahre zurück. Von seinem alten Leben trennten den jungen Leutnant außerdem jetzt 1800 Kilometer! Für heute schloss er seinen ersten Tagebucheintrag in Guingamp mit dem Wunsch, bald mit Menschen hier ins Gespräch zu kommen.

War es zu naiv zu hoffen, von ihnen als etwas anderes als Besatzer und Feind wahrgenommen zu werden? Die nächsten Tage und Wochen würden ihm die Antwort darauf liefern. Sailer schloss gerade den hölzernen Fensterladen, als die Turmuhr von Notre Dame 22:00 Uhr schlug. Endgültig Zeit, um ins Bett zu gehen. Er fühlte sich so müde und zerschlagen.

33

Am Morgen des 10. Juli 1940 wachte Sailer kurz nach 7:00 Uhr gut ausgeruht auf. Der Duft von frischem Kaffee hatte ihn wohl geweckt. Kurze Zeit später saß er gewaschen und dienstbereit in der großen Küche im Parterre. Von den anderen drei Mitbewohnern war noch niemand zu sehen. »Um so besser«, freute sich der Leutnant. In der Küche wirbelte Madame Yvette, die ihn mit einem verhaltenen »Bonjour, Monsieur!« begrüßte.

Danach kamen die beiden jedoch schnell ins Gespräch. Mme Yvette, klein, etwas rundlich, um die 50 Jahre, reagierte erleichtert, als sie merkte, dass der neue Bewohner der französischen Sprache mächtig war. Wie er aus ihren vorsichtigen Andeutungen schloss, schien das bei Kampe, Fischer und Pretschler weniger der Fall zu sein.

Sailer genoss das von Yvette vorbereitete leckere Frühstück mit Kaffee, Baguette, selbstgemachter Konfitüre und frischen Croissants. Seltsam, dass es das hier noch alles zu kaufen gab, trotz des Krieges!

Er lud sie ein, sich zu ihm an den Tisch zu setzen. Sailer wollte wissen, wer hier in diesem Haus bis vor kurzem gewohnt habe.

»Ein Docteur Klein, praktischer Arzt, mit seiner Frau und ihren drei Kindern. Kurz nach dem Beginn der Kämpfe im Mai haben sie alle bei Nacht und Nebel Guingamp mit ihrem Auto verlassen. Wahrscheinlich Richtung Marseille, zu Verwandten, erzählt man sich«, klärte ihn Madame Yvette auf.

»Bestimmt war es besser, dass sie verschwunden sind. Ich habe nichts gegen Juden, Monsieur, aber irgendwie gehören sie nicht richtig zu uns.«

Sailer empfand jetzt den Verlauf des Gespräches aus mehreren Gründen als unangenehm. Mit einem Blick auf seine Uhr entschuldigte er sich.

»Madame, ich muss zum Dienst. Merci beaucoup. Bis heute Abend!«

Beim plötzlichen Aufstehen vom Tisch kippte er beinahe noch seinen Stuhl um. Als er die Küche verließ, kam ihm Kampe unrasiert und gähnend entgegen. Der hatte ihm gerade noch gefehlt. In einem Spiegel im Flur überprüfte Sailer den korrekten Sitz seiner Uniform und verließ hastig das Haus. Für heute Morgen 10:00 Uhr hatte ihn bereits sein neuer Bataillons-Kommandeur Oberst Renger in die Kommandantur einbestellt. Das war ihm gestern dort bei seiner Anmeldung aufgetragen worden.

Nachdem Sailer die wenigen Schritte über die Rue du Docteur Corson Richtung Place Saint Michel gelaufen war, hörte er die Turmuhr der Basilika 9:00 Uhr schlagen. Er freute sich. Zeit genug für einen kleinen Stadtrundgang. Danach konnte er sich immer noch pünktlich bei seinem neuen Chef melden. Über eine steinerne Brücke überquerte er das Flüsschen Trieux und bog dahinter nach rechts zur Place du Centre und dem Marktplatz ab. Automatisch schaute er auf einen kleinen LKW der Wehrmacht, einen Opel Blitz, der sich ihm scheppernd und mit überhöhter Geschwindigkeit auf der leicht abschüssigen Straße zwischen Marktplatz und Basilika näherte. Plötzlich zog das Fahrzeug nach links, um ein langsames Pferdefuhrwerk zu überholen. Dabei touchierte der Wehrmachts-LKW mit dem linken Außenspiegel eine ihm entgegenkommende Radfahrerin. Laut schreiend stürzte sie mit ihrem Fahrrad auf das Kopfsteinpflaster.

Ohne zu bremsen, entfernte sich der Militärlaster und verschwand schnell aus Sailers Blickfeld. Zwei hämisch grinsende Milchgesichter in Uniform hatte er noch hinten auf der Ladefläche sitzen sehen, ihr Gewehr K 98 zwischen den Beinen.

Diese beiden und der Fahrer hatten den Unfall bestimmt mitbekommen. – »So eine Sauerei«, empörte sich der Leutnant.

Erst jetzt rannte er zu der Gestürzten, einer jungen Frau in einem bunten Sommerkleid, die sich laut fluchend langsam aufrichtete. Sailer verstand kein Wort von dem, was sie schrie. Diese Ausdrücke hatte er noch nie vernommen, aber er konnte sich gut vorstellen, was sie bedeuteten. Energisch lehnte sie seine ausgestreckte Hand ab und erhob sich mit schmerzverzerrtem Gesicht. Um wenigstens etwas für sie zu tun, nahm Sailer ihr Fahrrad von der Straße und lehnte es auf dem Bürgersteig gegen eine Hauswand. Mit wenigen Handgriffen richtete er den verbogenen

Lenker wieder und zog das vordere, zerbeulte Schutzblech gerade.

Nach dem, was seine Kameraden vor wenigen Augenblicken angerichtet hatten, wagte er kaum, der jungen Französin in die Augen zu schauen. Dicke Tränen liefen ihr übers Gesicht. Sie blickte nach unten und betastete vorsichtig ihr rechtes Knie, das stark blutete.

Sailer zog sein großes Wehrmachtstaschentuch aus Stoff hervor, hellgrau, mit einem dunkelblauen Rand. Zum Glück frisch gewaschen und gebügelt. Zu seiner Erleichterung ergriff es die Frau, faltete mit geschickten Händen ein Dreieckstuch daraus und verband damit ihr blutendes Knie. Als Sailer noch fieberhaft überlegte, was er ihr sagen könnte, hatte sie schon ihr Rad genommen, war darauf gestiegen und auf dem Bürgersteig wortlos davongeradelt. Noch ziemlich erregt und beschämt durch das unentschuldbare Verhalten seiner Kameraden, beschloss Sailer, nun endlich das Wahrzeichen Guingamps, die Basilika, zu besichtigen. Es blieb ihm noch etwas Zeit.

Die große Kirche lag nur wenige Schritte neben der Stelle, wo sich gerade der Unfall ereignet hatte. Über eine breite und steile Steintreppe gelangte er nach wenigen Stufen zum Haupteingang. Links davor saß ein älterer Bettler auf dem nackten Stein und hielt ihm flehend seine rechte Hand entgegen. Die Blindenarmbinde, die der alte Mann links trug, erleichterte es Sailer, einfach an ihm vorbei in das Gotteshaus zu gehen. Laut quietschend schlug die schwere hölzerne Schwingtür im Eingangsbereich hinter ihm zu. Automatisch tauchte er die Fingerspitzen seiner rechten Hand in das Weihwasserbecken und bekreuzigte sich langsam. Nach wenigen Schritten gelangte er in das Mittelschiff.

Durch einen Rundumblick verschaffte er sich einen ersten Eindruck von diesem imposanten Bauwerk aus dem 13. Jahrhundert. Durch die farbigen Kirchenfenster im Osten der Kirche mit ihren Rosetten fiel zartes Licht und durchbrach die düstere Atmosphäre im Innern von Notre-Dame de Bon-Secours.

Die gebrochenen Lichtstrahlen spiegelten sich in überwiegend blauen, gelben und roten Farbtönen auf dem Boden wider. Ganz ergriffen von der Würde und der Größe der Kirche, schloss er für einen Augenblick die Augen. Er nahm den Geruch von brennenden Kerzen wahr. Reste von Weihrauchschwaden hingen in der Luft. Sailer vermutete deshalb, dass bereits heute Morgen, an diesem Mittwoch, hier ein Requiem für einen Verstorbenen gefeiert worden war. Ein kindliches Gefühl von Vertrautheit und Geborgenheit ergriff ihn. Zielstrebig steuerte er einen Seitenaltar an, der ihm gleich beim Betreten von Notre Dame aufgefallen war. Eine übergroße schwarze Madonna, das Jesuskind im Arm, schaute auf den Betrachter herunter. Sailer hatte im Michelin Reiseführer gelesen, dass sie angeblich mit zurückgekehrten Kreuzfahrern vor langer Zeit nach Guingamp gekommen sei. Er warf eine kleine Münze in den bereitstehenden Opferstock und entzündete eine weiße Kerze.

Kniend sprach er ein kurzes Bittgebet und dachte dabei besonders an seine Mutter, Maria-Theresia Sailer. Sie machte sich im fernen Breslau so viele Sorgen um ihn, ihr einziges Kind. Ihre Tränen beim Abschied auf dem Bahnhof Anfang September 1939 hatte er immer noch vor Augen. Schnellen Schrittes verließ Sailer Notre-Dame de Bon-Secours. Der Oberst erwartete ihn pünktlich in der Kommandantur. Als er ins Freie kam, stellte er erleichtert fest, dass der Bettler verschwunden war. Auf der Rückseite der Basilika verlief bereits der Boulevard Clemenceau. Beim Eintreffen der Wehrmacht in Guingamp vor etwa drei Wochen hatte der Ortskommandant mit seinem Stab hier dieses schlossähnliche Anwesen beschlagnahmt.

Davor stand ein deutscher Wachtposten und verlangte Sailers Soldbuch. Nach der kurzen Kontrolle ging der Leutnant über einen breiten Kiesweg, der direkt zu dem großen Gebäude führte, alles eingebettet in eine Parklandschaft. Hohe Bäume und Büsche längs des Zauns verhinderten Blicke von der Straße her auf das Gelände. Vor dem Eingang wehten links und rechts zwei große Hakenkreuzfahnen. Mit klopfendem Herzen meldete sich

Sailer beim Unteroffizier vom Dienst im Flur des Erdgeschosses an. Der schickte ihn in Raum 01 im ersten Stock. Sailer klopfte zaghaft an. Umgehend erschallte ein lautes »Herein!« durch die Tür. Sailer trat ein, schlug die Hacken zusammen und grüßte vorschriftsmäßig:

»Leutnant Sailer meldet sich zum Dienst, Herr Oberst!«

Vor ihm saß ein etwa 50-jähriger drahtiger Offizier an einem imposanten Schreibtisch. Einige Narben im Gesicht und mehrere Ordensspangen auf den beiden Brusttaschen seines Uniform-rockes ließen Sailer vermuten, dass sein neuer Vorgesetzter ein hoch dekorierter Veteran aus dem Krieg 14/18 war.

»Stehen Sie bequem, Herr Leutnant.«

Mit seiner schnarrenden Stimme fuhr der Bataillons-kommandeur fort: »Da ich wenig Zeit habe, komme ich gleich zur Sache«, wobei er in einer vor ihm liegenden Akte blätterte. »Aus Ihrer Personalakte habe ich schon das Nötigste über Sie erfahren: Jahrgang 1916, gebürtig aus Breslau, dort ordentliches Abitur 1935 am St.-Matthias-Gymnasium. Bei den Katholen also.«

Sailer hätte gerne auf diese abfällige Bemerkung etwas ge-antwortet, was ihm gegenüber dem Obersten natürlich in keiner Weise zustand. Auch auf diesem altehrwürdigen Gymnasium der Jesuiten gab es genügend prügelnde und sadistische Lehrer, die vielen Schülern das Leben zur Hölle machten. – Diese Typen fanden sich an jeder Schule, sagte sich Sailer.

Aber er verband mit seiner alten Penne auch die Erinnerung an gute und unvergessliche Lehrer. Einige von ihnen waren um die ganze Welt gereist, wie zum Beispiel Pater Alfons, der meh-rere Jahre als Lateinlehrer bei seinen Ordensbrüdern an deren College in New York gearbeitet hatte. In seinem Englischunter-richt konnte er viel Spannendes und selbst Erlebtes aus den USA erzählen.

Sailer und mit ihm die ganze Klasse hatten an seinen Lippen gehangen. Unvergesslich waren die letzen Wochen vor ihrem Abitur im Mai 1935. Pater Alfons hatte trotz aller Verbote seine Jazz-Platten aus den USA mitgebracht und sie auf dem Grammophon abgespielt. In der Zwischenzeit war Senger aber bereits beim RAD:

»Nach dem Abitur waren sie ein halbes Jahr beim Reichsarbeitsdienst.«

Sailer dachte immer noch mit Schrecken an diese sechs Monate beim RAD. Irgendwo im platten Norden, zwischen Bremervörde und Zeven, hatten sie Monate lang die Uferböschung des Flüsschens Oste begradigt und Brücken gebaut. Den ganzen Tag waren sie dabei brüllenden und sie malträtierenden Vorgesetzten ausgesetzt gewesen.

»1936-38 Militärdienst«, fuhr Senger bereits fort. Sailer hörte jetzt wieder aufmerksam zu.

»Jahrgangsbester beim Fähnrich-Lehrgang an der Kriegsschule in Dresden. Danach 1938/39 zwei Semester Studium Französisch und Latein an der Universität in Breslau. Im September 39 Reaktivierung unter Ernennung zum Leutnant der Reserve.«

Der Oberst legte eine Pause ein und schloss Sailers Personalakte. Mit einer leichten Handbewegung lud er den jungen Offizier endlich zum Sitzen ein.

»Ich kenne Ihren letzten Kompaniechef gut. Wir waren zusammen 1916 in Verdun. Er hat Sie mir wärmstens empfohlen. Ich hoffe, dass Sie sich auch hier, im besetzten Feindesland, bewähren werden!«

Sailer sah diesen Satz immer noch nicht als Einladung an, selbst etwas zu sagen.

»Nun zu ihrer neuen Aufgabe, Herr Leutnant. Ab sofort gehören Sie zu meinem 6. Aufklärungsbataillon. Zwei unserer Kompanien liegen hier in der Kaserne in Guingamp, zwei weitere Richtung Kanalküste, über mehrere Ortschaften im Bereich der Unterpräfektur Guingamp verteilt. Alle nicht weiter weg als 30 km. Unsere Stabs- und die Versorgungs-Kompanie sind hier in der Rue du Maréchal Foch stationiert. Zusammen zählt unser Bataillon 700 Mann. Sie gehören offiziell zur Stabskompanie, unterstehen aber mir direkt.«

Senger zog die rechte Schreibtischschublade auf und entnahm ihr eine Schachtel Zigarren. Voller Vorfreude bediente er sich darin und fing an zu rauchen. Sailer wagte nicht, sich seinerseits eine Zigarette anzuzünden.

»Jetzt zu den Details: Auf Grund Ihrer besonderen Referenzen und Ihrer guten Französischkenntnisse erwarte ich von Ihnen, dass Sie neben Ihrer Funktion als Dolmetscher unseres Bataillons im Ort und in der ganzen Unterpräfektur Guingamp Augen und Ohren aufsperren! Kriegen Sie heraus, was die Leute über uns reden und was sie planen! Knüpfen Sie Kontakte zu den Einheimischen, nennen Sie mir Namen von Bürgermeistern und Beamten, die nicht mit uns zusammenarbeiten wollen!«

Mit großem Nachdruck fügte der Oberst noch hinzu:

»Angeblich formiert sich vereinzelt hier und da erster Widerstand. Ich will rasch Namen und Informationen!«

Sailer hatte bereits vor einigen Augenblicken einen kleinen Schreibblock und einen Bleistift aus seiner Uniformtasche gezogen. Diensteifrig notierte er mit.

»Sie können sich mit Ihrem Fahrer deswegen frei bewegen. Die dafür nötigen Fahrbefehle händigt Ihnen gleich der UvD aus. Jeden Montag um 9.00 Uhr legen Sie mir einen schriftlichen Bericht vor, den ich auch an den Kreiskommandanten weiterleiten werde. Wenn Sie mich enttäuschen, schicke ich Sie umgehend zu einer Kampfeinheit. Haben Sie mich verstanden, Herr Leutnant?«

Sailer bemerkte mit Erleichterung, dass sich die umfangreiche Befehlsausgabe durch seinen neuen Chef endlich ihrem Ende zuneigte.

»Jawohl, Herr Oberst!«, erwiderte er mit fester Stimme und fügte noch kurz danach das obligatorische »Melde mich ab, Herr Oberst« hinzu.

Der Oberst hatte sich aber bereits eine andere Akte gezogen und las darin aufmerksam, ohne aufzuschauen. Etwas benommen verließ Sailer den Raum 01 und steuerte auf dem Flur die Treppe nach unten an. Kurz vor dem Ausgang im Erdgeschoss hielt ihn der UvD an und reichte ihm einen verschlossenen Umschlag.

»Herr Leutnant, für Sie. Von Herrn Oberst.«

Sailer nahm den Brief dankend entgegen und trat nach draußen ins Freie. Der strahlend blaue Himmel und die noch milde Vormittagssonne ließen ihn das gerade im Raum 01 Erlebte im Nu vergessen. Vor dem Gebäude wartete Zielinski bereits und begrüßte den Leutnant herzlich. Sailer sah sofort, dass er das KS-750-Gespann in der Zwischenzeit wieder auf Hochglanz gebracht hatte. – Auf diesen Burschen konnte er sich wirklich verlassen, freute sich Sailer.

Voller Vorfreude nahm er im Beiwagen Platz und befahl Zielinski: »Auf geht's, Zielinski. Nach Norden. Ans Meer!«

5

29. AUGUST 1977 – SECHS AUGEN SEHEN MEHR

Toudic und seine beiden Kollegen verbrachten ihre Mittagspause in der einladend aussehenden Crêperie Ty Marine am Kirchplatz. Le Gall und Guillou schienen dort Stammgäste zu sein und wollten ihren Chef bei der Wahl seines Gerichts fachkundig beraten. Ohne auf die Speisekarte zu schauen, bestellten sie gleich eine herzhafte Galette mit Spiegelei beziehungsweise Schinken. Ihr Chef entschied sich aber für einen einfachen Thunfischsalat. Dazu ein Glas Mineralwasser. Das half am besten bei dieser Mittagshitze. Sie waren schließlich im Dienst! Beim Essen wurde noch einmal das desaströse Fußballspiel von gestern analysiert.

Le Gall und Guillou flirteten die ganze Zeit mit der jungen hübschen Kellnerin, die für ihren Tisch im kühlen Inneren der Crêperie zuständig war.

Toudic musste insgeheim schmunzeln, wie sich seine beiden vierzigjährigen Kollegen dabei ins Zeug legten.

Gegen 14:00 Uhr machten sich die drei gut gestärkt auf den Weg zum Leuchtturm, wo die beiden Gendarmen heute Morgen den Toten gefunden hatten. Der Capitaine hätte beinahe seine schwarze Aktentasche im Lokal liegen lassen. Aber Marine, die aufmerksame Patronne, hatte es bemerkt und ihn vor dem Verlassen ihres Restaurants noch diskret darauf aufmerksam gemacht. Zielstrebig steuerten sie den Phare du Paon an.

Guillou musste das kleine Funksprechgerät tragen, mit dem sie für den Notfall mit der Zentrale in Paimpol verbunden waren. Gleich hinter dem Kirchplatz bogen sie nach rechts ab. Noch befanden sie sich auf dem lieblicheren Südteil der Insel. Hinter aus Felssteinen aufgeschütteten Mauern und hohen Ginsterbüschen standen längs des Wander- und Wirtschaftsweges Richtung Leuchtturm hübsche, kleine Steinhäuser. Ihre Außenmauern bestanden aus Granit- und Felssteinen in allen möglichen Grau- bis Brauntönen. Toudic liebte diese gepflegten Anwesen mit ihren wahlweise rot, grün oder knallig blau gestrichenen Fensterläden und Türen. Bréhat machte hier seinem Beinamen „Ile des Fleurs" alle Ehre. In den Gärten und auf den freien Flächen links und rechts des Weges herrschte eine farbenfrohe Vielfalt von Pflanzen und Bäumen. Toudic konnte sich an all den herrlichen blauen, doldenförmigen Blüten der Agapanthen, roten oder gelben Kamelien und rosafarbenen Mimosen, von Schmetterlingen und summenden Bienen umschwärmt, gar nicht sattsehen. Wo noch gab es diese einzigartigen Hortensienbüsche in ihren wild gemischten Farbtönen zwischen blau, violett und pink? Auf jedem Grundstück, aber auch auf den unbebauten Flächen dazwischen, standen immer wieder hohe Palmen, Pinien oder von Wind und Sturm zerzauste Eukalyptusbäume. Glücklich, wer hier ein Haus sein Eigen nennen konnte, dachte sich Toudic. Er wusste aber,

42

dass die Immobilienpreise auf der Ile de Bréhat immer weiter anstiegen, für ihn unerschwinglich bei seinem kargen Beamtengehalt.

Wenige Minuten nach ihrem Aufbruch aus der Crêperie kamen die drei Männer an den Pont de Vauban, eine schmale, alte Steinbrücke und einzige Verbindung zwischen dem milden Süden mit dem raueren Nordteil der Insel. Abrupt wechselten hier Erscheinungsbild und Vegetation: Nur noch vereinzelt Häuser, dafür einige Weiden und Ackerflächen mit Kartoffeln und Gemüse. Auf einer abgemähten Wiese lagen gepresste Heuballen. Dazu passte, dass Toudic gerade im Vorbeigehen mehrere angepflockte Milchkühe, Schafe und sogar zwei Pferde auf einer Weide gesehen hatte.

Weiter ging es nach Norden, Richtung Leuchtturm, vorbei an den kleinen malerischen Ansiedlungen von Gehöften wie Keranroux und Kervilou. Wie viel harte Arbeit musste hier von den Bauern und ihren Familien aufgebracht werden, um den Besitz, der von Generation auf Generation weitergegeben worden war, auf Bréhat zu halten, fragte sich Toudic.

Auf der Höhe von Kerrien befand sich die schmalste Stelle des nördlichen Teils der Insel. Auf der westlichen wie auch auf der östlichen Seite schob sich hier jeweils eine kleine Bucht bis hart an die Grundstücksgrenzen heran.

Es herrschte gerade Ebbe. Toudic sah beim Laufen nach rechts: Mehrere kleine Ruder- und Segelboote, zur Seite gekippt, lagen im Schlick. Schreiende Möwen und Strandläufer suchten im Prielwasser nach Nahrung. Weiter draußen versuchten zwei Kormorane ihr Glück beim Fischfang. Beim Blick nach links fiel dem Capitaine am Horizont eine kleine Segelyacht mit einem roten Segel auf, die vor der Bucht kreuzte.

Ob dieses Anblicks tiefsten Friedens dachte Toudic mit Unbehagen daran, sich gleich näher mit dem Ende eines Menschen befassen zu müssen, der hier ganz in der Nähe und erst vor ein paar Stunden zu Tode gekommen war, wie auch immer. – Er würde es herausfinden.

Von Zeit zu Zeit knarzte das Funksprechgerät, das Guillou an einem Schulterriemen trug, aber es gab nichts Neues aus Paimpol. Weiterhin keine Vermisstenanzeige, die mit dem toten Mann in Verbindung gebracht werden könnte. Hinter Kerrien bog ihr Weg, die „Route du Paon", leicht nach rechts ab. Das Ziel war nahezu erreicht.

Ungefähr 300 Meter vor ihnen stand der hoch aufragende Leuchtturm „Phare du Paon" am Ende einer Landzunge, auf einer felsigen Anhöhe. Toudic hatte jetzt die Spitze der kleinen Dreiergruppe übernommen. Auf den letzten Metern folgten ihm seine beiden Kollegen wortlos, vorbei an einem dichten Gestrüpp aus Farnen, das in einen weichen Grasteppich überging. Schließlich gelangten Toudic, Le Gall und Guillou über ein sperriges Feld von Kies und kleinen Felssteinen an den Aufgang zum Leuchtturm. Der Capitaine dachte im Gehen bereits über die nächsten Schritte der anschließenden Besichtigung des Fundortes nach.

Zielstrebig erklomm er als Erster die in den Fels gehauene Treppe, die über 43 Stufen hinauf zum Leuchtturm führte. An dessen Fuß erlaubte ein breites, rundes Plateau einen herrlichen Blick über die Insel und die vor ihnen liegende Küste. Toudic kam nicht umhin, für einen kurzen Augenblick und voller Ehrfurcht die Außenmauer des wuchtigen Phare du Paon kurz mit seiner linken Hand zu berühren: weiß gestrichen an der Landseite, aber von hinten aus rosa Granit gebaut und dadurch kaum zu unterscheiden von dem rauen Felsen, auf dem der Leuchtturm seit 1860 stand.

Man sah dem imposanten Bauwerk nicht an, dass es 1944 von den Deutschen bei ihrem Rückzug gesprengt worden war und erst einige Jahre danach unter großen Mühen wieder aufgebaut werden konnte. Das Meer toste und brauste so laut, dass die drei Gendarmen erst gar nicht versuchten, miteinander ein Gespräch anzufangen. Zudem ließ sie der atemberaubende Panoramablick verstummen, um für einige Augenblicke einfach nur ihren Gedanken nachzuhängen.

Alle drei waren fasziniert von der Wildheit der zerklüfteten Felsküste. Soweit das Auge reichte, entfalteten rosa Felsen im Sonnenlicht ihre ganze Schönheit und Größe und gaben diesem Teil der Insel auch seinen Namen: Ile des Rochers Roses. Ganz hinten im Südosten erkannten die drei Betrachter die weite Bucht von Saint Brieuc. Von dort näherte sich ein weißes Fährschiff, das in ungefähr einer halben Stunde weitere Gäste auf die Insel bringen würde. Direkt gegenüber dem Leuchtturm ragten mehrere riesige Felsen aus dem Wasser heraus, mit zackigen Spitzen, ganz von der weißen Hinterlassenschaft von Möwen oder Kormoranen überzogen. Mit einer deutlichen Handbewegung signalisierte der Capitaine seinen beiden Beamten, dass es Zeit zum Aufbruch war. Über die Treppe gelangten sie wieder nach unten. Hinter dem Leuchtturm, an der Seeseite, erhoben sich auf der spitz zulaufenden Landzunge mehrere wuchtige und schroffe Felsen. Sie ragten bestimmt bis zu 20 Meter über die Wasseroberfläche hinaus. Le Gall und Guillou, die jetzt wieder die Führung übernommen hatten, steuerten die Fundstelle des Toten an, ungefährlich 30 Meter in westlicher Richtung vom Phare du Paon entfernt. Langsam ging es über mehrere Felsen und fast treppenförmig nach unten. Alle drei setzten hoch konzentriert ihre Schritte. Die Felsen waren glitschig, häufig von Flechten und Moos bedeckt. Löcher im Felsgestein und voller Regenwasser erhöhten die Unfallgefahr. Höchste Vorsicht war geboten. Nach wenigen Minuten hatten sie das untere Ende der Felswand und damit ihr Ziel endlich sicher erreicht. Hier hatte er also gelegen, der unbekannte Tote. Auf einem schmalen Strandstreifen aus Kies und etwas Sand. Die beiden Beamten hatten den regungslosen Körper bei ihrer morgendlichen Routinepatrouille von oben aus gesehen und waren dann umgehend hinabgestiegen. Unten angekommen, konnten sie nur noch den Tod des Mannes feststellen. Die Fotos, die sie gleich am Fundort gemacht hatten, würden erst morgen vorliegen, wusste Toudic. Vor dem Abtransport der Leiche durch die Pompiers hatten Le Gall und Guillou noch mit einer Spraydose und roter Farbe markiert, in welcher

Stellung sie den Mann heute früh gegen 7:30 Uhr hier gefunden hatten. Toudic schaute sich die Umrisse aufmerksam an und blickte nach oben, um sich einen möglichen Absturzweg des tödlich Verunfallten besser vorstellen zu können. Plötzlich erinnerte er sich an eine alte bretonische Sage, die seine Lehrerin in der zweiten oder dritten Klasse im Französischunterricht erzählt hatte: Danach lebten auf der Ile de Bréhat Zwerge unter den Felsen. Die Menschen hier nannten sie Korrigans oder auch Golo-Robins. Diese geheimnisvollen Wesen, so hieß es, verließen im Notfall ihr Versteck, um guten Menschen, die in Gefahr waren, zu helfen. Dem unbekannten Toten vom Strand waren sie leider nicht zu Hilfe gekommen!

Nach dem nicht ungefährlichen Abstieg, den er selber gerade genommen hatte, und hier am Fuß der Felsenwand schien Toudic ein tödlicher Unfall des Mannes sehr wahrscheinlich zu sein. Vielleicht hatten ihm seine orthopädischen Schuhe beim Klettern in den Felsen nicht genügend Halt gegeben?

Aber erst die gerade veranlasste Obduktion in Rennes würde in ein paar Tagen mehr Klarheit bringen. Gemeinsam gingen die drei Gendarmen den schmalen Strandstreifen links und rechts der Fundstelle noch einmal sorgfältig ab. Mehr als einige schmutzige Möwenfedern, ein vom Meerwasser fast zerfressener Arbeitsschuh und etwas Treibholz kamen dabei nicht zum Vorschein. Als Toudic schon zum Aufbruch blasen wollte, erregte eine kleine Buschgruppe seine Aufmerksamkeit. Etwa zehn Meter von der Fundstelle entfernt schaute er zur Vorsicht noch einmal in dem kleinen Gestrüpp aus Farnen und Stranddisteln nach. Mitten drin, am Rande eines stacheligen Blattes einer Distel, fiel ihm in etwa 60 Zentimeter Höhe ein Papierfetzen auf, der sich an einem spitzen Dorn aufgespießt hatte. Gut, dass er die ganze Zeit seine schwarze Aktentasche mitgeschleppt hatte, dachte sich Toudic. Daraus entnahm er einen Fotoapparat und hielt damit die Fundstelle des Papierfetzens fest. Mit einer Pinzette löste er das durchgeweichte Stück Papier vorsichtig von dem Blatt der Silberdistel ab und legte es in eine kleine durch-

46

sichtige Plastiktüte. Letzte Nacht hatte es auf der Insel stark geregnet. Toudic konnte auf seinem gesicherten Fund nichts erkennen, aber vielleicht seine Kriminaltechniker in Paimpol. Danach verstaute er alles wieder in seiner Aktentasche. Für heute hatten Toudic und seine beiden Kollegen auf der Insel genug gearbeitet. Deshalb stiegen sie auf demselben Weg, der sie vor einigen Minuten an den Strand gebracht hatte, wieder nach oben zum Leuchtturm. In der Zwischenzeit war es auch bereits 16:00 Uhr. Als die drei Beamten auf ihrem Rückweg vom Phare du Paon Richtung Kirchplatz wieder auf der Höhe von Kerrien angelangt waren, sahen sie links von sich vier Halbwüchsige, die sich in der schmalen Ducht an einem Segelboot zu schaffen machten. Obwohl langsam die Flut kam, hatten die dort auf der Seite liegenden Boote immer noch nicht genügend Wasser unter dem Kiel. Beim Anblick der drei Flics rannten die Jungs in wilder Flucht davon. Einer von ihnen humpelte stark. Für alle Fälle wollte sich Toudic das merken. Man konnte nie wissen.

Nachdem die drei Männer eine halbe Stunde später ihren Gendarmerieposten über dem Depot der Pompiers wieder erreicht hatten, verabschiedete sich Toudic rasch von seinen beiden Kollegen. Er hatte an diesem Abend noch einiges vor.

Beim Abschied war allen drei klar, dass sie zunächst geduldig auf die Ergebnisse der Gerichtsmedizin aus Rennes und eventuelle Erkenntnisse der Kriminaltechniker aus Paimpol warten mussten. Vorher hatten sie nichts in der Hand, um den rätselhaften Tod des Mannes am Strand aufklären zu können.

Heute Abend um 20:30 Uhr wollte Toudic pünktlich zur wöchentlichen Probe bei seiner Gruppe „Danse de Bretagne" in der „Salle des Fêtes" wieder in Guingamp sein. Deshalb hatte es Toudic jetzt eilig, endlich von der Insel zu kommen.

Zurück auf dem Festland eilte er schnellen Schrittes zum Parkplatz, wo sein Renault auf ihn wartete. Mit überhöhter Geschwindigkeit legte er auf der D 789 die sechs Kilometer zwischen der Pointe de l'Arcouest und seiner Dienststelle in Paimpol zurück.

Als er dort in der Rue Jean Moulin ankam, sprang sein Stellvertreter, Lieutenant Derrien, gerade auf dem Dienstparkplatz in ein Einsatzfahrzeug. Vier weitere Beamte beeilten sich, ebenfalls in dem Kleinbus Platz zu nehmen.

Derrien konnte Toudic gerade noch zurufen, dass es in der Zwischenzeit keine besonderen Ereignisse gegeben habe. Vor fünf Minuten sei aber ein schwerer Verkehrsunfall auf der Straße zwischen Paimpol und Plouha gemeldet worden. Mit durchdrehenden Reifen und Blaulicht raste der Renault Estafette vom Hof und wirbelte dabei hinter sich Kieselsteine auf. Das Heulen des Martinshorns war noch lange zu hören.

Im Vorraum zu seinem Dienstzimmer im ersten Stock stieß Toudic auf seinen Kollegen Bernard Kuhlmann. Der Sergent Major nahm als Stabsfeldwebel in der Hierarchie der Gendarmerie Nationale in Paimpol hinter den beiden Offizieren Toudic und Derrien den dritthöchsten Rang ein. Toudic schätzte Kuhlmann sehr, mehr als Derrien, die eigentliche Nummer zwei der Brigade. Kuhlmann zeichnete sich im Gegensatz zum Leutnant durch hohe fachliche Qualifikation aus. Auch deswegen genoss der Stabsfeldwebel mit elsässischen Wurzeln bei den Kollegen ein großes Ansehen. Toudic übergab Kuhlmann den am Strand sichergestellten Papierfund mit der Bitte, diesen umgehend zur Untersuchung an die Kriminaltechnik im Haus weiterzuleiten.

Zum Glück kam Toudic gegen 19:45 Uhr und damit noch rechtzeitig zu Hause in Guingamp an. Frau und Sohn waren ausgegangen. Françoise hatte sich zum Klönen mit einer guten Freundin verabredet, wenn er sich recht erinnerte. Was aus seiner Beziehung zu seiner Frau geworden war, schmerzte ihn sehr. Im Laufe der letzten Jahre war an die Stelle ihrer großen Liebe von einst immer mehr Gleichgültigkeit getreten.

Sohn Hervé trieb Sport. Der Junge trainierte zweimal die Woche hart beim Kanu-Kajak-Club Guingamp. Dabei ging es auf der Trieux und quer durch die Stadt richtig zur Sache. Die Eltern freuten sich, dass ihr Sohn seit Jahren dabeigeblieben war und in seiner Freizeit nicht allzu oft auf dumme Gedanken kam.

Im Kühlschrank fand Toudic noch eine Hähnchenkeule und etwas Tomatensalat. Gegen 20:15 Uhr verließ er das Haus in der Rue Moulin au Cuivre. Am nächsten Wochenende sollte seine Tanzgruppe zusammen mit der Bagad de Guingamp auf einem Festival im nahen Tréguier auftreten. Heute war Generalprobe und deswegen trug er jetzt schon seine bretonische Tracht. Die Sonneurs, die Instrumentalisten der Bagad, mit ihren Dudelsäcken bzw. kleinen Schalmeien und die 30 Tänzer und Tänzerinnen von Toudics Tanzgruppe Danse de Bretagne waren ein eingespieltes Team. Sie traten seit Jahren gemeinsam auf, aber ohne regelmäßiges Proben ging es natürlich nicht. Am kommenden Sonntag in Tréguier würden sie auf zwölf weitere Gruppierungen aus der ganzen Bretagne treffen. Anschließend würde eine Prämierung stattfinden. Schon oft hatten die Guingampais bei ähnlichen Wettbewerben erste Plätze belegt. Vielleicht auch wieder am vierten September?

Um schneller zur Festhalle hinter dem Marktplatz zu kommen, hatte Toudic sein Fahrrad genommen. Zur Sicherheit steckte sein breitkrempiger, schwarzer Hut mit den beiden Samtbändern in einem weichen Beutel, der an seinem Lenker hing. Bald holperte Toudic mit seinem Rad über das graue Kopfsteinpflaster um den Marktplatz herum. Auf den letzten Metern vor dem Festsaal holte ihn noch einmal sein aktueller Fall ein: »Und wenn es kein Unfall war? Hoffentlich schicken mir die Rechtsmediziner aus Rennes bald ein paar brauchbare Ergebnisse! Vielleicht schon Mittwoch oder Donnerstag?«

Gerade noch pünktlich betrat Toudic die Festhalle. Alle Tänzer und Musiker schienen schon da zu ein. Gaëlle winkte ihrem Tanzpartner erleichtert zu. Sie hatte befürchtet, Jean-Yves wäre dienstlich verhindert und könnte nicht zur Generalprobe kommen. Sofort fiel ihr auf, dass er eine ganz neue Trachtenweste trug: schwarz mit aufgestickten feinen Blumenmustern, die links und rechts in einem breiten Streifen von den Schultern bis zum unteren Rand der Weste reichten. Wie immer stand auch sein makellos weißes und frisch gebügeltes langärmeliges Oberhemd mit dem hohen Stehkragen für sein gepflegtes Äußeres. Gaëlle fühlte sich von Anfang an zu ihm hingezogen.

Er war ein Bild von einem Mann, Ende 30, volles dunkles Haar, schlank und durchtrainiert. Einerseits als Militaire sehr männlich und gewohnt, Befehle zu geben. Andererseits konnte er zuhören und nahm sich selbst nicht wichtig. Nach den Proben gingen die beiden in der Regel immer noch etwas in der Bar des Sports trinken. Dabei waren sie rasch einander sehr vertraut geworden. Sie spürte immer mehr, wie auch Jean-Yves sich für sie interessierte und an ihren Lippen hing, wenn sie redete. Ihre Natürlichkeit, ihr Lachen und ihr Optimismus machten sie in Jean-Yves' Augen zu einer besonderen und begehrenswerten Frau. Wenn die beiden in der Bar des Sports lange zusammensaßen, ging ihnen der Gesprächsstoff nicht aus. Noch nie hatte Gaëlle jemandem anvertraut, wie sie als Kind und Jugendliche jahrelang wegen ihrer rotblonden Haare verspottet worden war.

Bei Jean-Yves wusste sie dieses Geheimnis in guten Händen. Es tat ihr so gut, als Antwort von ihm zu hören, wie wunderbar und einzigartig er ihre Haarfarbe fände.

Jean-Yves erzählte häufig von seiner Arbeit. Schlimme Unfälle oder Verbrechen ließ er aus. Er beschränkte sich auf Anekdotisches oder dienstliche Vorkommnisse mit happy end. Von seiner Frau Françoise sprach er selten, eher schon von Sohn Hervé und seinen pubertären Anwandlungen. Aber viel lieber hörte Jean-Yves Gaëlle zu. Sie kam ursprünglich aus Paris. Ihre Eltern hatten 1945 Guingamp verlassen, um in der Seinemetropole ihr Glück zu versuchen. In der Hauptstadt, hinter der Gare Montparnasse, führten sie seitdem ein bretonisches Restaurant. Regelmäßig im Sommer besuchte Gaëlle ihre Großmutter in der Heimat ihrer Eltern. Die alte Dame war aber vor knapp einem Jahr gestorben und hatte ihrer Enkeltochter ein kleines Haus in der Stadt an der Trieux vererbt. Ohne lange zu zögern, hatte Gaëlle kurz nach ihrem 30. Geburtstag Paris hinter sich gelassen,

50

um ihr Erbe in Guingamp anzutreten. Seit Beginn des Jahres wohnte sie gleich hinter der Basilika, in der Rue Saint-Yves. Von Anfang an liebte sie ihre neue Arbeit als Angestellte im hiesigen Bureau de Tourisme an der Place au Champ du Roy.

Endlich vorbei das hektische Alltagsleben in Paris und mehrere unerfreuliche Männergeschichten! – Sie hatte nie verstehen können, warum ihre Eltern vor 32 Jahren das beschauliche Guingamp und die Nähe zum Meer gegen die anonyme Millionenstadt an der Seine eintauschen konnten. Über ihre neue Arbeit beim Bureau de Tourisme bekam sie schnell Kontakt zur bretonischen Tanzgruppe und freundete sich schon am ersten Abend mit Jean-Yves Tuudic an. Voilà!

Bei der heutigen Probe wiederholten sie mehrfach die ganze Tanzchoreographie für das baldige Meeting in Tréguier. Wie alle anderen Mitglieder der Danse de Bretagne hatten Gaëlle und Jean-Yves keinerlei Mühe, das hohe Tempo in der schnellen Abfolge von Ketten-, Reihen- und Kreistänzen mitzuhalten. Die drei Sonneurs mit ihren Bombardes, den Schalmeien, eröffneten schrill und lautstark die musikalische Begleitung. Nach kurzer Zeit fielen die beiden Binious, die Dudelsäcke, mit ein und gaben zusammen mit großen Trommeln und Becken den schwindelerregenden Wechsel zwischen den einzelnen Tänzen vor. Die 25 Tänzerinnen und Tänzer schnellten, mal mit leisen, mal mit lauten Schritten, über die Holzdielen der Bühne. Wie die anderen Danseuses auch trug Gaëlle eine weiße Bluse und darüber eine blaue Weste, deren Kragenrand reich bestickt war. Bei den vielen Drehungen flog ihr mittellanger Rock in die Höhe und Gaëlle war immer froh, dass sie vor der Probe ihr flaches, weißes Spitzenhäubchen mit den beiden Bändchen unter dem Kinn fest zusammen gebunden hatte.

Sie genoss es, von Jean-Yves beim Tanzen festgehalten zu werden. Wenn die Musik schließlich verstummte, dachten beide nicht daran, den Körperkontakt sofort zu beenden. Als sich die heutige Probe ihrem Ende zuneigte, überlegte Jean-Yves bereits fieberhaft, wie er gleich in der Bar des Sports Gaëlle seine wahren Gefühle für sie eingestehen könnte. Doch ahnungslos und jäh beendete sie seine Träumereien:

»Jean-Yves, tut mit leid! Ich muss heute ganz schnell nach Hause. Meine Eltern wollen mich gleich anrufen. Wir haben schon lange nichts mehr voneinander gehört. Ich sehe dich in einer Woche wieder. Salut!«

Auch die dreifachen Wangenküsse, die sie zum Abschied austauschten, konnten Jean-Yves' tiefe Enttäuschung nicht mindern. Das hatte er sich ganz anders ausgemalt.

- Merde, merde, merde alors!

6

10. JULI 1940 – LA MER

Gegen 11:45 Uhr verließen Sailer und Zielinski voller Vorfreude mit ihrem Krad Guingamp in Richtung Nordwesten. Endlich würden sie die Kanalküste und das Meer sehen! Über die D 9 sollte es zuerst Richtung Plouha gehen. In dem kleinen Marktflecken wollte sich Sailer bei einem Kompaniechef seines Bataillons und anschließend dem Ortsbürgermeister vorstellen. Jetzt wurde es ernst für ihn!

Kaum hatten sie Guingamp hinter sich gelassen und noch nicht ganz die ersten zehn Kilometer auf ihrem Weg Richtung Küste bewältigt, setzte unvermittelt Regen ein. Zielinski stoppte die Zündapp unter einem hohen Pflaumenbaum, der am Straßenrand stand. Wenig später hatten beide ihre neuen, dunkelgrauen, langen Regenmäntel für Kradfahrer angelegt, die im Kofferraum des Beiwagens verstaut waren. Trotz des ganz feinen Nieselregens fuhr es sich angenehm auf der frisch geteerten, schmalen

Landstraße. Neugierig schaute Sailer aus seinem Beiwagen nach rechts und links. Auch hier, wie schon gestern auf ihrem Weg von Rennes nach Guingamp, schützten die mindestens 1,5 Meter hohen und parallel zur Fahrbahn verlaufenden und von Büschen überwucherten Wallhecken die dahinterliegenden Felder und Wiesen vor Regen und Sturm. Nur an einigen Stellen waren diese Knicks unterbrochen, damit die Bauern auf ihre Äcker und Weiden kamen. Diese Durchstiche erlaubten Sailer trotz seiner niedrigen Sitzposition kurze Blicke auf das, was hinter den grünen Wallhecken lag: kleine Getreidefelder, die kurz vor der Ernte standen. Dazwischen immer wieder Gruppen von weidenden Milchkühen, mit langen, gebogenen Hörnern und einem hellen Fell, Rinder einer Rasse, wie er sie aus Schlesien nicht kannte. Überall boten die Knicks Schutz und zeigten am Rand der Äcker und Wiesen die Besitzverhältnisse an.

Wegen des regelmäßigen Viehtriebs verwunderte es nicht, dass Zielinski häufig die auf der Straße liegenden Haufen von Kuhfladen vorsichtig umfahren musste. Der Verlauf der Straße ließ den Charakter der Landschaft bereits erkennen. Mehrere leichte Steigungen zwangen Zielinski, in einen niedrigeren Gang herunterzuschalten und Vollgas zu geben, um den Motor der Zündapp nicht zu sehr zu quälen. Sailer hatte einige kleine Gehöfte erkannt, die verstreut und ganz im Schutz der Wallhecken und hoher Bäume in dieser hügeligen Landschaft lagen. Wenn er richtig hingeschaut hatte, handelte es sich vornehmlich um Eichen, Buchen und Kastanien. Wegen der Mittagszeit waren kaum Menschen zu sehen, auch nicht in den beiden kleinen Dörfern, die sie gerade durchfahren hatten. Das würde sich bestimmt gleich in dem Städtchen Plouha ändern, dachte sich der Leutnant.

Nach wenigen Minuten Fahrt war der feine Sprühregen plötzlich vorüber. Kaum zu glauben, aber die Sonne wärmte sie erneut aus einem strahlend blauen Himmel heraus, als ob es nie geregnet hätte. Sailer gab seinem Fahrer Zeichen, kurz anzuhalten. Beide zogen ihre Regenmäntel aus. Der Leutnant öffnete die lederne Packtasche rechts am Beiwagen und entnahm daraus seine fabrikneue Leica III. Wenige Minuten später hatte er seine ersten Bilder aus der Bretagne im Kasten. Eher Urlaubsfotos als dienstlich wichtige Aufnahmen, aber Sailer musste unbedingt den ihn schon jetzt faszinierenden rauen Charme dieser bretonischen Landschaft in Küstennähe festhalten. Zum Glück war er auf Grund seiner besonderen militärischen Funktion niemandem Rechenschaft darüber schuldig, wofür er sein Filmmaterial verwendete.

Der leichte Salzgeschmack auf seinen Lippen und die überall sichtbaren Schwärme von kreischenden Seemöwen bewiesen Sailer, wie nah sie dem Meer gekommen waren. Ein Hochgefühl stellte sich bei ihm ein. Der Krieg schien weit weg zu sein. Das Schicksal hatte ihn in ein herrliches und offenbar zutiefst friedliches Stückchen Erde verschlagen. Das sprichwörtliche „Leben wie Gott in Frankreich" aus deutscher Sicht schien sich für ihn gerade zu bewahrheiten.

Sailer genoss diesen Augenblick höchsten Glücks, wohl wissend, dass diese wunderbare Zeit jäh zu Ende gehen konnte. Als sie gerade den verwaisten Marktflecken Lanvallon in Richtung Plouha durchfuhren, gab es einen lauten Knall. Zielinski brachte die Zündapp sofort mit einer Vollbremsung zum Stehen. Dummerweise war der Hinterreifen der Maschine geplatzt. Beide schoben sofort ihr Gespann von der Straße nach rechts auf einen kleinen Platz. Sailer bot seinem Fahrer eine Senoussi an, der wollte aber erst einmal die fällige Reparatur durchführen. Fachmännisch löste er das Ersatzrad aus der Halterung an der Rückseite des Beiwagens und legte es vorsichtig auf den Boden. Danach bockte er die Maschine auf dem Mittelständer auf. Mit wenigen Handgriffen klappte er über dem geplatzten Reifen den hinteren Teil des Schutzbleches hoch. Als er die beiden großen Muttern der Steckachse gelöst hatte, ließ sich das ganze Hinterrad problemlos herauszuziehen.

Einmal mehr erkannte Sailer, dass er in Zielinski einen höchst zuverlässigen und kompetenten Fahrer zugeteilt bekommen hatte. – Ein großes Lob war jetzt überfällig.

Plötzlich stand aber ein Mann mittleren Alters in Arbeitskleidung neben ihnen mit einer entkorkten Flasche Rotwein in der Hand. Aus der großen Tasche seiner hellen Latzhose zog er drei Gläser hervor und begrüßte die beiden Soldaten freundlich in einem wilden Kauderwelsch aus Deutsch und Französisch.

Aber selbst Zielinski hatte keine Mühe, Wörter wie „Gutten Tak", „trinkän" und „gutte Kamerat" zu verstehen. Verblüfft und etwas misstrauisch schauten die beiden Männer hinter den Franzosen. Erst jetzt erkannten sie, dass sie genau vor der Dorfkneipe standen und der Mann wohl der Wirt sein musste. Eigentlich hätte Sailer den Wein ablehnen müssen, denn sie waren im Dienst. Jetzt ergab sich aber die unverhoffte Möglichkeit, Kontakt zu einem Einheimischen aufzubauen. Das hatte ihm doch gerade sein Oberst befohlen. Freudig nahm er das Angebot des Wirts an, der den Deutschen auch noch seine Packung Gauloises hinhielt. Bald standen die drei Männer einträchtig rauchend nebeneinander. Der rote Landwein schmeckte den beiden Soldaten prächtig. Nach und nach bekam Sailer höchst wertvolle Informationen aus dem Mund des Franzosen, der mit jedem Schluck Vin Rouge immer gesprächiger wurde: Er sei 1916 an der Somme in deutsche Kriegsgefangenschaft geraten und nach Bayern verbracht worden. Dort habe er auf einem kleinen Bauernhof hart arbeiten müssen, sei aber letztlich fair behandelt worden. Nach seiner Befreiung Ende 1918 und seinem Abschied aus dem kleinen Dorf bei München habe die alte Bäuerin sogar geweint.

Nun sah Sailer den Moment gekommen, den Wirt nach der aktuellen Situation zu fragen. In der Zwischenzeit hatte der Patron den beiden Deutschen und sich selbst ein zweites Glas Wein eingeschenkt.

Die Leute hier sähen den Einmarsch der Deutschen relativ gelassen. Man sei beeindruckt von der Disziplin und der modernen Ausrüstung der Wehrmacht. Dem habe die französische

Armee von Anfang an nicht viel entgegenzusetzen gehabt. »C'est la guerre!«, fügte er grinsend hinzu und bot beiden eine neue Runde Zigaretten an.

Der Leutnant griff dankbar zu und vernahm die Äußerungen des Franzosen mit großem Interesse. Ohne dass Sailer weiter nachhaken musste, fügte der Wirt, der richtig in Fahrt gekommen war, noch hinzu:

»Wir haben die Quittung für die schlechten Pariser Regierungen der letzten Vorkriegsjahre bekommen. Erst kamen Kommunisten und andere Vaterlandsverräter und danach unfähige und korrupte Lumpen. An uns hier in der Bretagne denken die in Paris sowieso immer zuletzt. – C'est comme ça!«

Das ließ an Deutlichkeit nichts zu wünschen übrig und Sailer freute sich schon darüber, wie gut er das gerade Gehörte in seinen ersten Wochenbericht für den Oberst einbauen konnte. In der Zwischenzeit hatte Zielinski den Ersatzreifen montiert und das defekte Hinterrad auf dem Boot festgeschraubt. Mit einem Blick auf seine Armbanduhr deutete Sailer demonstrativ dem Wirt an, dass es Zeit zum Aufbruch war.

Doch zuvor bat er die beiden, noch einen Moment zu warten: »Messieurs, attendez, s'il vous plaît!«

Er verschwand kurz in seiner Bar du Marché, kehrte aber schon nach wenigen Augenblicken mit einem Eimer Wasser, einem Stück Seife und einem sauberen Handtuch zu Sailer und Zielinski zurück. Der Gefreite nahm das Angebot, sich seine vom Reifenwechsel ölverschmierten Hände gründlich zu säubern, hoch erfreut und dankbar an und konnte sich sogar mit einem »Merci, Monsieur!« revanchieren.

Die beiden Deutschen grüßten zum Abschied militärisch korrekt und verabschiedeten sich vom Patron, dessen Namen Sailer in der Zwischenzeit erfahren hatte: Marcel Thomas. Als beide gerade wieder auf der Zündapp ihre Plätze einnahmen, trat aus der am anderen Ende des Marktplatzes liegenden Kirche ein Priester heraus. Ein typischer Landpfarrer, um die 50 Jahre alt, übergewichtig, mit roten Wangen und abgewetzter Soutane.

Als der Curé die beiden deutschen Soldaten sah, wandte er sich indigniert ab und verschwand umgehend in seinem kleinen Pfarrhaus neben der Ortskirche.

Ein deutliches Signal, fand Sailer. Auch das würde in seinen ersten Bericht für den Oberst einfließen. Ihr eigentliches Etappenziel, Plouha, lag nur noch sieben Kilometer von Lanvallon entfernt. Auf halber Strecke kam ihnen eine deutsche Radfahrer-Kompanie entgegen.

Die Jungs sahen ziemlich verschwitzt und erschöpft aus. Einige blickten neidisch auf Sailer und Zielinski auf ihrem komfortablen Krad. Wahrscheinlich waren die Radfahrer heute ganz früh zu einem Manöver an die Küste ausgerückt und durften nun die ganze Strecke nach Guingamp zurück radeln, mutmaßte Sailer. Kurz vor Plouha und hinter einer Kurve mussten sie abrupt an einer Straßensperre abbremsen. Zwei große und bullige Feldgendarmen, die gefürchteten „Kettenhunde", traten ihnen mit ihrer rot-weißen Kelle entgegen. Zielinski hatte in vorauseilendem Gehorsam den Motor der Zündapp sofort ausgeschaltet.

»Personen- und Fahrzeugkontrolle!«, herrschte sie der ältere der beiden Feldgendarmen barsch an.

Sailer nahm sich ganz viel Zeit beim Aussteigen aus dem Boot. Betont langsam zog er aus seiner Kartentasche, die links an seinem Lederkoppel angebracht war, den gültigen Fahrbefehl heraus. Von einem kleinen Unteroffizier wollte sich der Leutnant nicht vorführen lassen!

Nachdem beide auch noch ihre Soldbücher zur Kontrolle vorgezeigt hatten, winkte sie der Unteroffizier wortlos zur Weiterfahrt durch. Erst beim Passieren des mit Stacheldraht gesicherten Kontrollpostens nahm Sailer einen offenen und in Tarnfarben gestrichenen VW-Kübelwagen wahr. Er stand rechts im Schatten unter einem hohen Kastanienbaum. Am Steuer saß sein Mitbewohner Kampe, der ihm betont jovial zuwinkte. Aber Sailer wollte sich durch diesen blöden Kerl nicht seine gute Laune verderben lassen! Wenige Minuten später standen sie in Plouha auf dem

57

Marktplatz, direkt vor der Mairie. Sailer hatte die lästige Begegnung mit den „Kettenhunden" bereits verdrängt.

Dafür stand ihm eine erste richtige dienstliche Herausforderung bevor. Die Kontaktaufnahme mit Monsieur le Maire, dem Bürgermeister, wartete auf ihn.

Beim Betreten des kleinen Rathauses begrüßte die Concierge, die gleich rechts in einem winzigen Dienstraum saß, die beiden Deutschen sehr devot.

Sofort führte sie den Leutnant zum Dienstzimmer des Bürgermeisters, Monsieur Joseph Georgelin. Derweil nahm Zielinski im Flur auf einer Holzbank Platz, die offensichtlich für die wartenden Besucher reserviert war. Er hatte sich kaum hingesetzt, als sich neben ihm eine Tür öffnete. Eine junge Stadtangestellte erschien und lud ihn mit einer freundlichen Handbewegung ein, näherzutreten. In dem Raum saßen bereits zwei weitere Frauen, wahrscheinlich Kolleginnen der jungen Dame, die ihn herangewinkt hatte. Zielinski merkte, wie er langsam rot im Gesicht wurde. Sein Leutnant befand sich vielleicht für eine Stunde im Gespräch mit dem Bürgermeister und er sollte ganz allein bei den drei Französinnen bleiben, die ihn neugierig musterten. Auf einem Tisch in der Mitte des Raumes standen Trinkgefäße und ein großer Kuchenteller. Die Damen luden ihn gestenreich und herzlich dazu ein, sich zu ihnen an den Tisch zu setzen und zuzugreifen. Zielinski hatte keine Wahl. Der Kaffee roch richtig stark. Sie tranken ihn aus hellen Schalen aus Steingut, die mit Motiven aus der Bretagne verziert waren.

Zielinski wollte sich keine Blöße geben und schaute vor dem Trinken genau hin, wie die Damen ihren Kaffee tranken. Das gelang ihm schließlich ganz gut. Der angebotene Apfelkuchen schmeckte köstlich. Alles erinnerte ihn an das sonntägliche Kaffeetrinken bei ihm zu Hause in Breslau. Wenn er doch nur sprachlich mithalten könnte!

»Nous, on habite ici à Plouha, et vous, Monsieur?«, unterbrach zu seinem Entsetzen eine der drei Frauen das Schweigen am Tisch. Zielinski überlegte fieberhaft, was das bedeuten

58

könnte. Er hatte nur „Plouha" verstanden und versuchte angemessen zu antworten: »Ich« und dabei zeigte er noch verstärkend auf sich »Ich, ich wohne in ... Guingamp!«. Die drei jungen Frauen fingen an zu kirchern und kommentierten lachend seine offensichtlich danebenliegende Antwort auf Französisch. Er fühlte sich immer unwohler in seiner Haut. Die ersten Schweißperlen bildeten sich auf seiner Stirn. Jetzt versuchte es die andere junge Frau, die rechts neben ihm saß und stark nach einem betörenden Parfüm duftete, noch einmal.

»Non, non, pas à Guingamp, mais peut-être à Berlin ou à Hambourg ou à Cologne?«

Da sie gerade ganz langsam gesprochen hatte, meinte Zielinski irgendwie „Cologne" vernommen zu haben. Das Wort kannte er durch seine Mutter, die immer ein Fläschchen Eau de Cologne in ihrer Handtasche dabei hatte. Voller Erleichterung antwortet er:

»Nein, nein. Nix Köln. – Breslau!«

»Ah, bon!«, lautete die Antwort im Chor. Aber Zielinski hatte den Eindruck, dass sie mit dieser Ortsangabe nicht viel anfangen konnten. Zum Glück zog die dritte am Tisch, die bisher noch nicht viel gesagt hatte, eine Schachtel Gitanes heraus und bot auch Zielinski eine Zigarette an. Er langte dankend und voller Freude über die ihm gegönnte Gesprächspause zu.

Als er sein Wehrmachts-Sturmfeuerzeug aus seiner linken Uniformtasche herausgezogen und den Frauen der Reihe nach Feuer gegeben hatte, konnte er endlich wieder einen klaren Gedanken fassen:

»Merci, Madame!« Doch die Angesprochene wehrte sich lachend mit einem: »Non, non. Mademoiselle, s'il vous plaît.«

Alle drei kicherten erneut. Aber dieses ihn anfangs sehr anstrengende Kaffeetrinken mit den drei hübschen jungen Französinnen fing langsam an, ihm Spaß zu machen. – Wenn nur seine Kameraden aus der Kompanie ihn hier sitzen sehen könnten!

Auch der nächste Satz »Mais qu'est-ce qu'il est drôle!«, den die Dritte im Bunde hervorbrachte, schien nichts Abfälliges zu bedeuten. Zielinski verstand es eher als Kompliment, was auch immer diese Worte bedeuten mochten. Plötzlich klopfte es und der Leutnant erschien in der Tür. Sein Fahrer saß glücklich und wie der Hahn im Korb beim Kaffeeklatsch zwischen den drei charmanten Desmoiselles in ihren leichten bunten Sommerkleidern.

Wenn auch lächelnd, aber doch sehr bestimmt, blies Sailer zum Aufbruch. Den drei jungen Damen stand die Enttäuschung ins Gesicht geschrieben. Was für ein Bild von einem Mann und wie gut der junge Offizier französisch sprach, dachte jede bei sich. Die beiden Soldaten verabschiedeten sich förmlich und Zielinski bat den Leutnant, sich in seinem Namen bei den drei jungen Frauen herzlich zu bedanken.

Während der kurzen Fahrt von Plouha an die nahe gelegene Kanalküste ließ Sailer das fast einstündige Gespräch mit Joseph Georgelin, dem Maire von Plouha, noch einmal kurz Revue passieren: Schon als Sailer dessen Dienstzimmer betrat, hatte er einen guten Eindruck von seinem französischen Gegenüber. An der Wand hing ein großes Porträt von Marschall Pétain, dem neuen Staatschef. Sofort nach der Niederlage hatte er Frankreich auf eine Collaboration mit den Deutschen eingeschworen.

Auch Georgelin benutzte in den Verhandlungen mit Sailer immer wieder das Wort von der „Zusammenarbeit", so dass die beiden Männer schnell abarbeiteten, was zu regeln war: dringend die feste Unterbringung weiterer Soldaten des 6. Bataillons in und um Plouha oder die Bezahlung der Händler, die die Feldküche der Deutschen täglich mit Nachschub versorgten.

»Fahren Sie an die Plage Bonaparte!«, hatte Georgelin dem Leutnant zum Abschied geantwortet, als der ihn nach einem schönen Strand in der Nähe gefragt hatte. Wenige Minuten nach ihrer Abfahrt aus Plouha hatten sie die steile Felsküste erreicht. – La mer. Endlich! Wasser, so weit das Auge reichte. Etwa 100 Meter unter ihnen lag die lang gezogene und malerische Bucht von Plouha mit ihrem weiten Strand, der links und rechts von hoch aufragenden schroffen Felsen begrenzt wurde. Gelb blühende Ginsterbüsche vereinigten sich auf den Klippen zu riesigen Teppichen und bildeten zusammen mit den ineinander fließenden Blau- und Grüntönen der bewegten See ein atemberaubendes Farbkolorit. Sailer und Zielinski standen überwältigt und schweigend am Rand der Klippen nebeneinander. Keiner von beiden hatte bis jetzt das Meer gesehen. Sailer genoss diesen lange und sehnsüchtig erhofften Ausblick über das offene Meer. Er wollte ihn immer als etwas Unwiederbringliches in Erinnerung behalten. Kein Schwarzweißfoto sollte dieses für ihn einmalige Hochgefühl banalisieren. Seine Leica III blieb im Beiwagen der Zündapp. Erst jetzt bemerkten die beiden, dass einige deutsche Wachposten weit unter ihnen am Sandstrand patroullierten. Sailer nahm sein bereits umgehangtes Fernglas zur Hand. Er wollte sich unbedingt das Treiben unten am Strand näher ansehen.

»Schau an!«, entfuhr es ihm. »Auch ein paar OT-Fritzen laufen da rum! – Was haben die denn hier zu suchen?«

Mehrere braun Uniformierte hantierten mit langen Messlatten und schlugen rot-weiße Pflöcke ein. Sailer stellte sein Fernglas noch schärfer. Einer aus der Gruppe stach heraus. Er stand energisch gestikulierend hinter einem Theodoliten und schien das Kommando zu führen. Der Leutnant erkannte ihn sofort: Oberbauführer Horst Pretschler.

7

30. AUGUST 1977 – ERSTE ERKENNTNISSE

An diesem Morgen gegen 9:00 Uhr saß Toudic bereits seit einer Stunde in seinem Büro in Paimpol.

Er konzentrierte sich ganz auf seine Arbeit, um nicht ständig an den gestrigen Abend und den unerwartet frühen Abschied

61

von Gaëlle denken zu müssen. In aller Ruhe rekapitulierte er die bisher bekannten Informationen über den Tod des unbekannten Mannes auf der Ile de Bréhat. In der Zwischenzeit lagen auch die entwickelten Fotos vor, die Guillou und Le Gall gleich am Fundort aufgenommen hatten. Wieder und wieder schaute er sich die zehn Bilder an. Nichts Besonderes fiel ihm dabei auf.

Aber plötzlich erregte ein Detail seine Aufmerksamkeit: Toudic holte seine Lupe aus der Büroschublade und konzentrierte sich auf ein bestimmtes Bild. Es zeigte die linke und obere Körperhälfte des Toten, wie er mit dem Gesicht nach unten im Sand lag. An dessen linkem Arm erkannte der Capitaine ganz deutlich eine Armbanduhr. Die hatten die beiden Gendarmen dem Opfer bestimmt noch am Fundort abgenommen und gleich zu den Asservaten gelegt. Deswegen war später im Kühlhaus nicht mehr die Rede davon. – »Verdammt, so ein dummer Anfängerfehler!«, fluchte Toudic in sich hinein.

Sofort griff er zum Telefon und befahl einem seiner Adjudants, ihm umgehend aus der Asservatenkammer alle Sachen des Toten heraufzubringen.

Wenige Minuten später lag die Armbanduhr auf Toudics Schreibtisch. Eine ganz neue Herrenuhr der Marke MIB mit schwarzem Lederarmband. Mit einer Pinzette wendete sie Toudic vorsichtig auf dem Schreibtisch mehrfach hin und her. Trotz des Aufpralls wiesen weder das Gehäuse noch das Glas sichtbare Schäden auf. Aber das elektrische Laufwerk hatte dabei bestimmt Schaden genommen und war um 09:23 Uhr stehengeblieben, wie auch auf einem der zehn Fotos deutlich zu erkennen war.

Wegen der bereits bekannten Begleitumstände konnte er jetzt die vermutliche Todeszeit des Mannes auf circa 21:23 Uhr festsetzen.

Alle politisch interessierten Franzosen kannten die Marke MIB. Sie war in den Jahren zuvor in aller Munde gewesen. Die Eigentümer der in Besançon ansässigen und sehr renommierten Uhrenmanufaktur hatten 1975 überraschend Konkurs angemeldet. Aber die Arbeiter und Angestellten der Firma wollten das

62

Feld nicht kampflos räumen. Sie besetzten daraufhin monatelang ihre einstigen Büros und Produktionsstätten. Nach zähem Ringen und unter Vermittlung der Zentralregierung in Paris geschah ein Wunder: Die Belegschaft konnte 1976 ihren Betrieb kaufen und weiterhin MIB-Uhren produzieren. Anfänglich in kleiner Stückzahl und nur für den Verkauf in Frankreich bestimmt. Toudic folgerte daraus, dass es sich bei dem Toten wahrscheinlich um einen Franzosen handelte. Aus Solidarität mit den MIB-Arbeitern hatte er bestimmt erst vor kurzem diese nicht ganz alltägliche Armbanduhr erstanden. Nach dieser neuen Erkenntnis wollte sich Toudic einen frischen Kaffee gönnen.

Auf seinem Weg in die kleine Personalküche im Erdgeschoss kam er am Büro von Leutnant Derrien vorbei. Durch die gläserne Tür erkannte er seinen Kollegen, der mit einem Journalisten von Ouest-France sehr vertraut zusammenhockte. Derrien und sein Gast saßen am Schreibtisch einander gegenüber. Der Toudic seit Jahren gut bekannte Lokalreporter machte eifrig Notizen in seinem Schreibblock.

»Bestimmt gibt Derrien wieder ganz groß damit an, wie er gestern als Einsatzleiter den schweren Unfall zwischen Paimpol und Plouha gemanagt hat«, unterstellte ihm Toudic im Vorbeigehen.

In der Personalküche stieß er auf seinen Kollegen Kuhlmann, der sich zur Frühstückspause ein Croissant gönnte.

»Kuhlmann, haben Sie etwas Zeit für mich?«, wollte der Capitaine wissen. »Ich brauche Ihre Hilfe in der Bréhat-Sache.«

Da er gerade genüsslich kaute, hatte der Sergent Major nur ein kurzes Nicken für seinen Chef übrig. Verabredungsgemäß trafen sich die beiden nach der Frühstückspause in Toudics Büro wieder. Der Chef berichtete dem Stabsfeldwebel alles, was bisher über den unbekannten Toten und das Auffinden seines Leichnams am Phare du Paon bekannt war. Auch fasste er kurz zusammen, was nach der ersten Leichenschau durch Dr. Prigent herausgekommen war.

Kuhlmann, nur einige Jahre älter als sein Chef, hörte aufmerksam zu. Dann betrachtete er lange Zeit mit der Lupe die auf dem Schreibtisch liegenden zehn Fotos. Den wahrscheinlichen Todeszeitpunkt gegen 21:23 Uhr konnte er schließlich bestätigen. In diesem Augenblick klopfte es. Ein Kriminaltechniker des Gendarmeriepostens brachte den untersuchten Papierfetzen zurück, den Toudic in der Nähe des Fundortes aus dem Gebüsch geborgen hatte. Der Kollege legte die kleine durchsichtige Papierhülle mit dem möglichen Beweisstück auf Toudics Schreibtisch und teilte Folgendes mit: Das kleine Stück habe vermutlich nicht sehr lange im Regen gelegen und stamme wahrscheinlich von einem Art Briefblock oder aus einem Reklameprospekt.

»Mein Kollege und ich konnten im Labor aber nur einige Buchstaben darauf wieder lesbar machen: …OB… …El…« und ergänzte abschließend »Mehr war nicht drin, mon Capitaine.«

Toudic bedankte sich bei dem Kriminaltechniker und entließ ihn. Mit ein paar schnell geschriebenen Zeilen auf einem DIN-A4-Blatt hielt er zur Sicherheit diese spärlichen Informationen fest.

»Bringt uns das irgendwie weiter?«, fragte er ratlos seinen Kollegen.

»Im Augenblick nicht, aber dieser Fetzen Papier könnte eventuell zu einem späteren Zeitpunkt für uns noch einmal wichtig werden.«

Toudic und Kuhlmann einigten sich darauf, die nächsten Schritte für die weiteren Untersuchungen auf der Ile de Bréhat festzulegen. Kuhlmann schlug vor, Le Gall und Guillou mit einem Foto vom Toten über die Insel zu schicken und nach möglichen Zeugen zu suchen.

»Irgendjemand auf Bréhat muss ihn doch zuvor gesehen haben, verdammt noch mal!«, stimmte ihm sein Chef sofort zu. Toudic dachte plötzlich wieder an die vier jungen Kerle, die sich in der Bucht von Kerrien an dem Segelschiff zu schaffen gemacht hatten. Einer von ihnen hatte stark gehinkt, als sie beim Herannahen der drei Gendarmen sofort Reißaus genommen hatten.

So viele grundsätzliche Fragen stellten sich immer noch: Wer war der Tote? – Lag ein Unfall oder ein Verbrechen vor? Beide kamen überein, mit den vier Halbwüchsigen anzufangen. Vielleicht ergab sich aus deren Befragung eine erste Spur. Erneut klopfte es an der Tür. Dieses Mal stand die Sekretärin von der Hauptwache vor ihnen.

»Monsieur Kuhlmann, bitte vergessen Sie nicht Ihren Termin in Chateaulin! Der Fahrer steht schon vor der Tür und wartet auf Sie.«

»Zut, alors! – Danke, Madame. Ich hätte das beinahe vergessen.«

Kuhlmann entschuldigte sich bei seinem Chef und eilte nach draußen. Toudic wusste Bescheid. Der Sergent Major sollte um 15:00 Uhr auf dem Gelände der Ecole de la Gendarmerie Nationale in dem circa 130 Kilometer entfernten Chateaulin ein neues Dienstfahrzeug für den Gendarmerieposten Paimpol abholen. Bei diesem Gedanken musste Toudic schmunzeln. Kuhlmann war passionierter Motorradfahrer. Nur zu gerne würde er gleich in Chateaulin die nagelneue BMW für die Dienststelle in Empfang nehmen und nach Paimpol überführen. Sein Chef gönnte seinem besten Mitarbeiter diese angenehme dienstliche Aufgabe von Herzen. Kuhlmann hatte zur Zeit einige persönliche Probleme. Die Fahrt auf dem Dienstmotorrad von Chateaulin zurück nach Paimpol – bei bestem Sommerwetter – würde Kuhlmann bestimmt auf andere Gedanken bringen, wünschte ihm Toudic.

Er tippte auf der Schreibmaschine die dienstliche Anweisung für Le Gall und Guillou. Darin hielt er im Kern fest, was er gerade mit Kuhlmann entschieden hatte:

1. Die beiden Kollegen sollten mit Hilfe des Fotos des Toten auf der ganzen Insel Zeugen suchen.

2. Die vier Halbwüchsigen müssten ausfindig gemacht und zu ihrem Treiben am Segelboot verhört werden.

Toudic fügte dem Schreiben noch das Foto bei und brachte es zur Poststelle im Erdgeschoss. Morgen früh müsste es bei Le Gall und Guillou auf der Insel sein.

Sein knurrender Magen erinnerte den Hauptmann an die fällige Mittagspause. Zehn Minuten später saß er im Chez Paulo, einem kleinen Restaurant, praktischerweise nur wenige Meter neben dem Gendarmerie-Posten gelegen. Mehrere LKW standen dicht aufgereiht auf dem großen Parkplatz vor dem Lokal. Es gehörte zur landesweiten Restaurantkette Bleu-Rouge und war bei den Fernfahrern sehr beliebt. Sie wussten schon, wo man überall gut und günstig essen konnte.

Toudic leistete sich seit Jahren hier ein Mittagsabo. Aus der heutigen Tageskarte wählte er aus: Schinken mit Melone als Entrée, Bœuf Bourguignon als Hauptgericht und eine sicherlich leckere Ile Flottante zum Dessert.

Paulo, der Wirt, mit dem er sich gut verstand, brachte ihm ein Glas Vin Rouge du Pays zusammen mit der Vorspeise, wie fast jeden Mittag.

»Bon appétit, mon Capitaine!«

Mehrere andere Gendarmen von Toudics Dienststelle aßen auch hier, blieben aber aus verständlichen Gründen unter sich. Gegen 12:45 Uhr blätterte Toudic in seinem Büro wieder in der noch dünnen Bréhat-Akte. Nach dem guten Essen machte ihm eine gewisse Müdigkeit zu schaffen. Für Sekunden fielen ihm sogar die Augen zu. Der schrille Klingelton seines Dienstapparats riss ihn abrupt aus seinem Halbschlaf. Im Nu war er hellwach, als er hörte, mit wem er sprach – der Gerichtsmedizin der Universität Rennes.

»Ich bin Docteur Gautier, der diensthabende Rechtsmediziner. Spreche ich mit Capitaine Toudic?«

»Bonjour, Monsieur le Docteur. Wie schön, dass Sie sich so schnell melden! Ich bin sehr gespannt, was Sie für uns herausgefunden haben.«

Der Doktor hielt sich nicht lange mit weiteren Förmlichkeiten auf:

»Gerade hatte ich Ihren Toten vom Phare du Paon auf dem Tisch. Den vollständigen Bericht bekommen Sie natürlich morgen mit der Post, aber vorab kann ich Ihnen schon einiges mitteilen.

66

Todesursache war eine Atlasfraktur, ein Genickbruch, verursacht durch den Sturz aus großer Höhe. Todeszeitpunkt ungefähr zwischen 19:00 Uhr und 24:00 Uhr. Präzisere Angaben kann ich nachträglich nicht machen. Die Blutreste unter seinen Fingernägeln stammen nicht von dem Toten.«

Toudic hatte schon jetzt größte Mühe, Gautier zu folgen und sich beim Zuhören einige Notizen zu machen.

»Und in seinem Magen befanden sich Speisereste. Er hat einige Stunden vor dem tödlichen Sturz Kartoffeln mit Buttermilch gegessen. Außerdem konnte ich Reste von Chouchen, dem bretonischen Honigwein, nachweisen. Ich hoffe, Sie können damit etwas anfangen, mon Capitaine?«

Toudic beeilte sich, eine angemessene Reaktion zu zeigen.

»Auf jeden Fall, Monsieur Gautier. Das sind für uns ganz wichtige Informationen.«

Der Mediziner ging nicht weiter darauf ein und ergänzte noch Folgendes: »Übrigens hat die Kollegin Prigent gut gearbeitet und vieles vorab schon richtig erkannt. So wie die Narben aussehen, fehlen ihm die beiden Zehen bestimmt seit Jahrzehnten. – Näheres konnte ich nicht erkennen. Haben Sie weitere Fragen, mon Capitaine?«

Toudic war ob der Fülle der Neuigkeiten fast schwindelig geworden. Sein Herz pochte heftig.

»Nein, vielen…«

Bevor er weitersprechen konnte, fuhr Gautier bereits fort:

»Ehe ich es vergesse, bei den Kartoffeln ließen sich nicht die geringsten Spuren von anorganischem Dünger oder Pflanzenschutzmitteln feststellen. Das ist schon ungewöhnlich. Den Fall müssen Sie jetzt aber lösen, mon Capitaine. Dafür bin ich nicht mehr zuständig!«

Toudic konnte gerade noch ein »Merci beaucoup et bonne journée!« unterbringen, bevor Docteur Gautier wieder aufgelegt hatte. Der Hauptmann überflog seine schnell dahingekritzelten Notizen und ergänzte hier und da einiges aus der Erinnerung. Anschließend fertigte er auf seiner Schreibmaschine einen kur-

67

zen Bericht an, der die neuen und überraschenden Ergebnisse der Obduktion festhielt.

Langsam füllte sich die Bréhat-Akte. Noch wusste er nicht, wie er zusammen mit Kuhlmann auf Grund der neuen Informationen weiter ermitteln sollte. Vielleicht hatte Kuhlmann eine zündende Idee.

Ein Blick auf seine Uhr erlöste ihn für heute aus diesem Dilemma: fast 15:00 Uhr! In gut einer Stunde hatten Françoise und er in Guingamp einen Termin bei Professeur Sévellec, dem Klassenlehrer von Hervé. Schnell ließ er das gerade angefertigte Dossier in seinem Aktenschrank verschwinden und verließ die Dienststelle.

Punkt 16:00 Uhr saßen die Eltern von Hervé in dem karg möblierten Elternsprechzimmer des Lycée Auguste Pavie de Guingamp in der Rue Anatole le Braz. Der Studienrat, um die 50 Jahre alt, relativ klein, mit der Figur eines Marathonläufers, war in Schülerkreisen als „harter Hund" verschrien. Ohne Umschweife konfrontierte er die beiden mit den Verfehlungen ihres Sohnes: mehrfaches unentschuldigtes Fehlen in vielen Fächern, selten angefertigte Hausaufgaben und häufiges Stören im Unterricht. Da Monsieur Sévellec Klassenlehrer in der Seconde war, konnte er seine Beschwerden auch im Namen der anderen Fachlehrer ihres Sohnes vorbringen. Nach einem sehr bestimmten:

»Mit dieser Einstellung wird Hervé die 10. Klasse auf keinen Fall schaffen!«, gab er den Eltern schließlich die Möglichkeit, sich zu äußern.

Toudic war von der Arbeit ziemlich erschöpft und schaute seine Frau Françoise erwartungsvoll an. Er bewunderte sie. Trotz ihres ebenfalls langen Arbeitstages in der immer gut frequentierten Schulbibliothek übernahm sie die Initiative und bat mit ihrer warmen und sympathischen Stimme um Verständnis für ihren Sohn. Hervé habe den kürzlichen Wechsel vom Collège auf das Gymnasium noch nicht ganz realisiert. Françoise versprach dem Klassenlehrer, mit ihrem Sohn über alles zu reden und ihn zu einer besseren Arbeitshaltung zu bewegen. Die Eltern bedankten sich abschließend betont höflich und fast devot bei Sévellec. Toudic war nicht entgangen, dass Hervés Klassenlehrer während des ganzen Gespräches nur Françoise angeschaut hatte. Sie war mit ihren fast vierzig Jahren immer noch eine attraktive Frau. Viel Sport in der Freizeit und völlige Abstinenz bei Alkohol und Zigaretten zahlten sich für sie sichtbar aus. Nicht umsonst kamen immer wieder die Herren Professeurs aus „dienstlichen Gründen" gern und häufig zu ihr in die große Schulbibliothek. Nicht ohne Stolz hatte ihm Françoise davon häufiger berichtet. Eine Viertelstunde später saßen die Eheleute bei einer Tasse Tee im Wohnzimmer ihres gemütlichen Reihenhauses in der rue Moulin au Cuivre. Toudic brummte der Schädel und er überließ seiner Frau das Reden. Sie unterbreitete ihm mehrere Vorschläge, wie sie als Eltern ihren Sohn auf einen besseren schulischen Weg bringen könnten. Nach kurzer Zeit verließ sie aber wütend das Wohnzimmer in Richtung Garten und knallte die Terrassentür hinter sich zu.

Ihr Mann Jean-Yves hatte ihr überhaupt nicht zugehört. Er saß in sich zusammengesunken am Wohnzimmertisch. In dem Bréhat-Fall hatte er noch nichts Richtiges vorzuweisen. Auch sein Privatleben belastete ihn sehr.

Dieses stille Zerwürfnis zwischen Françoise und ihm sorgte umso mehr für seinen Blues. Langsam regte sich Zweifel in ihm: War er dem komplizierten Fall in seinem jetzigen Gemütszustand wirklich gewachsen?

8

14. JULI 1940 – LA FÊTE NATIONALE

Heute blieb Leutnant Sailer besonders lange in seinem Bett liegen. Doch das Glockengeläut von Notre Dame, das die Gläubigen zur sonntäglichen Neun-Uhr-Messe einlud, setzte seinem Müßiggang ein Ende. Gut ausgeschlafen stand er auf, öffnete den grauen Fensterladen und warf durch das offene Fenster einen ersten Blick über die Dächer von Guingamp Richtung Basilika. Der strahlend blaue Himmel und die noch milde Temperatur an diesem sonnigen Sommermorgen ließen vermuten, dass er einen erholsamen freien Tag verleben würde.

In den letzten Tagen hatte er sich von Zielinski kreuz und quer durch das Gebiet der Unterpräfektur Guingamp fahren lassen. In den kleinen Gemeinden konnte er viele Gespräche mit den Ortsbürgermeistern führen und sich einen ersten Überblick über ihre Einstellung zu den Deutschen verschaffen. Außerdem setzte er sich pflichtgemäß mit den beiden Kompaniechefs in Verbindung, die mit ihren Männern hier stationiert waren. Sie und ihre Soldaten hatten darüber zu wachen, dass alles ruhig blieb. Insgesamt gab es keine besonderen Vorkommnisse zu melden, aber er hatte genug erfahren, um einen fundierten Bericht zu schreiben, der am Montagmorgen auf dem Schreibtisch seines Bataillons-Kommandeurs liegen musste. Nach seiner Morgentoilette, bei der er sich besonders viel Zeit ließ, ging er hinunter in die Küche.

Madame Yvette hatte wieder mit viel Liebe das Frühstück vorbereitet und sogar einen kleinen Strauß aus frischen Kornblumen auf den Küchentisch gestellt. Zum Glück war von Kampe, Fischer und Pretschler noch nichts zu sehen. Alle drei hatten gestern Abend bis tief in die Nacht im Soldatenheim in der Rue Yves-Legrand gefeiert. Im Gegensatz zu ihnen hatte Sailer keine

70

Lust auf viel Alkohol und Truppenbetreuung durch *jolies Françaises* verspürt und war früh zu Bett gegangen.

Gegen 03:00 Uhr in der Früh war er jedoch aufgeweckt worden. Er hatte gehört, wie Kampe nach Hause kam. Nicht allein. Kampe und eine Frau waren polternd die Treppe heraufgekommen und laut lachend in dem Nachbarzimmer verschwunden. Nach wenigen Minuten war daraus die immer schneller gestöhnte Aufforderung einer jungen Frauenstimme »Oui, Dietriesch! – oui, plus fort! – Oui! Oui, mon amour!« an Sailers Ohr gedrungen.

Obwohl er sich dagegen gewehrt hatte, hatte ihn die Vorstellung von dem, was sich auf der anderen Seite der dünnen Wand gerade abspielte, erregt. Als es drüben still geworden war, hatte Sailer gehofft, weiterschlafen zu können. Doch plötzlich hatten die beiden angefangen, sich heftig zu streiten. Die Tür von Kampes Zimmer war aufgeflogen und ein wütender Wortschwall hatte das jähe Ende des deutsch-französischen Liebesspiels angekündigt.

»Raus! – Du billiges Flittchen!«

»Mais laisse-moi, espèce de con!«

Kampe hatte scheinbar die Frau halb die Treppe Richtung Haustür hinuntergeschmissen. Als Letztes hatte Sailer noch ihren wütenden Schrei »Sale boche!« gehört. Da war sie bereits unten auf der Straße angelangt und in sicherem Abstand zum Haus. Danach war endlich wieder Ruhe eingekehrt. Nicht ohne Schadenfreude dachte er bei seinem ausgiebigen Sonntagsfrühstück daran zurück.

Neugierig betrat er gegen 10:00 Uhr erstmals das große Wohnzimmer des Hauses im Erdgeschoss. Neben dem hohen Kamin stand ein reichhaltig bestücktes Bücherregal. Er fühlte sich gehemmt. Als Eindringling. Was war wohl aus Dr. Klein, dem geflohenen Eigentümer des Hauses, seiner Frau und ihren drei Kindern geworden, fragte er sich. In der Zwischenzeit hatte er von Madame Yvette erfahren, dass die bretonische Aufschrift „Ker Bugale", die über der schmiedeeisernen Eingangspforte zum

71

Grundstück angebracht war, „Haus der Kinder" bedeutete. Schließlich schob er jedoch seine Bedenken beiseite und nahm einige leicht verstaubte Bücher vorsichtig in die Hand. Die Hausbibliothek bestand aus Literatur, die dem Geschmack und dem Leseinteresse der akademisch gebildeten Bewohner entsprach.

Sailer kannte aus der Schule und seinem Studium einige der hier vertretenen Autoren, wie etwa La Fontaine, Molière, Racine, Rousseau, Voltaire, Balzac oder Zola. Aber auch einige Bände aus der Feder von Goethe und Heine, sowohl auf Deutsch als auch auf Französisch, gehörten zu der Hausbibliothek. Das fand er bemerkenswert.

Von Heinrich Heine hatte er noch nie etwas gelesen. Dessen Bücher und Schriften waren gleich 1933 öffentlich verbrannt und aus den Bibliotheken entfernt worden. Sailer erinnerte sich noch gut an das große Feuer und das Gejohle der Studenten in SA-Uniformen auf dem großen Marktplatz von Breslau.

Nach längerem Überlegen wählte er zwei Bücher aus: Contes de Guy de Maupassant und Emile Zola – Germinal. Auf Heinrich Heine würde er auf jeden Fall zu einem späteren Zeitpunkt zurückkommen!

Um seine Mitbewohner nicht zu wecken, öffnete er ganz leise die Terrassentür und gelangte in den großen Garten hinter dem Haus. Unter einem alten hohen Kirschbaum in der Mitte des Gartens fand Sailer einen Gartentisch und zwei bequeme Korbsessel. Er nahm Platz und genoss die Ruhe an diesem schattigen Ort. Fast ehrfürchtig blätterte er in dem Maupassant-Band und der darin abgedruckten Auswahl von Kurzgeschichten, die zumeist in der Normandie oder in Paris spielten. Sailer fing an zu lesen. Maupassants Novellen faszinierten ihn.

Schon auf den ersten Seiten gefiel dem Leutnant Maupassants kraftvolle und sehr präzise Sprache. Sie baute vor dem Auge des Lesers sehr gegenständliche, farbige und nuancierte Bilder über Räume, Landschaften und die darin lebenden Menschen auf, ohne dass die Lektüre und ihre wortreichen Beschreibungen langweilten. Im Gegenteil. Sailer ließ sich begeistert mitnehmen von der Kunst Maupassants, quer durch alle sozialen Milieus sehr ehrliche und zeitlose Geschichten zu erzählen, die zumeist kein glückliches Ende nahmen. – In der Tat, »Ainsi va la vie!«, resümierte Sailer für sich.

Er hatte sich so auf das Lesen konzentriert, dass er gar nicht die vielen Bienen bemerkte, die ihn die ganze Zeit umschwirrten. Um 11:30 Uhr legte er das Buch auf den Gartentisch und ging ins Haus zurück. Vom Flur aus konnte er durch die halb geöffnete Küchentür seine drei Mitbewohner sehen, wie sie schweigend frühstückten.

Wahrscheinlich waren sie nach der gestrigen Feier und der kurzen Nacht noch nicht in der Lage oder willens, Gespräche bei Tisch zu führen. Sailer grüßte kurz vom Flur aus und ging hoch in sein Zimmer. Nachdem er rasch seine Uniform angelegt hatte, beeilte er sich, das Haus zu verlassen und in Richtung Innenstadt zu verschwinden.

Er wollte pünktlich um 12:00 Uhr in der Kantine der Wehrmacht sein, die auf dem Gelände des Gymnasiums Notre Dame untergebracht war. Dort erwartete ihn ein gemeinsames Mittagessen mit Zielinski. Sein Fahrer und er hatten hier in den letzten Tagen schon mehrfach gegessen. Das Essen schmeckte ganz ordentlich. Der „Küchenbulle", so hieß es in Kameradenkreisen, sei im Zivilberuf Koch in einem namhaften Münchner Restaurant gewesen.

Auch hier genossen Zielinski und er ein Privileg: Alle Soldaten, die in der Kaserne in der Rue du Maréchal Foch untergebracht waren, aßen dort. Aber diejenigen, die nicht am allgemeinen Kompaniedienst teilnahmen, wie Sailer und Zielinski, wurden in der kleinen Kantine im Lycée Notre Dame verpflegt. Pünktlich um 12:00 Uhr betrat der Leutnant den von der Wehrmacht besetzten Speisesaal.

Auf Grund des engen Zuschnitts des Raumes gab es hier nicht die sonst übliche Trennung der Offiziere von den Unteroffizieren und Mannschaften. Sailer sah sofort seinen Fahrer an einem Vierertisch fröhlich lachend zwischen zwei uniformierten Luftnachrichtenhelferinnen sitzen und setzte sich trotz des militärischen Rangunterschiedes zu ihnen.

Der Gefreite stellte die beiden jungen Damen vor: Links von ihm saß Fräulein Wagenführ aus Magdeburg, rechts neben ihm Fräulein Kellert aus Trier. Beide waren Anfang zwanzig und arbeiteten im Zivilberuf als Sekretärinnen, wie er bald erfuhr. Im Frühjahr hatten sie sich freiwillig für den Stabsdienst als Nachrichtenhelferinnen bei der Luftwaffe gemeldet. Nach einer dreimonatigen Ausbildung an der Luftnachrichtenschule in Halle, wo sich die beiden erst kennengelernt hatten, wurden sie anschließend zu einer Bodeneinheit der Luftwaffe an die bretonische Kanalküste abkommandiert.

»Wo genau soll es hingehen, meine Damen?«, fragte Sailer.

Fräulein Wagenführ, die ihren Teller fast geleert hatte, zog den Marschbefehl aus ihrer an der Stuhllehne hängenden schwarzen Handtasche und reichte ihn an Sailer weiter. Sailer schaute sich das Schreiben näher an.

»Aha, Sie sollen zum Stab einer Funkmesskompanie, die in Plouha liegt. Sie sind schon fast am Ziel meine Damen!«

Die beiden Gesichter der beiden jungen Frauen hellten sich auf. In der Zwischenzeit hatten alle am Tisch ihre Portion Schnitzel mit Gemüse und Kartoffeln aufgegessen und schauten sich nach dem Nachtisch um. Heute gab es Apfelmus.

»Zielinski, Sie besorgen sich in der Kaserne bei Ihrer Schirrmeisterei ein Fahrzeug und fahren die beiden Damen zu ihrer Einheit nach Plouha. Die liegt am Ortsrand, kurz vor der Plage Bonaparte, in den Unterkünften einer ehemaligen Ferienkolonie für Kinder von französischen Eisenbahnern.«

Der Angesprochene schaute ihn ungläubig an.

»Den notwendigen Fahrbefehl dafür stelle ich Ihnen natürlich gleich aus.«

Zielinski nickte erleichtert und wandte sich wieder seinem Nachtisch zu. Die beiden jungen Frauen nahmen Sailers Angebot mit großer Freude auf und bedankten sich bei dem Leutnant.

74

Zum Abschied brannte ihm aber noch eine Frage auf den Lippen: »Warum haben Sie sich eigentlich freiwillig gemeldet, meine Damen?« Die beiden Frauen schauten sich etwas ratlos an. Fräulein Wagenführ rückte zuerst den Knoten ihrer dunkelblauen Uniformkrawatte zurecht und erklärte:

»Wir wollten natürlich unserem Vaterland in diesen Zeiten helfen. Es hängen doch überall im Reich Plakate mit dem Appell an uns Frauen, sich freiwillig zu melden.«

Ihre Kollegin schmunzelte und ergänzte: »Aber ehrlich gesagt, als wir die vielen Berichte der Wochenschau im Kino gesehen haben, hatten wir schon große Lust, endlich einmal von zu Hause wegzukommen und andere Länder zu sehen.«

Nach dem Essen verabschiedeten sich die beiden Luftnachrichtenhelferinnen von Sailer und machten sich mit Zielinski auf den Weg nach Plouha. Draußen auf dem Hof zündete er sich eine Zigarette an und blieb neben der Eingangstür der Kantine stehen. Gleich zu Hause, in der Rue du Docteur Corson, würde er den ersten Wochenbericht für Oberst Senger verfassen müssen.

Er hatte sich in den letzten Tagen und nach mehreren Inspektionsfahrten ausführliche Notizen gemacht, um seinen Bataillons-Kommandeur nicht zu enttäuschen. Schließlich setzte er sich in Bewegung und ging auf den Hofausgang zu, der zur Rue des Capucins führte. Anfangs nahm er die Stimme gar nicht wahr, die hinter ihm mehrfach und immer lauter werdend rief:

»Monsieur!«

Erst nach dem dritten Rufen fühlte sich der Leutnant angesprochen und drehte sich verdutzt um. Hinter ihm wartete eine junge Frau in einem hellen, einfarbigen Sommerkleid. Darüber trug sie eine dunkelblaue leichte Strickjacke. Sie schaute ihn freundlich an. Für einen Moment war der Leutnant verunsichert, aber dann erkannte er sie wieder: Vor ihm stand die junge Frau, die letzten Mittwoch vor seinen Augen mit ihrem Fahrrad gestürzt war, und hielt ihm freudig strahlend sein Taschentuch entgegen. Frisch gewaschen und gebügelt. Sailer wusste gar nicht, was er sagen sollte. Zum Glück ergriff sie wieder die Initiative und stellte sich vor:

»Ich heiße Marie-Hélène Riou. Sie haben mir vor ein paar Tagen nach meinem Sturz sofort geholfen. Dafür möchte ich mich herzlich bei Ihnen bedanken!«

Der verdutzte Sailer zögerte. Spontan fielen ihm nicht die richtigen französischen Ausdrücke ein. Er hatte den Umgang mit jungen Frauen fast verlernt.

»Leider bin ich etwas in Eile«, fuhr sie fort, »aber vielleicht haben Sie heute Nachmittag gegen 16:00 Uhr Zeit, Monsieur? Ich lade Sie auf einen Kaffee ein.« Sailer bejahte erfreut. »Kennen Sie das Café des Sports, Monsieur? Dort warte ich ab 16:00 Uhr auf Sie.« Alles ging so schnell. Der Leutnant konnte gerade noch ein zustimmendes »D'accord. – Et à bientôt!«, stammeln. Dann war sie über den Nebenausgang, der direkt in den Stadtpark von Guingamp führte, verschwunden. Erfreut steckte Sailer sein Taschentuch ein und schaute auf die Uhr: 13:15 Uhr. Zeit, nach Hause zu gehen und den fälligen Dienstbericht zu schreiben. Als er wenige Minuten später den Marktplatz erreicht hatte, erwartete ihn dort die nächste Überraschung: Eine Gruppe von jungen Leuten, vielleicht ein Dutzend Männer und Frauen, kaum 18 Jahre alt, flanierte um die Place du Centre herum. Alle hielten jeweils an einer langen Schnur einen blauen, weißen oder roten Luftballon. Die Ballons schwebten ruhig über ihren Köpfen und bildeten zusammen die Farben der französischen Trikolore ab. Damit zeigten die jungen Leute großen Mut und Einfallsreichtum. Denn erst gestern hatte Oberst Senger überall in Guingamp und in den umliegenden Ortschaften zweisprachige Plakate aufhängen lassen. Den französischen Text hatte Sailer verfasst. Darauf erging der strikte Befehl an alle: keine Demonstrationen am 14. Juli, dem französischen Nationalfeiertag.

Plötzlich stoben die jungen Leute, die gerade noch ganz friedlich und lachend um den Marktplatz herumgegangen waren, in wilder Panik auseinander. Ein Ruf erschallte: »Les boches arrivent!«

In der Tat sah Sailer, wie aus dem Nichts mehrere Fahrzeuge der Wehrmacht auf dem Markt auftauchten. Im Nu umzingelten mehrere Soldaten die jungen Franzosen, die es nicht rechtzeitig geschafft hatten, sich in Sicherheit zu bringen. Mit ihren Gewehrkolben schlugen die Feldgendarmen auf sie ein, entrissen ihnen die Luftballons und brachten dabei einen jungen Mann mit einer abgewetzten schwarzen Lederjacke zu Fall. Der hatte sich am heftigsten gewehrt und war beim Herannahen der Deutschen furchtlos stehen geblieben. Erst jetzt erkannte Sailer den Offizier, der den Einsatz leitete: Leutnant Kampe. Mit dieser Situation hatte Sailer nicht gerechnet. So etwas hatte er nicht gewollt. Wahrscheinlich war er auch zu naiv gewesen zu glauben, dass alles so ruhig bleiben würde ... An einem 14. Juli im besetzten Frankreich! Schnell bog er nach links ab, weg vom Marktplatz, Richtung Trieux. Dieser Schleichweg würde ihn schnell zur Rue du Docteur Corson bringen. Er bekam gerade noch mit, dass die Soldaten den jungen Mann wie einen Sack Kartoffeln auf die Ladefläche des kleinen LKW warfen. Kampe stand daneben und verpasste ihm dabei einen Fausthieb mitten ins Gesicht.

Der junge Franzose schrie vor Schmerz auf, verfluchte den deutschen Offizier und drohte ihm schließlich Rache an: »Tu vas payer, sale boche!«

Auch wenn Kampe kein Französisch sprach, hatte er bestimmt die ausgesprochene Drohung richtig verstanden, dachte sich Sailer beim Weglaufen. Immer noch verstört von diesem Zwischenfall saß er kurze Zeit später in seinem Zimmer und hatte große Mühe, sich auf das Tippen des geforderten Berichts zu konzentrieren. Feige war er gewesen, warf er sich vor, er hätte einschreiten müssen!

Er mochte dieses Land sehr und hatte gehofft, mit den Menschen vor Ort langsam einen friedlichen Weg des Zusammenlebens zu finden, natürlich nach deutschen Regeln und dem Willen der Sieger der gerade beendeten kriegerischen Auseinandersetzung. Das Schanddiktat von Versailles aus dem Jahr 1919 gab den Siegern von 1940 das Recht dazu. Ein Typ wie

77

Kampe mit seinem völlig unangemessenen und brutalen Verhalten bedrohte Sailers Hoffnung auf eine langsame deutsch-französische Annäherung. Aber jetzt blieb ihm keine Zeit, weiter über Grundsätzliches nachzudenken. Er stand unter Zeitdruck und musste liefern.

Am Freitag hatte er sich bereits aus der Kommandantur am Boulevard Clemenceau eine Triumph Schreibmaschine mitgebracht. Dabei hatte ihm ein Feldwebel aus der Schreibstube einen Stapel von französischen Briefen zum Übersetzen und Auswerten für die Kommandantur übergeben. Alle Schreiben wiesen im Kern den gleichen Inhalt auf: Anonym denunzierten die Briefeschreiber namentlich genannte Mitbürger bei den Deutschen. Mal ging es darum, Nachbarn als Kommunisten oder Gaullisten zu diffamieren oder ihnen zu unterstellen, heimlich Radio BBC zu hören. Wieder andere wurden bezichtigt, schwarz zu schlachten oder von den Deutschen gesuchte Juden, flüchtige Kriegsgefangene oder Résistance-Kämpfer versteckt zu haben. Sailer war entsetzt über so viel Boshaftigkeit. Das erinnerte ihn an die Maupassant Geschichten und deren düster gezeichnetes Menschenbild, obwohl diese Novellen bereits im 19. Jahrhundert verfasst worden waren. Ein Brief aus dem dicken Stapel fand allerdings seine Aufmerksamkeit: Darin wurde behauptet, der Bürgermeister von Tréguier sei Kommunist und radikal antideutsch eingestellt. Im Übrigen habe er im Spanischen Bürgerkrieg auf Seiten der Internationalen Brigaden gekämpft und plane nun heimlich, mit anderen Genossen eine bewaffnete Widerstandszelle gegen die Deutschen aufzubauen. Der Inhalt dieses anonymen Schreibens deckte sich mit Sailers Erkenntnissen.

Er hatte dem angeschwärzten Maire letzten Donnerstag einen Besuch abgestattet, war aber von ihm gleich schroff abgefertigt worden. Auch ein Bild von Marschall Pétain hing nicht in seiner Amtsstube. Das unterschied ihn von all den anderen Bürgermeistern, die Sailer in den letzten Tagen aufgesucht und gesprochen hatte. Deswegen erwähnte Sailer in seinem Bericht die Gefahr, die vielleicht von dem verdächtigen Ortsvorsteher der kleinen Gemeinde an der Kanalküste ausgehen könnte. Insgesamt jedoch, so versicherte er abschließend seinem Bataillonskommandeur, sei die Lage in und um Guingamp ruhig. Die Menschen sehnten sich danach, einfach in Ruhe gelassen zu werden. Sie setzten große Hoffnung in Marschall Pétain und vertrauten mehrheitlich seinem Verhandlungsgeschick gegenüber den Deutschen. Er werde schon das Schlimmste für Frankreich abwenden können, erhofften sich viele seiner Landsleute. Der Leutnant rang einige Zeit mit sich, ob er den gerade erlebten Zwischenfall am Marktplatz erwähnen sollte. Schließlich ging er doch kurz darauf ein. Wahrscheinlich hatte Kampe Oberst Renger bereits stolz Meldung gemacht und sich seines schneidigen Einschreitens gerühmt. Sailer las sich den fertigen Bericht noch einmal durch und steckte ihn zufrieden in einen großen Umschlag.

Ein Blick auf seine Armbanduhr ließ ihn erschrecken: 15:50 Uhr. Höchste Zeit, zum Café des Sports zu gehen. Wenn er sich beeilte, konnte er es noch rechtzeitig schaffen, zu seiner Verabredung zu kommen. Wie würde sich gleich die junge Frau ihm gegenüber verhalten? In Windeseile verließ er das Haus, überquerte den jetzt wieder völlig ruhigen Marktplatz und erreichte pünktlich das Café des Sports an der Place de Verdun. Mademoiselle Riou saß bereits im Café an einem Zweiertisch. Von dort aus konnte man durch eine große Glasscheibe gut nach draußen auf den Platz und den Kreisverkehr schauen. – Sonntagsspaziergang en famille war auf den Wegen Richtung Marktplatz angesagt.

»Monsieur, ich freue mich, dass Sie kommen konnten!«

Sailer war erleichtert, dass sie ihn mit einem freundlichen Lächeln begrüßte. Ihr fester Händedruck beeindruckte ihn sehr. Schnell legte er sein Koppel mit der Pistole ab und hängte es, zusammen mit seiner Offiziersmütze, an einen Garderobenhaken direkt neben dem Tisch. Sailer bemühte sich dieses Mal, souveräner zu sein und seine wieder aufkommende Unsicherheit zu überspielen. Er ergriff die Initiative und stellte sich vor: »Ich heiße

79

Paul Sailer. – Wie schön, dass Sie gekommen sind, Mademoiselle.« Nach kurzem Schweigen fragte er: »Was hat Sie heute Mittag auf das Schulgelände geführt, wo wir uns getroffen haben?«

»Ich bin seit einigen Monaten Aushilfslehrerin am Lycée Notre Dame. Die meisten Kollegen wurden im September letzten Jahres zum Kriegsdienst einberufen, so dass die Schulleitung dringend Ersatz gesucht hat. Natürlich laufen noch die Sommerferien, aber ich wohne praktischerweise hier im Internat.«

»Auf diese erste Anstellung können Sie stolz sein, Mademoiselle!«

»Und Sie Monsieur, Sie sprechen so gut französisch. Wo haben Sie das gelernt?«

Ermutigt durch den bisher unerwartet entspannten Verlauf ihrer Konversation holte Sailer bei seiner Antwort etwas weiter aus: »In meiner Heimatstadt Breslau habe ich ein altsprachliches Gymnasium besucht und zuerst Latein und Altgriechisch gelernt. Aber einige Jahre vor dem Abitur konnte ich noch freiwillig Französisch dazu nehmen. Die Sprache hat mir von Anfang an gut gefallen.

Französische Doktoranden von der Universität haben uns im Unterricht Ihre wunderbare Sprache sehr nah gebracht.«

»Und deswegen sind sie jetzt der Dolmetscher auf der Kommandantur.«

Sailer reagierte leicht irritiert auf diese Aussage. »Woher wissen Sie das, Mademoiselle Riou?«

»Ach, Monsieur Sailer. In einem kleinen Ort wie Guingamp kennt fast jeder jeden, und es wird viel geredet. Jetzt sollten wir aber endlich einen großen Kaffee bestellen, n'est-ce pas?« Sie gab dem Ober Zeichen und trug ihre Bestellung vor. In der Zwischenzeit überlegte Sailer, wie er dem Gespräch wieder eine unverfänglichere Richtung geben konnte. Er wollte auf keinen Fall mit dieser Frau, die er kaum kannte, über Dienstliches sprechen.

»Darf ich Sie fragen, was Sie am Notre Dame unterrichten, Mademoiselle Riou?«

80

»Ich habe in Rennes Englisch studiert, um Lehrerin zu werden. Gleich nach meinem ersten Examen, der Licence, bekam ich das Angebot, hier am Notre Dame in der Oberstufe zu unterrichten. Nur wegen der besonderen Situation im letzten Herbst hat mich das Gymnasium sofort eingestellt und ich beziehe ein kleines Gehalt, von dem ich einigermaßen leben kann.« Sie wurde vom Ober unterbrochen, der gerade diskret die beiden Grands Cafés Noirs und einen kleinen Teller mit bretonischen Butterkeksen auf den Tisch stellte.

»Monsieur Sailer, noch einmal vielen Dank dafür, dass Sie mir letzten Mittwoch nach meinem Unfall vor der Basilika sofort zur Hilfe gekommen sind!«

»Hoffentlich geht es Ihnen jetzt besser, Mademoiselle?«, fragte er besorgt.

»Ja, Gott sei Dank! Ihr riesiges Taschentuch hat mich gerettet!«, erwiderte sie lachend. Sailer wurde beim Sprechen immer entspannter, da ihr Treffen viel ungezwungener verlief, als er zu hoffen gewagt hatte. Als ob sie alte Bekannte wären, erzählte sie ihm von ihrem ersten Halbjahr als Junglehrerin am Notre Dame. Nach anfänglichen Schwierigkeiten sei sie als Lehrerin immer besser klargekommen, wusste sie stolz zu berichten. Beide lachten mehrmals, als sie ihm einige Anekdoten aus ihrem Englischunterricht erzählte.

Eines musste er zugeben: Die junge Frau an seinem Tisch gefiel ihm mehr und mehr. Sie strahlte viel Herzlichkeit und Fröhlichkeit aus. Ihre Intelligenz und Reife imponierten ihm. Sie war bestimmt jünger als er und arbeitete bereits in dem Beruf, von dem er bisher nur träumen konnte. Er genoss das gemeinsame Kaffeetrinken an diesem Sonntag. Schon seit langem hatte er sich in der Nähe eines anderen Menschen nicht mehr so wohl gefühlt wie mit ihr. Heute Abend hatte er seinem Tagebuch viel anzuvertrauen.

»Ich sehe, dass Ihnen die Kekse gut schmecken. Die nennen wir hier übrigens Galettes Bretonnes. Bitte bedienen Sie sich noch! Meine Mutter backt sie zu Hause auch.«

Sailer hätte ebenfalls jetzt gerne etwas Privates beigesteuert, aber er wusste nicht so recht, was. Als ob sie Gedanken lesen könnte, nahm die junge Frau selber den Gesprächsfaden wieder auf. »Monsieur Sailer, haben Sie schon Pläne für die Zeit nach dem Krieg?«

»Ich werde wohl mein Studium fortsetzten. Bevor ich im im September 1939 wieder meine Uniform anziehen musste, hatte ich bereits zwei Semester Französisch und Latein an der Universität in Breslau studiert.«

Sailer freute sich, dass Fräulein Riou ihm aufmerksam zuhörte, und fügte noch hinzu:

»Wie Sie möchte ich eines Tages auch als Lehrer am Gymnasium unterrichten. – Das verbindet uns beide.«

Die junge Frau ging darauf nicht näher ein, stellte Sailer ernüchtert fest. Beide schwiegen nun. Das Verhältnis zwischen Besatzern und Unterdrückten stand zwischen ihnen. Trotzdem nahm er seinen ganzen Mut zusammen und fragte sie:

»Vielleicht sehen wir uns bald wieder, Mademoiselle Riou?«

»Ist schon möglich!«, erwiderte sie unverbindlich.

Natürlich hatte sich Sailer nach ihrem angeregten Gespräch im Café des Sports eine andere Antwort erhofft.

Der Leutnant spürte, dass er im Gesicht leicht rot wurde, und nickte stumm. Sie holte ihr Portemonnaie heraus, rief den Kellner, bezahlte und stand auf. Ein kurzer Händedruck besiegelte das Ende ihres Treffens.

»Et bien, au revoir, Monsieur.« Sailer gab sich alle Mühe, seine Enttäuschung zu überspielen. »Au revoir, Mademoiselle, et merci beaucoup pour votre invitation!«

Erst jetzt bemerkte er am Nebentisch zwei junge Burschen, die die ganze Zeit rauchten. Beide nippten an ihrem Vin Rouge und unterhielten sich leise. Der Leutnant legte nachdenklich sein Koppel mit der Pistole wieder an und setzte sich seine Dienstmütze auf. Ihre Blicke voller Verachtung zeigten dem deutschen Offizier ganz unverhohlen, was sie von ihm hielten. Durch die große Glasscheibe schaute Sailer der jungen Frau traurig hinterher. Sie überquerte eiligen Schrittes den Marktplatz und verschwand kurze Zeit später in einer Seitenstraße.

9

31. AUGUST 1977 – BUZUG

Bereits gegen 7:30 Uhr saß Toudic an seinem Arbeitsplatz. Trotz aller Befürchtungen hatte er gut geschlafen und freute sich jetzt, endlich loslegen zu können. Er hatte sich wieder gefangen. Den ganzen privaten Kram, der ihn belastete, blendete er aus. Darin war er ein Meister. Vor ihm lag die Bréhat-Akte, die sich seit gestern merklich gefüllt hatte. Gleich würden Guillou und Le Gall die Dienstpost erhalten. Mit Hilfe des Fotos könnten sie dann über die Insel gehen und gezielt nach Zeugen suchen. Außerdem sollten sie die vier verdächtigen Jungs vom Segelboot ausfindig machen. Vielleicht ergab sich daraus eine weitere Spur. Toudic wusste, dass er sich dabei auf die zwei Kollegen verlassen konnte. Die beiden waren ein eingespieltes Team und ergänzten sich hervorragend. Le Gall, glücklich verheiratet und Vater von drei Kindern, löste in seinem polizeilichen Alltag viele Probleme durch seine Gründlichkeit und sein analytisches Denken. Zudem dachte der Hauptmann gerne an ein sympathisches Hobby von Le Gall. Schon häufiger, wenn sie mit den Kollegen nach Dienstschluss noch zusammensaßen, um einen Geburtstag oder eine Beförderung zu feiern, hatte Le Gall die Jungs mit seinem Akkordeon beim Singen von gängigen Chansons bzw. beliebten Seemannsliedern begleitet. Das kam im Kollegenkreis gut an. Guillou hingegen war nicht verheiratet und ein typischer Einzelgänger. Er saß in jeder freien Minute auf seinem Rennrad und kannte im Umkreis von 200 Kilometern von Paimpol jeden Baum und

83

Strauch längs der Landstraßen. Natürlich hatte er schon zwei Mal am Radrennen Brest-Paris-Brest über 1200 km teilgenommen. Er war viel kleiner und schmächtiger als die meisten Kollegen. Deswegen wurde er von der anderen Seite körperlich leicht unterschätzt. Schon mancher Kleinkriminelle hatte sich allerdings gewundert, wie schnell Guillou laufen und einem Flüchtenden die Handschellen anlegen konnte. Mit Grauen erinnerte sich der Hauptmann an die Vorgänger der beiden. Viel zu spät hatte er damals als Dienststellenleiter mitbekommen, dass sie korrupt waren. Bei Straßenkontrollen landete ein Großteil der ein-kassierten Geldstrafen in ihren Taschen. Das lag jetzt drei Jahre zurück. Nur mit großer Mühe konnte er 1974 bei der internen Untersuchung durch Kollegen aus Rennes nachweisen, nichts davon gewusst zu haben. Die Ermittler hatten zuvor schon zu viel Korruption bei der Gendarmerie aufgedeckt, in die selbst manch-mal die Dienststellenleiter verstrickt waren. Es klopfte und kurze Zeit später saß Kuhlmann neben seinem Chef. Der hatte schon auf ihn gewartet. Toudic brachte seinen Kollegen auf den neu-esten Stand, vor allen Dingen den Autopsiebericht betreffend. Kuhlmann blätterte nachdenklich die ganze Akte noch einmal durch. Als er schließlich erwartungsvoll aufblickte, begann Toudic zusammenzufassen: »Wir haben einen unbekannten Toten. We-gen der MIB Uhr vermute ich, dass es sich wahrscheinlich um ei-nen Franzosen handelt.«

»Gibt seine Kleidung irgendwelche Hinweise auf die Her-kunft?«, unterbrach ihn der Stabsfeldwebel. »Leider nicht. Was er trug, wie die Jeans, das T-Shirt, die Unterwäsche, alles Massen-ware, die man in ganz Europa kaufen kann.«

Die beiden schwiegen einen Augenblick, um weiter zu über-legen. »Kuhlmann, bei einem Ergebnis der Autopsie sollten wir ansetzen. Der Gerichtsmediziner hat Reste von Kartoffeln und Buttermilch in seinem Magen gefunden. Auch den Verzehr von Chouchen konnte er nachweisen.«

»Chef, es kommt noch Folgendes dazu: Der Arzt schreibt in seinem Bericht, dass die Kartoffeln gänzlich schadstofffrei waren. – Das ist ebenfalls bemerkenswert.«

Toudic nickte zustimmend. Aus diesen Informationen musste sich etwas machen lassen.

»Einer Ihrer Nachbarn ist doch Agraringenieur, Kuhlmann. Mit dem habe ich mich damals auf Ihrem 40. Geburtstag lange unterhalten. – Vielleicht kann der uns weiterhelfen?«

»Sie haben recht, Herr Hauptmann. Er arbeitet als Conseiller Agricole bei der Landwirtschaftskammer in Saint Brieuc. Ich rufe ihn gleich an und frage ihn um Rat.«

»Sohr gut. Ich gehe rüber ins Chez Paulo. Dem Patron fällt bestimmt etwas zu Kartoffeln mit Buttermilch und dem Chouchen ein. Wir treffen uns in einer halben Stunde bei mir, d'accord?«

Keine 30 Minuten später saßen sich die beiden Gendarmen wieder gegenüber in Toudics Dienstzimmer. Sowohl Kuhlmann als als auch sein Chef hatten Neues zu berichten. Vom Wirt nebenan hatte Toudic erfahren, dass Kartoffeln mit Buttermilch ein typisches Gericht sei, das man früher häufig auf dem Land gegessen habe. Jedoch werde es heutzutage in keinem Lokal der Bretagne mehr angeboten. Gleichfalls stellten nur einige Bauern und Imker Chouchen, den traditionellen Honigwein, zum eigenen Verzehr her. Was Kuhlmann von seinem Nachbarn, Agraringenieur und Pflanzenschutzberater bei der Landwirtschaftskammer Saint Brieuc, zu berichten hatte, ließ Toudic sofort aufhorchen: Vor einigen Monaten habe sich hier im Departement 22, der Côtes du Nord, eine Kooperative aus vier Bauern gebildet, die biologischen Anbau betreiben. Der lockere Zusammenschluss nenne sich Buzug. Die vier Bio-Bauern seien alles Spinner, habe der Nachbar am Telefon gebrummt. Sie bauten in der Regel neben Gemüse auch Kartoffeln an. Letztlich gab er aber Kuhlmann sogar die Namen und Adressen der vier Agriculteurs der Kooperative Buzug durch. Toudic machte sich während Kuhlmanns Bericht ein paar Notizen. Als er fertig war, legte der Hauptmann zufrieden seinen Kugelschreiber beiseite und wandte sich seinem Kollegen zu: »Könnten Sie die vier genannten Mitglieder der Kooperative aufsuchen? – Vielleicht bringen Sie in unserem Fall etwas in Erfahrung. Ich selber fahre mit der nächsten Fähre auf die Ile de Bréhat und unterstütze Guillou und Le Gall bei ihrer Suche nach Zeugen. Wahrscheinlich bleibe ich über Nacht dort.«

Ohne, dass es von ihnen ausgesprochen werden musste, waren die beiden Gendarmen auf Grund der neuen Informationen jetzt sehr erleichtert. Endlich hatten sie etwas Verwertbares in der Hand und konnten gezielter suchen. Der Tote schien ein Franzose zu sein mit privaten Kontakten zu Menschen, die hier auf dem Land lebten und wirtschafteten. – Noch keine konkrete Spur, aber immerhin ein erster Ansatz. Kuhlmann stand auf. Insgeheim freute er sich schon auf die Dienstfahrt quer durch das Departement 22. Heute und morgen würde er bestimmt in Sachen Buzug unterwegs sein. Kurze Zeit später saß er in seinem Büro. Mit Hilfe einer Straßenkarte des Departements 22 arbeitete er aus, in welcher Reihenfolge er die vier Mitglieder der Kooperative Buzug aufsuchen sollte. Das erste Ziel auf seiner Liste lag in einem kleinen Ort kurz hinter Tréguier. Bei diesem herrlichen Sommerwetter musste Kuhlmann nicht lange überlegen, auf welches Dienstfahrzeug er zurückgreifen sollte. Gegen 10:00 Uhr rollte er mit der nagelneuen BMW R 60/6 aus der großen Dienstgarage. Gestern hatte er stolz das dunkelblau gespritzte Motorrad in Chateaulin für den Gendarmerieposten Paimpol in Empfang genommen. Während er das Ausgangstor passierte und das Gelände des Gendarmeriepostens mit Richtung Tréguier verließ, blickte er kurz auf den Fahnenmast am Wachhäuschen. Die Trikolore wehte hoch oben stolz im Wind. Aber eigentlich hätte sie für ihn auf Halbmast gesetzt werden müssen. Zwei Wochen zuvor war Kuhlmanns Frau Michelle ausgezogen und in ihre gemeinsame Heimat, das Elsass, zurückgekehrt. Ihre Ehe lief schon seit langem nicht mehr gut. Die Gründe dafür waren vielfältig. Beide waren bereits über 40 Jahre alt. Der bisher unerfüllte Kinderwunsch lag wie ein dunkler Schatten über ihrer Beziehung. Da Kuhlmann als Stabsfeldwebel der Residenzpflicht unterlag, wohnte er mit seiner Frau seit 10 Jahren in einer Dienstwohnung auf dem Gelände des Gendarmeriepostens Paimpol. Aus Prinzip mochten viele Leute im Land die Flics nicht und hielten privat Abstand zu ihnen und ihren Familien. Kuhlmann klang noch sehr gut in den Ohren, was ihm Michelle zur Begründung ihrer Trennung gesagt hatte:

»Hör zu, Bernard, dieser ewige Sturm und Regen, immer dieses blöde Möwengeschrei und das nervige Gejaule der Dudelsäcke. Ich habe nach zehn Jahren so die Nase voll von der Bretagne!«

Sie hatte Heimweh nach ihrer Familie im Elsass, den von der Sonne verwöhnten Weinbergen und den kleinen Dörfern mit ihren gemütlichen Fachwerkhäusern in der Nähe von Ribeauvillé. Von Scheidung war nicht die Rede. Sie wolle über alles in Ruhe nachdenken, hatte sie ihm bei ihrem Weggang erklärt. Was ihr bestimmt fehlen würde, dachte sich Kuhlmann, war ihre geliebte Arbeit im Tourismusbüro von Paimpol. Auch wegen ihrer guten Deutschkenntnisse hatten die Kolleginnen sie dort sehr geschätzt. Jedoch bereits seit drei Tagen arbeitete Michelle im Weinverkauf der Winzergenossenschaft von Ribeauvillé und betreute die vielen anspruchsvollen deutschen Kunden von der anderen Seite des Rheins. Da schreckte Kuhlmann jäh aus seiner Wehmut auf. Beinahe hätte er nicht mitbekommen, dass am Ortseingang von Tréguier ein vor ihm schnell fahrender Milchlaster plötzlich seine Fahrt verlangsamte, um die D 786 nach links zu verlassen, ohne geblinkt zu haben. Der Stabsfeldwebel versuchte abrupt eine Vollbremsung. Das Hinterrad seiner R 60/6 pfiff und brach nach rechts aus. Nur mit Mühe erlangte er wieder die Kontrolle über das Motorrad. Zum Glück war er nicht gestürzt. Aber der Schreck saß ihm in den Gliedern. Da half nur eins: rechts ran fahren, den Motor abstellen und die Maschine aufbocken. Mit immer noch klopfendem Herzen stand er danach auf der Brücke über die Jaudy und schaute über die Brüstung. Der Blick auf das Wasser und der Genuss einer filterlosen Zigarette beruhigten ihn sofort. Der kleine Fluss verbreiterte ab hier erheblich sein Bett und mündete etwa fünf Kilometer weiter nördlich in die offene See. Dorthin waren Michelle und er oft sonntags gefahren und hatten auf ihrem Lieblingsfelsen an der Pointe du Château gepicknickt. Hier bot sich ein wunderbarer Blick auf die Stelle, wo sich der Fluss mit dem offenen Meer vereinigte. Michelle hatte immer den Korb liebevoll mit Käse und Wurst aus der Heimat gefüllt. Natürlich durfte eine Flasche gut gekühlten Rieslings aus Hunawihr, ihrem gemeinsamen elsässischen Heimatdorf, nicht fehlen. Voller Schmerz dachte Kuhlmann daran zurück! Als der Gendarm wieder auf seiner BMW saß und den Motor startete, nahm er sich vor, sich beim Fahren ganz auf den Verkehr zu konzentrieren.

Keine Viertelstunde später hatte er das malerische Tréguier durchquert und sein erstes Tagesziel erreicht: Das Landwirtschaftsgymnasium von Penvénan, das gleich links am Ortseingang des kleinen Dorfes lag. Er stellte sein Motorrad auf dem Lehrerparkplatz ab. Durch die großen Glasfenster konnte er vom Hof aus in einige Klassenräume hineinschauen. Bis zur großen Mittagspause ab 11:55 Uhr war noch etwas Zeit. Kuhlmann folgte den Hinweisschildern Richtung Schulsekretariat. Als er an der Kantine vorbeiging, roch es bereits verführerisch nach Mittagessen. Auch Kuhlmann verspürte plötzlich Hunger. Auf der Weiterfahrt könnte er bestimmt in Tréguier eine Kleinigkeit zu sich nehmen. Die Schulsekretärin empfing ihn freundlich und führte ihn in das große und helle Zimmer des Direktors, Monsieur Hamon. Der etwa fünfzigjährige Grauhaarige mit Bürstenhaarschnitt arbeitete an einem schweren, dunklen Schreibtisch aus massivem Holz. Vielleicht ein Erbstück von einem großen Bauernhof, mutmaßte Kuhlmann. Hinter dem Proviseur hing an der Wand ein großes Heiligenbild von Franz von Assisi. Das Gymnasium zählte zu den vielen Lycées in kirchlicher Trägerschaft. Kuhlmann hatte erst neulich wieder gehört, dass in der Bretagne zwei von drei Schulen zu dieser Gruppe gehörten. Monsieur Hamon stand sofort auf und bot Kuhlmann einen Platz an dem großen Besprechungstisch an.

»Was führt Sie zu mir, Monsieur?«

Der Stabsfeldwebel stellte sich vor und legte vorsichtig seinen schweren Motorradhelm auf einen freien Stuhl links neben sich und nahm Platz. »Wir ermitteln in einem Todesfall, der Fragen aufwirft. Mehr darf ich dazu nicht sagen.« Nach einer kurzen Pause konnte die Befragung beginnen. »Ihre Schule ist Mitglied in der Kooperative Buzug. Können Sie mir bitte etwas Näheres dazu sagen, Monsieur Hamon?«

Kuhlmann zögerte leicht, als er das Wort Buzug in den Mund nahm. Er als Nicht-Bretone wusste gar nicht so recht, wie er es korrekt aussprechen sollte. Bestimmt bedeutete es auch etwas auf Französisch. Vielleicht konnte ihm Monsieur Hamon da weiterhelfen? Der Schulleiter wusste zu berichten, dass ein junger Kollege für dieses neue Projekt verantwortlich sei. Der habe sogar die Kooperative vor einigen Monaten gegründet. Das Gymnasium habe ihm am Jahresbeginn in dem großen Schulgarten ein kleines Versuchsfeld für den biologischen Anbau überlassen. »Ich bin immer offen für neue Ideen. Aber die meisten meiner Kollegen und viele Schüler lehnen eine Landwirtschaft ohne die ihrer Meinung nach lebenswichtige Chemie grundsätzlich ab. On verra bien!«, fügte er noch lachend hinzu. Ja, dachte sich Kuhlmann, wir werden sehen, was daraus wird. Ob denn auf diesem Versuchsbeet schon etwas gewachsen sei, wollte der Stabsfeldwebel wissen.

»Ja, mein junger Kollege Serge Coudurier und sein Abitur-Kurs haben tatsächlich einige Stiegen Artischocken und Frühkartoffeln geerntet«, antwortete M. Hamon. »Alles wurde bereits in der Schulkantine verzehrt und keiner ist danach krank geworden«, ergänzte er schelmisch lachend.

»Es gab keinen Weiterverkauf an Kunden außerhalb der Schule, M. Hamon?«, wollte Kuhlmann zur Sicherheit noch wissen. Der Direktor verneinte.

Kuhlmann hatte sich während der Befragung ein paar Notizen gemacht und klappte abschließend zufrieden seinen kleinen Schreibblock zu. Der drahtige Schulleiter schaute ihn

89

immer noch durch seine randlose Nickelbrille freundlich an. Nach diesem Gespräch konnte sich Kuhlmann gut vorstellen, dass Hamon seine Schule fest im Griff hatte. »Was bedeutet eigentlich Buzug auf Französisch, Monsieur Hamon?«, wollte Kuhlmann zum Abschluss noch wissen. Die Antwort kam prompt: »Regenwurm!«

Der Stabsfeldwebel bedankte sich freundlich und verließ zufrieden das Büro des Schulleiters. Nur wenige Minuten nach dem Ende seiner ersten Befragung saß Kuhlmann erwartungsvoll auf dem Marktplatz von Tréguier. Mehrere kleine Cafés und Restaurants luden zum Verweilen ein. Kuhlmann hatte sich gleich für die Auberge des Amis entschieden und bereits einen Salade Niçoise und eine kleine Flasche Wasser bestellt. Unter dem großen grünen Sonnenschirm mit dem Emblem der Brauerei Kronenbourg schaute Kuhlmann von seinem Platz aus ganz entspannt auf die südliche Außenfassade der hohen gotischen Basilika.

Obwohl die Kirche offiziell einem Heiligen namens Tugdual geweiht war, so wusste er, verehrten die Gläubigen hier und in der ganzen Bretagne Saint Yves, den Nebenpatron der Basilika. Dieser Heilige aus dem 14. Jahrhundert sei als Verteidiger der Witwen und Waisen eine Art zweiter Robin Hood gewesen, hatte man Kuhlmann einmal erzählt. Deswegen kamen am 19. Mai eines jeden Jahres Anwälte und Richter aus der ganzen Welt nach Tréguier. Das feierliche Hochamt und die große anschließende Prozession der Juristen in ihren Roben durch die Innenstadt verliehen der kleinen Stadt einen ganz besonderen touristischen Glanz, der weit über die Grenzen der Bretagne hinausgetragen wurde. Jedes Jahr wurden die Gendarmen aus Paimpol um Amtshilfe gebeten, um die wenigen Ordnungshüter vor Ort bei der Bewältigung dieses Massenansturms zu unterstützen. Kuhlmann hatte schon mehrfach diesen angenehmen Einsatz geleitet. Der bestellte Salat schmeckte ihm ausgezeichnet. Jetzt beim Essen dachte er an die Befragung des Direktors noch einmal zurück. Seiner Meinung nach gab es hier keinerlei Anhaltspunkte, um eine Verbindung zu dem Toten herzustellen. Zum Glück blieben ihm noch drei weitere Adressen. Das nächste Ziel, Kergrist Moëlou, lag ganz im Süden des Departements und etwa 70 Kilometer entfernt von hier. Auf der Karte hatte er aber gesehen, dass er über die gut ausgebaute D 8 von Tréguier das kleine Dorf direkt erreichen würde.

Als leidenschaftlicher Motorradfahrer konnte er sich gerade nichts Schöneres vorstellen, als die Bretagne in diesem herrlichen Spätsommer auf seiner nagelneuen Dienstmaschine zu durchqueren. Diese BMW R 60/6 schlug ihr Vorläufermodell, die R 69 S, in Sachen Motorleistung und Fahrkomfort um Längen. Die moderne Maschine verfügte erstmals über einen elektrischen Anlasser, so dass das kräftezehrende und nicht immer erfolgreiche Antreten mit dem Kickstarter entfiel. Für Kuhlmann war diese neue Maschine einfach ein Traum! Wahrscheinlich würde er kaum vor 18:00 Uhr in Paimpol zurück sein. Egal! Zu Hause wartete seit zwei Wochen niemand mehr auf ihn.

Auf der D 8 kam er zügig voran, wie erhofft. Nach etwa 45 Minuten hatte er Guingamp hinter sich gelassen und rollte weiter in Richtung Kergrist Moëlou. Keine zehn Kilometer südlich von der Stadt an der Trieux bot sich ihm ein völlig anderes Landschaftsbild: Zwischen den weit auseinander liegenden kleinen Weilern erstreckten sich große Weideflächen, geschützt durch die endlos langen Wallhecken. Nur vereinzelt tauchten Gehöfte auf. Manche davon waren von ihren Besitzern aufgegeben worden und standen leer. Die Böden schienen nicht viel hergeben, dachte sich Kuhlmann. Weit und breit keine Getreidefelder, Obstbäume oder Spuren von Gemüseanbau, die das Bild des Armor, der fruchtbaren Küstenregion, prägten. Die Bauern im Innern der Bretagne setzten seit Jahren auf intensive Rinder- und Schweinemast, gut zu erkennen an den hohen Futtersilos aus Wellblech, die die kleinen und geduckten Bauernhäuser aus grauen Granitsteinen um Längen überragten. Der Preis für das Überleben der Familienbetriebe war hoch: Vielerorts stank es nach Gülle und Schweinemist. Kuhlmann sehnte sich nach der frischen Meeresluft zurück, die er gerade noch im Raum

Tréguier genossen hatte. Bei seiner allmorgendlichen Lektüre der Ouest-France hatte er vor ein paar Tagen gelesen, dass das Trinkwasser in dieser Gegend schwer belastet sei. Dies war auf den hohen Nitratgehalt zurückzuführen. Den Bewohnern des Argoat, des Innern der Bretagne, wurde deshalb dringend geraten, zum Kochen ausschließlich Mineralwasser zu benutzen. Nur wenige Kilometer vor dem Marktflecken Rostronen blinkte er nach rechts und verließ die D 8. Niemand kam ihm mehr auf der ganz schmalen Landstraße ohne Mittelstreifen entgegen. Die ganze Gegend schien endgültig menschenleer zu sein. »Wie kann man hier nur leben?«, fragte sich Kuhlmann. Wie aus dem Nichts tauchte das weiße Ortsschild mit der Aufschrift Kergrist Moëlou auf. Kuhlmann fuhr direkt auf die Dorfkirche in der Mitte des Ortes zu und hielt an. Nachdem er seine BMW abgestellt hatte, beeilte er sich, in die gegenüberliegende Dorfkneipe zu kommen. – Gott sei Dank gab es hier eine Toilette für ihn! Danach hatte er Lust auf einen kleinen Kaffee. Auch musste er erfragen, wo ein gewisser Christian le Floc'h wohnte, der zweite Name auf seiner Buzug-Liste. Das kaum 600 Seelen zählende Dörfchen kannte keine Straßennamen oder Hausnummern. Drei am Tresen sitzende ältere Männer musterten den Gendarmen misstrauisch. Sie unterhielten sich mit dem Patron auf Bretonisch und tranken ihren Cidre. Zwischen ihnen stand eine halb volle Flasche Calvados, aus der sie sich bedienten, dann prosteten sie sich auf Bretonisch zu: »Yec'hed mat!«

Als Kuhlmann sie beim Betreten des Lokals freundlich mit Bonjour begrüßt hatte, kam ein demonstratives bretonisches »Mad eo jeu« zurück. Beim Bezahlen am Tresen erfuhr Kuhlmann vom Patron, wie er das Gehöft von le Floc'h finden könne: Er solle die Straße nach Rostronen nehmen und sich nach einem guten Kilometer hinter dem Ortsausgang links halten. Der Hof liege auf einer kleinen Anhöhe und sei von der Landstraße aus gut sichtbar, erklärte ihm der Wirt mit einem breiten Grinsen. Als Kuhlmann wieder auf seiner BMW Platz genommen hatte und starten wollte, schaute er noch einmal kurz zu der alten Dorfkirche hinüber. Davor stand hoch aufragend einer dieser hier im Argoat typischen Calvaire: eine runde, steinerne und die Kreuzigung Christi in mehreren Bildern darstellende Skulpturengruppe.

Die grauen Granitsteine waren stark verwittert. Die Schäden durch Vandalismus während der Französischen Revolution waren nur notdürftig behoben. Obwohl Kuhlmann nicht sehr gläubig war, ließ ihn der Anblick eines Calvaires jedes Mal nicht gleichgültig. Er erinnerte ihn an seine längst verstorbenen Eltern. Auch ihr Leben war viel zu früh und von großen Schmerzen begleitet zu Ende gegangen. Auf Grund der klaren Wegbeschreibung des Wirtes verließ er die D 31 an der richtigen Abzweigung nach links. Der Feldweg, der zum Hof der le Floc'h führte, war mit Schlaglöchern übersät. Sofort richtete sich Kuhlmann beim langsamen Fahren auf. Als alter Routinier auf zwei Rädern fiel es ihm leichter, die Maschine so zu lenken, während er auf beiden Fußrasten stand. Nach wenigen hundert Metern hatte er sein Ziel unbeschadet erreicht. Niemand war zu sehen. Das ganze Anwesen machte auf ihn einen sehr ungepflegten Eindruck. Jetzt war ihm klar, warum der Kneipenwirt gerade noch so gegrinst hatte. Die von Sturm und Regen zerfressenen Schieferdächer des Wohnhauses und der Nebengebäude schrien danach, ausgebessert zu werden. In der Mitte des kleinen Hofes stand ein verrosteter Trekker, der wahrscheinlich ursprünglich rot gewesen war. Mehrere Hühner spazierten in seinem Schatten herum und pickten eifrig auf dem Lehmboden. Im Garten, hinter den Resten eines verwitterten Holzzaunes, stand eine verbeulte Hundehütte aus Wellblech. Ein schwarzer Hund bellte wütend und fletschte die Zähne. Zum Glück war er angekettet, stellte Kuhlmann sofort erleichtert fest. Er klopfte an die graue Holztür des Wohnhauses. Erst nach dem zweiten Versuch ging die Tür auf. Eine alte Frau mit einer schmuddeligen, dunkelblauen Kittelschürze voller Mehlreste stand vor ihm und blickte ihn aus der nur halb geöffneten Tür mürrisch an.

»Qu'est-ce que vous voulez, Monsieur?«

93

Kuhlmann grüßte freundlich, stellte sich vor und fragte sie, ob Christian le Floc'h zu sprechen sei.

Die alte Dame verneinte. »Mein Sohn ist nach Rostronen gefahren. Der hat was beim Crédit Agricole zu erledigen. Ich weiß nicht, wann er wiederkommt.«

Auf Grund seiner langjährigen Erfahrung bei polizeilichen Befragungen spürte Kuhlmann sofort, dass die alte Frau nicht die Wahrheit sagte.

»Darf ich bitte Ihre Toilette benutzen, Madame le Floc'h?« Nur widerwillig gewährte sie ihm Einlass. Sie schlurfte ihm mit ihren Holzpantinen langsam durch den dunklen Flur voran. Kuhlmann folgte ihr. Es roch muffig und nach abgestandenem Essen. Auch schienen die Katzen des Hauses schon lange nicht mehr draußen gewesen zu sein. Durch die halb geöffnete Küchentür fiel das Licht auf einen kleinen Tisch im Flur. Darauf lagen eine braune Brieftasche und Autoschlüssel. – Kuhlmann wusste Bescheid. Nachdem er kurze Zeit später das Haus wieder verlassen hatte, schaute er sich draußen näher um. Schnell bemerkte er auf dem ungepflasterten Boden des Hofes frische Autospuren. Sie führten zu einer Scheune, direkt gegenüber dem Wohnhaus. Laut gackernd flog ein Huhn auf, das sich rechts neben dem Scheunentor in einer kleinen Kuhle ausgeruht hatte. Kuhlmann schob ganz langsam das quietschende Tor zur Seite. Am Boden lag eine Zigarettenkippe. Sie glimmte noch. Er griff nach rechts und holte seine Pistole aus dem Holster. Etwas Tageslicht drang in die dunkle Scheune. Unter einer halb zerrissenen dunklen Plastikplane zeichneten sich vor ihm die Umrisse eines Autos ab. »Gendarmerie Nationale! – Le Floc'h, kommen Sie raus!«

Nach wenigen Augenblicken tauchte zwischen dem Auto und der hinteren Scheunenwand langsam ein Mann aus dem Halbdunkel auf. Ziemlich groß, um die 40 Jahre alt. Er machte einen gehetzten Eindruck. Anstatt Blickkontakt mit dem Gendarmen zu suchen, schaute er nach links. Erst jetzt nahm Kuhlmann ein Jagdgewehr wahr, das rechts neben dem Auto an die Scheunenwand gelehnt stand. Auf einem verstaubten Holzschemel daneben lag eine aufgerissene Packung mit Munition. Kuhlmann riss seinen rechten Arm hoch, richtete die Pistole auf le Floc'h und schrie so laut er konnte: »Hände hoch, le Floc'h und weg von dem Gewehr! – Machen Sie sich nicht unglücklich!« Zögerlich kam der Bauer mit erhobenen Händen aus der Scheune nach draußen. Kuhlmann forderte ihn scharf auf, sich mit dem Gesicht an die Scheunenwand zu stellen. In dieser Position konnte er ihn schnell nach weiteren Waffen absuchen. – Ergebnislos.

Einmal mehr verstand Kuhlmann nicht, dass in Frankreich fast jeder Bauer auf die Jagd gehen konnte. Zu viele Waffen waren auf dem Land im Umlauf und richteten manches Unheil an. Es reichte, sich einmal im Jahr für 120 Francs auf der Mairie eine Jagderlaubnis für den Gemeindewald zu holen. In seiner Heimat dagegen, dem Elsass, brauchte man einen Jagdschein. Diese besondere Regelung stammte bestimmt noch aus der deutschen Zeit, meinte er sich zu erinnern. Plötzlich stand die alte Frau neben ihm. Sie war in der Zwischenzeit quer über den Hof herbeigeeilt.

»Tun Sie ihm bitte nichts, Monsieur! – Mein Junge hat nichts Schlimmes gemacht, Herr Kommissar!«, flehte sie ihn an. Tränen rannen ihr übers faltige Gesicht. Kuhlmann erlaubte le Floc'h, die immer noch erhobenen Arme endlich herunterzunehmen. Vor Kuhlmann stand jetzt ein Häufchen Elend. In seinem abgerissenen dunkelblauen Pull Marin, der zu großen Latzhose und seinen riesigen braunen Gummistiefeln glich le Floc'h einem dummen Jungen vom Lande, den man gerade beim Ladendiebstahl erwischt hatte.

»Nun sag doch endlich, was passiert ist, Christian!«, forderte die Mutter ihren Sohn eindringlich auf. Stockend fing le Floc'h an zu erzählen: Gestern sei er in Guingamp gewesen. Ein Kumpel habe seinen 40. Geburtstag in einer Kneipe am Marktplatz gefeiert. Als er gegen Mitternacht habe nach Hause fahren wollen, sei er mit seinem hinter der Basilika stehenden R 4 beim Rückwärtsfahren in einen dort ebenfalls abgestellten großen

Citroën DS 21 gekracht. Der neue Wagen sei an der linken Seite schwer beschädigt worden. Danach habe er in Panik die Flucht ergriffen. »Warum sind Sie nicht zur Polizei gegangen, le Floc'h? Es hätte Sie jemand sehen können. Sie sind doch versichert!«, entgegnete ihm Kuhlmann. »Ich war ziemlich betrunken. Und ohne Führerschein ist man hier in dieser Einöde verloren. Ich muss mich doch um Maman kümmern!« Kuhlmann wollte Beweise sehen und forderte le Floc'h auf, die Plane von dem in der Scheune versteckten Renault zu ziehen. Zur Sicherheit hielt er seine rechte Hand am Holster, in der wieder seine Pistole steckte.

Le Floc'hs Behauptung schien zu stimmen: Die ganze Heckklappe seines kleinen Renaults war eingebeult. Reste des linken Rückfahrscheinwerfers hingen noch an zwei kurzen Kupferdrähten. Eine halbe Stunde später hatte Kuhlmann in der Küche der le Floc's das Anzeigenprotokoll wegen der Fahrerflucht aufgenommen. Die Kollegen in Guingamp sollten sich weiter darum kümmern. Auch die Verbindung zu Buzug war in der Zwischenzeit geklärt worden: Bei seinem ersten Versuch, auf einem Beet hinter dem Haus unbehandelte Kartoffeln anzubauen, sei er kläglich gescheitert, erzählte ihm der Bauer. Kartoffelkäfer hätten alle Blätter abgefressen und die Ernte nahezu vernichtet. Die paar verschrumpelten Kartoffeln, die er retten konnte, habe er an die Schweine verfüttert. Beim nächsten Versuch solle er zur Abwehr im Beet Minze und Kümmel pflanzen und getrockneten Kaffeesatz ausstreuen. Das halte die gefräßigen Schädlinge fern, habe ihm der Professeur für Landbau vom Lycée Agricole in Penvénan geraten. Den kenne er durch die Kooperative Buzug.

Für Kuhlmann gehörte le Floc'h nicht mehr zu den Verdächtigen im Fall Bréhat. Aber er wollte ganz sicher gehen. Aus seiner Brieftasche holte er das Foto von dem Toten und fragte le Floc'h: »Kennen Sie diesen Mann?« Sein Gegenüber überlegte nicht lange und erwiderte mit fester Stimme: »Nein!«

Kuhlmann war sich sehr sicher, dass le Floc'h die Wahrheit sagte.

10

31. AUGUST 1977 – ZURÜCK AUF DER INSEL

Gegen 11:30 Uhr verließ Toudic die Fähre, die ihn wieder auf die Ile de Bréhat gebracht hatte. Die See war ruhig und die 15-minütige Überfahrt auf der halbleeren Fähre verlief problemlos. Neben seiner schwarzen Aktentasche trug der Hauptmann einen kleinen karierten Reisekoffer. Die vor ihm liegenden umfangreichen Aufgaben erforderten, dass er mehrere Tage auf Bréhat blieb. Le Gall und Guillou wussten Bescheid und hatten in dem kleinen Gendarmerieposten bereits eine Gästeliege für ihren Chef hergerichtet. Wegen des bei Ebbe herrschenden Niedrigwassers musste die Bréhatine ganz hinten im Hafen, am Quai Numéro 3, anlegen. Dadurch verlängerte sich Toudics Fußmarsch Richtung Kirchplatz auf dem mit glatten Felsplatten gepflasterten Weg um einige hundert Meter. Das gab ihm Zeit, um in Ruhe die Ermittlungsarbeit der nächsten Stunden und Tage zu überdenken. Hier auf der Insel könnten Le Gall, Guillou und er gemeinsam mit dem Foto des Toten von Haus zu Haus gehen, um endlich mögliche Zeugen ausfindig zu machen. Die beiden Kollegen hatten in der Zwischenzeit schon mit diesen Befragungen begonnen, bisher allerdings ohne Erfolg.

Als Toudic fast am Hauptanleger im Port Clos angelangt war und der Weg noch einmal eine langgezogene Kurve um einen dicken Felsen herummachte, kam ihm plötzlich ein junger Mann entgegen. Beim Anblick des Gendarmen drehte er sich ruckartig um und versuchte in wilder Panik wieder zurück in Richtung Bourg zu entkommen. Obwohl Toudic die beiden Gepäckstücke in seinen Händen hielt, hatte er bei der Verfolgung leichtes Spiel: Der junge Mann hinkte stark. Daran hatte er ihn sofort wiedererkannt. Der Abstand zwischen den beiden wurde schon nach kurzer Verfolgungsjagd immer kürzer. Bei dem Versuch des

Flüchtenden, schnell über die Steintreppe zu entwischen, die vom Hafengelände nach oben und zum Kirchplatz führte, war das wilde Rennen endgültig entschieden: Nach einem heftigen Sturz auf den ausgetretenen Stufen lag der junge Mann laut stöhnend vor Toudic und hielt sich das lädierte rechte Knie:

»Aïe! … aïe! – Putain de merde!«

Toudic zeigte kein Mitleid. Er ging ihn gleich scharf an:

»Warum laufen Sie wieder weg vor mir, wie vor zwei Tagen bereits?«, fuhr er ihn an. »Was haben Sie zu verbergen?« Sein Gegenüber hatte sich wieder gefasst und grinste den Hauptmann frech an: »Du hast mir gar nichts zu sagen, du Scheißbulle.« Toudic musste sich sehr beherrschen, um seine Fassung zu bewahren. Der freche und abgebrühte Kerl vor ihm hatte mit Sicherheit schon öfters mit der Polizei zu tun gehabt, glaubte er aus seinem Verhalten folgern zu können. Erst jetzt fiel ihm auf, dass der Typ die ganze Zeit mit dem linken Arm versuchte, etwas unter seiner weißen Windjacke festzuhalten und krampfhaft zu verbergen.

»Machen Sie Ihre Jacke auf!«

Der junge Mann reagierte nicht. Aber ihm war der Ernst der Situation in der Zwischenzeit klar geworden. Mit schmerzverzerrtem Gesicht presste er seinen linken Arm noch fester gegen seine Brust. Toudic reichte es: »Ich habe Sie vor zwei Tagen in der Nähe eines möglichen Tatortes gesehen. Schon da haben Sie sich verdächtig gemacht durch Ihr Weglaufen. Deswegen nehme ich Sie jetzt vorläufig fest!« Noch ehe der junge Mann, der immer noch auf den Stufen lag, etwas erwidern konnte, hatte ihm Toudic Handschellen angelegt. Es bestand Fluchtgefahr.

»Stehen Sie langsam auf. Wir gehen jetzt zusammen zum Polizeiposten.« Beim vorsichtigen Hochkommen unter Toudics strenger Aufsicht glitt dem Festgenommenen nach und nach eine halb volle Carrefour-Plastiktüte aus der Jacke. Der Capitaine griff rechtzeitig zu, bevor sie zu Boden fallen konnte. Er erlag nicht der Versuchung, gleich hineinzuschauen. Stattdessen verstaute er die Plastiktüte in seiner breiten Aktentasche. Das hatte Zeit bis zum Verhör in ein paar Minuten. Zuvor musste er sich ganz auf den Typen vor sich konzentrieren und ihn sicher zum Gendarmerieposten im Depot der Inselfeuerwehr bringen. Beide nahmen die letzten Stufen der Steintreppe und gelangten zum Kirchplatz. Zahlreiche Gäste bevölkerten die Außenanlagen der Restaurants und Bars im Zentrum der Insel. Andere Touristen umlagerten neugierig die Stände vor den Souvenirläden. Die Glocke von Notre Dame de Bréhat schlug gerade 12:15 Uhr, als Toudic und der junge Mann langsam den Platz vor der Kirche überquerten. Sie gaben ein merkwürdiges Bild ab. Der nach seinem Sturz noch stärker hinkende junge Mann in Handschellen, abgeführt von einem Offizier der Gendarmerie Nationale, der mit einer Aktentasche und einem kleinen Reisekoffer bepackt war. Dennoch nahm kaum jemand Notiz von ihnen. Gleich hinter der Kirche und kurz vor der Pont Vauban erreichten sie die Polizeistation.

Toudics Kollegen hatten ihren Chef schon erwartet. Sie wunderten sich aber über den Fang, den er unterwegs gemacht hatte. »Den komischen Vogel haben wir doch schon vor zwei Tagen an der Bucht von Kerrien gesehen«, bemerkte Guillou sarkastisch. Toudic wies den jungen Mann an, am Tisch des kleinen Büros Platz zu nehmen, und befreite ihn von den Handschellen. Sofort stellte sich Le Gall an die Innenseite der Tür des Dienstraums, während Guillou am Fenster blieb. Alle drei hatten in langen Dienstjahren schon viel Einfallsreichtum bei Verdächtigen und deren Versuch, selbst aus den Büros der Polizei zu entfliehen, erlebt. Nun holte Toudic die Carrefour-Tüte aus seiner schwarzen Aktentasche. Le Gall und Guillou schauten neugierig auf den Tisch. Vorsichtig zog der Hauptmann den Inhalt heraus: einen großen Fotoapparat.

MINOLTA XD-7 stand gut lesbar auf der Kamerahülle aus schwarzem Leder. Toudic pfiff durch die Zähne: »Schau an!« Er wandte sich dem jungen Mann erneut zu. Das Verhör konnte beginnen. »Wie heißen Sie?«, begann Toudic die Befragung.

99

»Du kannst mir …«, fing der Gefragte an, wurde aber scharf von Toudic unterbrochen. »Junger Mann. Ganz vorsichtig! Die Beamtenbeleidigung von vorhin lasse ich Ihnen noch durchgehen. Aber jetzt ist Schluss damit. Ansonsten kommt Sie das teuer zu stehen. Compris?« Toudics Drohung schien Wirkung zu zeigen. Der Capitaine setzte streng nach. »Es geht um den Fund einer Leiche hier am Nordstrand.« Toudic steigerte seine Lautstärke. »Also noch einmal: Wie heißen Sie?« Sein Gegenüber zuckte zusammen und antwortete stockend: »Ich heiße … Raymond Gonzalez.« Toudic war die Erleichterung darüber anzusehen, dass der Verhörte zugänglicher zu werden schien. Er minderte etwas seine Lautstärke: »So, jetzt will ich Angaben zu Ihrer Person: Alter, Wohnort, Beruf, usw.!« Gonzalez hatte den Blick nach unten gesenkt. »Ich bin 17 Jahre alt. Wohne in einem Jugendheim in Rennes. Dort mache ich ein Praktikum in der Tischlereiwerkstatt. Außerdem versuche ich, meinen Schulabschluss am Collège nachzuholen. Seit langem habe ich keinen Kontakt mehr zu meinen Eltern.«

Toudic machte sich einige Notizen und stellte die nächste Frage. »Was haben Sie auf der Insel zu suchen?«

Nach einer kurzen Pause antwortete Gonzalez: »Drei Jungs aus dem Heim in Rennes und ich verbringen mit Mikaël, unserem Betreuer, einen Monat auf der Insel. Wir helfen vormittags einem Bootsbauer im Hafen. Nachmittags machen wir einen Segelkurs bei einem Moniteur.« Flehentlich fügte er hinzu: »Monsieur, ohne Scheiß. Mit dem Toten am Strand habe ich nichts zu tun. Bitte glauben Sie mir!«

Toudics versteinerter Blick ging hin und her zwischen der Kamera auf dem Tisch und dem Jungen vor ihm. Sein Schwager Pierre-Yves, erfolgreicher Immobilienmakler in Saint Brieuc, hatte sich neulich die gleiche Kamera für fast 4000 FF gekauft. – Une fortune!

»Und wo kommt die teure Kamera her?«

Gonzalez rang sichtbar mit sich.

100

»Die haben wir neulich gefunden und wollten Sie an einen Typen in Paimpol verkaufen.«

Toudic hörte sich alles regungslos an. Gonzalez wusste bestimmt nicht, welchen Schatz er sich widerrechtlich angeeignet hatte. »Der Hehler in Paimpol hätte bestimmt leichtes Spiel mit dem Bürschchen gehabt«, dachte sich Toudic. Im weiteren Verlauf des Verhörs gab Gonzalez nach und nach Folgendes zu: Seine drei Kameraden, der Betreuer und er wohnten zur Zeit in dem Gebäude der Colonie de Vacances in Kervilou, auf dem nördlichen Teil der Ile de Bréhat. Morgens vor dem Frühstück joggten sie täglich ohne den Betreuer über die Insel. An diesem Morgen seien sie auf Ihrer Lauftour kurz nach 7:00 Uhr am Phare du Paon angelangt und von da aus nach unten zu ihrem Lieblingsplatz am Strand geklettert.

»Ja, wie soll ich das erklären … wir wollten da 'was rauchen und dabei nicht gesehen werden. Da lag plötzlich der Tote! Bevor wir vor Schreck abgehauen sind, habe ich die Kamera neben ihm im Gebüsch entdeckt und sie mitgenommen. Ich hab mir gedacht, dass ich dafür bestimmt 200 Francs kriegen würde.« Gonzalez schien erleichtert zu sein, sich das alles von der Seele geredet zu haben. Von seiner anfänglichen Rotzigkeit gegenüber Toudic war nichts mehr übriggeblieben. Toudic blieb kritisch.

»Wie können Sie joggen, wenn sie so hinken, Gonzalez?«

»Ich bin beim Weglaufen von der Fundstelle kurz unterhalb des Leuchtturms auf dem glitschigen Untergrund ausgerutscht und zwischen zwei dicken Felssteinen stecken geblieben. Dabei habe ich mir den rechten Fuss verknackst. Der ist ganz dick geschwollen. – Ehrlich, ich kann Ihnen die Stelle zeigen, Monsieur.«

Toudic reagierte nicht darauf. Kurze Zeit später marschierten die drei Gendarmen mit Gonzalez Richtung Colonie de Vacances in Kervilou. Als sie dort wenige Minuten später ankamen, waren der Betreuer und die drei anderen Jungs in der Küche mit dem Abwasch beschäftigt.

Toudic nahm den völlig erstaunten Betreuer bei Seite und erklärte ihm die Situation. In der Zwischenzeit bewachte Le Gall den ganz still gewordenen Raymond Gonzalez. Guillou blieb bei den drei anderen und achtete darauf, dass sie sich nicht untereinander absprechen konnten. Toudic ließ im Beisein des Betreuers nach und nach die drei Jungs einzeln in den Essraum zum Verhör kommen. Sie bestätigten im Kern alle Aussagen von ihrem Kumpel Raymond. Als Ermittler konnte er keine Widersprüche zwischen ihren Erklärungen und Raymonds Darstellung erkennen. Auch Mikaël Lemestre, der Betreuer, erinnerte sich daran, dass die vier Jungs am 29.08. vor dem Frühstück joggen waren und Gonzalez erst seitdem hinkte. Im Übrigen sicherte der Sozialarbeiter aus Rennes Toudic seine volle Unterstützung bei der Aufklärung des Falles zu. Toudic nickte zufrieden.

»D'accord! Bitte gehen Sie mit Gonzalez noch heute in die Sprechstunde von Frau Dr. Prigent. Sie soll die Blutgruppe von dem Jungen feststellen. Sie weiß Bescheid.«

Der Hauptmann wollte ganz sicher gehen und nichts ausschließen. Eine neue Kamera für 4000 FF! Andere Opfer hatten schon für weit weniger Geld ihr Leben gelassen.

»Sorgen Sie dafür, dass Gonzalez hier auf der Insel bleibt, Monsieur Lemestre. Morgen früh erwarte ich Sie und Gonzalez um 9:00 Uhr in unserem Dienstbüro. Wir müssen noch ein Protokoll aufnehmen.« Der Sozialarbeiter nickte zustimmend.

Gegen 14:30 Uhr saßen die drei Gendarmen wieder in ihrem kleinen Büro und berieten sich darüber, wie die Ermittlungen weitergehen sollten. Le Gall und Guillou berichteten ihrem Chef, dass die bisherigen Befragungen um den Kirchplatz herum zu keinem Ergebnis geführt hatten. Was den Südteil der Insel betraf, standen nur noch der Zeltplatz und zwei größere Anlagen mit Ferienwohnungen auf der Liste. Auch hier wollten die Gendarmen den Insulanern bzw. den Feriengästen das Foto des Toten zeigen. Vielleicht konnte sich doch jemand daran erinnern, den Mann am 28.08. gesehen zu haben. Nachdem sich die drei Männer einen Espresso gegönnt hatten, holte Guillou den Fahrplan der Inselfähre hervor. Le Gall stellte noch ein paar Sablés d'Armor auf den Tisch, leckere bretonische Kekse, die seine Mutter selbst backte. Die drei Männer bedienten sich gerne. Obwohl er noch nicht ganz aufgekaut hatte, machte Guillou folgenden Vorschlag: »Mon Capitaine, um 15:20 Uhr geht die nächste Fähre zum Festland. Wenn ich mich beeile, schaffe ich es noch rechtzeitig, mit der Kamera am Schiff zu sein. Rufen Sie unsere Leute in Paimpol an. Einer der Kollegen soll den Apparat am Anleger an der Pointe de l'Arcouest abholen.«

Toudic nickte anerkennend. »Très bonne idée, Guillou.«

Der Zähler auf der Kamera zeigte es an: Der Besitzer hatte sieben Bilder aufgenommen. Bis morgen wären diese Fotos im Labor entwickelt. Möglicherweise lieferten sie dann weitere Hinweise zu diesem rätselhaften Todesfall. Bevor Guillou mit der MINOLTA Richtung Hafen aufbrach, bat ihn Toudic, anschließend die verbliebenen Adressen im Südteil der Insel abzuarbeiten. Der Hauptmann und Le Gall wollten sich in der Zwischenzeit um den dünner besiedelten Norden kümmern. Dort angekommen, holte Le Gall eine Einwohnerliste heraus, die er sich heute Morgen in der Mairie der Insel am Kirchplatz besorgt hatte. Hier wirtschaftete und lebte nur noch ein knappes Dutzend Bauern.

Zwischen ihren Höfen lagen ein paar alte Wohnhäuser, die zum Teil als Ferienhäuser vermietet wurden. Die beiden Gendarmen hatten nach einer halben Stunde auf vier Bauernhöfen in Keranroux und Kervilou angeklopft und immer wieder dieselbe Frage an die Besitzer gestellt: »Haben Sie den Mann hier auf dem Foto am Abend des 28.08. gesehen?« Die Bilanz war weiterhin ernüchternd. Niemand hatte etwas gesehen oder gehört. Die befragten Bauern reagierten eher misstrauisch auf das plötzliche Auftauchen der beiden Uniformierten vom Festland. Sie fühlten sich gestört bei ihrer Arbeit und fertigten Toudic und Le Gall schnell an der Tür ab. Als sie die kurze Strecke zwischen Kervilou und Kerrien zurücklegten, näherte sich ihnen von rechts ein kleiner Trecker mit einem einachsigen Anhänger. Le Gall brachte den wenig erfreuten Fahrer zum Halten und forderte ihn auf, den tuckernden Motor abzustellen. »Non! Jamais vu!« – Auch der Treckerfahrer in seinem verwaschenen grauen Overall schüttelte

103

beim Anschauen des Fotos den Kopf. Der Mann kam mit seinem Gefährt unten vom Strand und hatte Tang geladen. Wasser tropfte vom Anhänger auf den Boden. Die pharmazeutische Industrie und Firmen aus der Kosmetikbranche bezahlten gutes Geld für diese Ladung. Beim Wiederanfahren hinterließ der Traktor eine dicke Wolke aus Dieselabgasen und entfernte sich rasch in Richtung Kerrien. Le Gall hatte den Namen des Besitzers lesen können, der hinten auf einem Schild am Anhänger stand: Loïc Huet – Kerrien/Bréhat. Den Namen konnte er wenigstens von seiner Liste der noch zu Befragenden streichen. Die beiden marschierten weiter in das kurz vor ihnen liegende Kerrien, die letzte kleine Ansiedlung vor dem Leuchtturm an der Nordspitze der Ile de Bréhat. Als ob sie sich über die zwei erfolglosen Gendarmen lustig machte, flog über ihnen eine laut kreischende Lachmöwe. Toudic bemerkte schmerzlich, heute kein Mittagessen gehabt zu haben. »Jean-Yves, die Schönheit der Insel musst du dir erlaufen!«, hatte ihm vor vielen Jahren ein ehemaliger Klassenkamerad erzählt, der damals die Poststelle auf Bréhat führte. Unter anderen Umständen hätte der Capitaine diese alte Inselweisheit gerne unterschrieben. Obwohl der August fast zu Ende war, gab der Spätsommer noch einmal sein Bestes. Es herrschte völlige Windstille auf der Insel und das Thermometer zeigte 27 Grad. Toudic schwitzte und hätte gerne zur Stärkung etwas getrunken und gegessen. Kurz bevor sie das erste Gehöft in Kerrien erreichten, sahen beide links neben sich einen eifrig am Boden pickenden bunt schillernden Fasanenhahn. Wild schreiend verschwand er im hohen Gras der großen Brachlandwiese, um sich vor den beiden Störenfrieden in Sicherheit zu bringen. Doch einige Minuten später erlebten die beiden Gendarmen eine freudige Überraschung: Als sie beim ersten Gehöft in Kerrien anklopften, öffnete ihnen eine jüngere Frau die große hölzerne Eingangstür zum Hof. Neben ihr stand ein etwa dreijähriges Mädchen, das sich fest an das linke Bein der Mama klammerte und neugierig zu den beiden Gendarmen hoch schaute. Toudic erklärte freundlich den Grund ihres Besuches und zeigte das Foto.

»Nein, den Mann habe ich hier noch nie gesehen. Aber darf ich Ihnen eine kleine Erfrischung anbieten, Messieurs?«

Freudig willigten die beiden Gendarmen ein und ließen sich von ihr zu einem gemütlichen Sitzplatz im Garten führen. Das tat gut, sich hier im Schatten des hohen Wohnhauses einen Moment ausruhen zu können. Kurze Zeit später standen eine Flasche Wasser, eine Karaffe mit Cidre, etwas Baguette und ein großes Stück gesalzener Butter auf dem verwitterten Holztisch vor ihnen. Die junge Frau lud sie herzlich ein, sich zu bedienen.

»Mein Vater war fruher auch Gendarm im Finistère, auf dem Land, in der Nähe von Morlaix. Er hat sich immer gefreut, wenn er als Flic mit den Leuten auf dem Kirchplatz oder in der Dorfkneipe ein bisschen plaudern konnte. Gerne auch bei einem Petit Rouge.«

Toudic und Le Gall griffen gerne zu.

»Messieurs, zwar kann ich Ihnen nichts zu dem Foto sagen. Aber mein Nachbar, Monsieur Quéméneur, der schaut den ganzen Tag mit seinem Fernglas aufs Meer hinaus und hat auch gut im Blick, wer an seinem Haus vorbeigeht.« Dabei lächelte sie verschmitzt. »Vielleicht hat der etwas gesehen.« Toudic bedankte sich herzlich für die Stärkung und den Hinweis auf Monsieur Quéméneur. »De rien, Messieurs. Aber jetzt habe ich noch zu tun. Unsere Kuh muss gemolken werden. Bonne chance et Kenavo!« Mit ihrer Tochter an der Hand ging sie quer über die große Wiese auf eine rotbunte Kuh zu, die die ganze Zeit friedlich unter einer Palme graste.

»Eine Kuh unter einer Palme. Das sieht man nur auf der Ile de Bréhat!«, sagte Toudic schmunzelnd zu seinem Kollegen, der sich an einem weiteren Stück Baguette mit Beurre Salé stärkte. Keine fünf Minuten später standen sie vor dem Grundstück von Monsieur Quéméneur. Eine hohe Steinmauer umrandete das weitläufige Gelände und ragte bis ans Meer. Da die Außenpforte halb offen stand, betraten die beiden Gendarmen etwas zögerlich das

Gelände. Als ob er mit ihrem Kommen gerechnet hatte, erwartete Monsieur Quéméneur sie bereits an seiner geöffneten Haustür.

»Kommen Sie näher, Messieurs!«, lud er sie höflich ein. »Was kann ich ich für Sie tun?«

MORJC QUÉMÉNEUR HANC MANSIONEM AEDIFICAVIT
A.D. MDCLXX

stand über der Eingangstür in Stein gemeißelt.

Nachdem sie sich vorgestellt hatten, führte Quéméneur die beiden Gendarmen in sein großes und von der langsam untergehenden Sonne hell erleuchtetes Wohnzimmer. Hier verschaffte sich Toudic ehrfurchtsvoll einen ersten Überblick über dieses einmalige Anwesen aus dem Jahr 1670. Die Wände aus Natursteinen waren von innen nicht verputzt. Oben an der Decke verliefen dicke Balken aus Eichenholz. Daran hingen mehrere Modelle von historischen Großseglern.

»Schauen Sie sich erst einmal in Ruhe um, Messieurs!«, ermunterte sie der Hausherr freundlich.

Le Gall und Toudic kamen sich wie in einem Seefahrtsmuseum vor. An den Wänden waren bunte Seekarten befestigt. Sie bildeten alle Meere dieser Erde ab. In einem offenen Schrank und auf mehreren Tischchen lagen alte Navigationsgeräte aus Messing. Zwei riesige Ölgemälde, die über dem Kamin hingen, zeigten heroische Szenen vom Walfang. Überall im Raum stand Nippes aus Asien und Afrika. Das große Fenster neben dem Kamin gewährte einen überwältigenden Blick auf die Bucht von Kerrien und die vorgelagerte Insel Ar Morbic. Toudic war begeistert und vergaß einen Augenblick den Grund seines Kommens.

»Bitte setzen Sie sich, Messieurs«, lud sie der Hausherr ein. »Meine Familie lebt seit mehr als 300 Jahren in diesem Haus. Alles Seefahrer, wie Sie wahrscheinlich gesehen haben. Ich selbst war auch fast 50 Jahre auf den Weltmeeren unterwegs. Davon 30

Jahre als Kapitän. Jetzt bin ich lange im Ruhestand. Aber was führt Sie zu mir?«

»Mein Kollege Le Gall und ich ermitteln in einem Todesfall und suchen mögliche Zeugen.«

Toudic holte erwartungsvoll das Foto heraus. Direkt am Grundstück des alten Kapitäns führte der Weg zum Leuchtturm vorbei. Der neugierige Ruheständler musste etwas gesehen haben, hoffte Toudic.

»Vielleicht ist dieser Mann hier am 28.08. gegen Abend bei Ihnen am Grundstück vorbei gekommen, Monsieur Quéméneur?« Der alte Kapitän setzte sich umständlich eine Lesebrille auf und betrachtete aufmerksam das Foto.

»Bedauere. Non!«

Toudic gab nicht auf. »Vielleicht haben Sie irgendeine andere Beobachtung an diesem Abend gemacht, Monsieur?« Der Hausherr überlegte nicht lange. »In der Tat! Ein Mann ist gegen 21:30 Uhr in wilder Panik an meinem Haus Richtung Bourg vorbeigelaufen, als wäre der Teufel hinter ihm her. Ich stand am Zaun und rauchte noch meine Pfeife, bevor ich mir die Abendnachrichten anschauen wollte. Deswegen kann ich mich gut an die Uhrzeit erinnern.«

Die beiden Gendarmen waren wie elektrisiert.

»Kannten Sie diesen Mann?«

Quéméneur rang sichtbar nach Worten.

»Mon Capitaine, ich möchte niemanden zu Unrecht in diese Sache hineinziehen. Aber alle Insulaner kennen ihn: Luc Jouan, den Lehrer von unserer kleinen Grundschule auf Bréhat.«

Die beiden Gendarmen glaubten, nicht ihren Ohren zu trauen. Ein glaubwürdiger Zeuge hatte gerade eine ganz wichtige Aussage zu ihrem Fall gemacht. Ort und Zeit seiner Beobachtung passten zur möglichen Tat. Eine erste Spur. Endlich! Toudic und Le Gall sprangen auf und bedankten sich bei Quéméneur. Sie hatten es eilig, zurück zum Bourg zu kommen. Le Gall wusste, wo man den Lehrer finden konnte: Die einklassige Inselschule lag am Kirchplatz, hinter Notre Dame de Bréhat. Jouan hatte seine Dienstwohnung im Schulgebäude.

Der Instituteur konnte sich auf die bohrende Fragen der beiden Gendarmen gefasst machen.

11

31. AUGUST 1977 – GETRENNTE ERMITTLUNGEN

Toudic und Le Gall beeilten sich sehr, die zwei Kilometer vom alten Kapitänshaus unterhalb der Nordspitze der Insel zurück zum Kirchplatz zu gelangen. Kurz nachdem sie an der Tür der Dienstwohnung des Lehrers geklopft hatten, wurde ihnen aufgemacht.

»Bonsoir, Monsieur Jouan. Capitaine Toudic, Gendarmerie Nationale aus Paimpol. Das ist Adjudant Le Gall, mein Kollege. Wir haben ein paar Fragen an Sie. Dürfen wir reinkommen?«

Der etwa 30-jährige sportlich durchtrainierte Instituteur hatte bestimmt nicht mit Besuch gerechnet und stand etwas derangiert vor den Beiden: barfuß, bekleidet mit einer schlabbrigen Jogginghose und einem ausgewaschenen gelben T-shirt. Mit der rechten Hand fuhr er sich verlegen durch seine verwuschelten langen, schwarzen Haare. Dieser Typ kommt bei Frauen bestimmt gut an, dachte sich Toudic mit einem Anflug von Neid.

»Bonjour, Messieurs. Ich habe gerade nicht aufgeräumt. Was gibt es denn?«

Sein Versuch, die beiden Gendarmen vor der Haustür abzufertigen, gefiel Toudic gar nicht.

»Monsieur, wenn Sie uns nicht reinlassen wollen, führen wir unser Gespräch gern auf der Wache fort.«

Widerwillig ließ Jouan die beiden in seine Dienstwohnung. Durch einen engen, düsteren Flur gelangten die drei Männer ins Wohnzimmer. Der Lehrer hatte recht gehabt. Alles lag kreuz und quer durcheinander, Schulhefte, alte Zeitungen und diverse Kleidungsstücke. Der Videorecorder brummte leise in stand by. Toudic fiel auf, dass neben dem Gerät eine halb zerrissene Zeitungsseite lag, unter der sich die Umrisse einer Videokassette abzeichneten. Welchen Film der wohl gerade anschauen wollte, fragte sich Toudic. Da die Tür zur Küche offen stand und wahrscheinlich lange nicht gelüftet worden war, roch es stark nach gebratenem Fisch. Jouan machte umständlich zwei Stühle frei und bot sie den beiden Gendarmen zum Sitzen an.

»Worum geht es, Messieurs?«, fragte er mürrisch.

Toudic holte das Foto mit dem Toten vom Strand heraus und hielt es dem Lehrer entgegen.

»Monsieur Jouan. Wir ermitteln in einem Todesfall. Haben Sie diesen Mann schon einmal gesehen?«

Jouan warf nur einen flüchtigen Blick darauf und verneinte die Frage. Toudic entging nicht das starke Bemühen des Befragten, beim Sprechen besonders ruhig zu wirken.

»Wo waren Sie am letzten Sonntag, dem 28. August, gegen 21:00 Uhr?«

»Wie immer um diese Zeit habe ich hier gesessen und meinen Unterricht für Montag und Dienstag vorbereitet«, antwortete Jouan wie aus der Pistole geschossen. Toudic schaute Le Gall ermunternd an. »Monsieur Jouan, gibt es Zeugen dafür?«, wollte der Feldwebel wissen.

»Nein, natürlich nicht. Ich lebe allein. Aber als Lehrer arbeite ich auch sonntags. Am Nachmittag war ich segeln mit Freunden. Dafür gibt es Zeugen. Abends musste ich folglich an meinen Schreibtisch.«

Le Gall ging nicht weiter darauf ein und schaute in Richtung Toudic. Der Capitaine übernahm wieder die Befragung.

109

»Monsieur Jouan. Wir wollen nicht lange herumreden. Es gibt einen glaubhaften Zeugen, der Sie zu diesem Zeitpunkt ganz woanders gesehen hat.«

»Das kann gar nicht sein. Ihr Zeuge muss mich verwechseln. Ich war hier!«, entgegnete er trotzig.

Toudic drohte ihm daraufhin eine Gegenüberstellung mit dem Zeugen an und ergänzte noch: »Monsieur Jouan, was werden die Leute hier auf der Insel denken, wenn Sie gleich, flankiert von zwei Gendarmen, abgeführt werden? Das spricht sich ganz schnell herum!«

Diese Aussicht zeigte Wirkung.

»Ich weiß nicht …«, begann er zögerlich, »…wie ich es Ihnen sagen soll. Die Sache ist sehr delikat.«

Toudic zeigte sehr deutlich, wie sehr ihm der bisherige Verlauf der Befragung missfiel.

»Monsieur Jouan, bis jetzt haben Sie uns angelogen. Reden Sie endlich! Sonst bekommen Sie ganz große Schwierigkeiten, auch mit Ihrer Schulbehörde in Saint Brieuc«, fuhr ihn der Hauptmann an und schlug dabei mit der flachen Hand auf den Tisch. Anfangs noch stockend gab der junge Lehrer Folgendes preis: Er habe ein Verhältnis mit Annick Tanguy, der Frau des Leuchtturmwärters Matthieu Tanguy. Da der Leuchtturmwärter eigentlich Sonnabend bis Montag seiner Mutter in Paimpol beim Tapezieren helfen wollte, sei die Luft rein gewesen. Deshalb sei er, Jouan, zu seiner Geliebten ins Haus neben dem Leuchtturm gekommen.

»Annick und ich hatten es uns gerade in ihrem Bett gemütlich gemacht, als das Telefon gegen 21:15 Uhr klingelte. Zum Glück ging Annick gleich dran. Es war ihr Mann. Der hatte sich mit seiner Mutter gestritten und war mit der letzten Fähre schon jetzt auf die Insel zurückgekehrt. Er forderte seine Frau am Telefon auf, ihm sofort mit dem Handwagen in Richtung Anleger entgegenzukommen. Er habe zwei schwere Koffer dabei mit Klamotten und Büchern aus seinem alten Jugendzimmer bei seiner Mut-

110

ter.« Toudic zeigte keine Regung beim Zuhören. »Wie ging es dann weiter, Monsieur Jouan?«

»Annicks Mann ist ein brutaler Typ. Der hat sie schon mehrfach ohne Grund grün und blau geschlagen. Wenn der uns beide in seinem Haus im Bett erwischt hätte. – Deswegen habe ich mich blitzschnell angezogen und das Haus fluchtartig verlassen. Das ist die Wahrheit!«

Toudic ließ sich nicht so schnell überzeugen. »Nach Ihrem anfänglichen Lügen fällt es mir schwer, Ihnen zu glauben. Für mich bleiben Sie weiterhin verdächtig. Deshalb fordere ich Sie auf, mir Ihren Personalausweis und Ihren Reisepass auszuhändigen. Außerdem gehen Sie morgen in die Sprechstunde von Frau Dr. Prigent. Die soll Ihnen eine Blutprobe abnehmen.« Jouan nickte resigniert.

»Was Ihre Geliebte angeht, so…«

»Bitte, bitte, Monsieur Toudic, lassen Sie Annick aus dem Spiel! Ihr Mann ist unberechenbar!«, flehte er den Capitaine an. Toudic überlegte kurz. »Wir sind keine Unmenschen und Ihre Affäre geht uns auch nichts an. Lassen Sie Madame Tanguy diskret die Nachricht zukommen, dass sie uns wegen ihrer Zeugenaussage in den nächsten zwei Tagen in der Wache aufsuchen soll. D'accord?«

Jouan willigte sofort ein. Bevor die beiden Gendarmen aufbrachen, händigte ihnen Jouan noch seine beiden Ausweise aus. Sehr erleichtert begleitete er die beiden Polizisten zur Tür und bemerkte gar nicht die Enttäuschung auf ihren Gesichtern. Vor einer Stunde noch hatten sie sich so nah an der möglichen Lösung des Falls geglaubt!

111

12

1. SEPTEMBER 1977 – AUF DEN SPUREN DER BIO-KARTOFFELN

Während seine drei Kollegen weiter auf der Ile de Bréhat recherchierten, wollte Kuhlmann heute versuchen, die zwei noch auf der Liste verbliebenen Mitglieder der Kooperative Buzug persönlich und unangemeldet zu kontaktieren. Bevor er mit seinem Dienstkrad startete, hatte er morgens gegen 9:30 Uhr auf der Wache Leutnant Derrien in seinem Büro aufgesucht.

Wegen der Abwesenheit des Hauptmanns leitete Derrien stellvertretend die Dienststelle. Es fiel Kuhlmann nicht leicht, seinem Vorgesetzten davon zu berichten, dass auch die beiden Befragungen vom Vortag in Kergrist Moëlou und auch am Lycée Agricole zu keinerlei neuen Erkenntnissen geführt hatten. Beim Zuhören konnte sich Derrien ein hämisches Grinsen nicht verkneifen. Kuhlmann hatte Mühe, Contenance zu bewahren. Wenn doch bloß Toudic wieder zurück wäre, wünschte er sich sehnlichst. Wenige Minuten nach diesem unerfreulichen Zusammentreffen mit Derrien saß Kuhlmann auf seiner BMW und steuerte Plouha an. Bei diesem wunderbaren Spätsommerwetter freute er sich, Paimpol und diesen Idioten von Leutnant schnell hinter sich lassen zu können. Nach einer knappen halben Stunde Fahrt auf der ruhigen Kreisstraße D 786 passierte er das Ortsschild von Plouha. Im Vorbeifahren fiel ihm ein, dass er vor seiner Abfahrt das Tanken und das Überprüfen des Reifendrucks vergessen hatte. – Zut, alors!

Aber mit so viel Wut im Bauch über Derrien hatte er es einfach vergessen. Wie der Kerl sich unverhohlen darüber freute, dass der Chef und seine Mannschaft bei der Aufklärung des Leichenfundes am Leuchtturm nicht vorankamen. Nach einem kurzen Stopp an der nächsten TOTAL – Station bog Kuhlmann nach Südwesten ab, um nach Plouagat zu gelangen, seinem ersten Ziel für heute. Auf dem letzten Teilstück zwischen Lanvallon und Chatelaudren musste der Stabsfeldwebel einem Wohnwagengespann aus Holland hinterherschleichen. An ein Überholen war auf der engen Landstraße nicht zu denken. Da das Meer mit der Bucht von Saint Brieuc nicht weit entfernt lag, kamen viele Touristen in diesen ruhigen Teil des Argoat. Die in dieser dünn besiedelten Gegend kaum erwartete Dichte an romanischen Dorfkirchen, Kalvarien, Klosterruinen und kleinen Schlössern galt in Kennerkreisen als Eldorado für Hobbyfoto grafen. Gerade hier, In den kleinen Dörfern, fanden regelmäßig an den Wochenenden die traditionellen Tanzfeste, auf Bretonisch Fest Noz genannt, statt. Viele Urlauber und Freunde der Bretagne genossen es, sich beim Tanzen und Zuhören der Dudelsack- und Schalmeimusik unter die Einheimischen zu mischen. Häufig musste allerdings tief in der Nacht die Gendarmerie einschreiten, da zu viel Cidre, Vin Rouge oder Kronenbourg konsumiert wurde und das ganze Fest gelegentlich unfriedlich endete. Deswegen kannte sich Kuhlmann in dieser gottverlassenen Gegend ganz gut aus. In Chatelaudren konnte Kuhlmann nach rechts abbiegen und dem Wohnwagengespann entrinnen. Endlich! Bereits wenige Minuten später hatte er in dem Marktflecken Plouagat mühelos sein erstes Ziel erreicht und stand vor einem kleinen Landhandel am Ortsausgang Richtung Guingamp. Kuhlmann musterte das Anwesen von außen: Alles machte einen sehr gepflegten Eindruck, aber seltsamerweise war niemand zu sehen. Als er das Büro betreten wollte, entdeckte er ein großes Schild, das an der Innenseite der gläsernen Tür klebte:

Fermé pour des raisons personnelles!

Kuhlmann wunderte sich: Aus persönlichen Gründen geschlossen! – Ein Landhändler, der seine Kunden auf unbestimmte Zeit im Stich ließ? Trotzdem klopfte er an. Ohne Erfolg. Über dem

Büro, im ersten Stock des großen Hauses, stand ein Fenster halb offen. Wahrscheinlich war doch jemand zu Hause. Rechts neben den langgezogenen Geschäfts- und Verkaufsräumen konnte Kuhlmann Einblick in den großen Garten nehmen. Ein älteres Ehepaar, das mit Hacken ein Gemüsebeet bearbeitete, schaute neugierig auf, als der Gendarm an ihrem Zaun stand und sie freundlich ansprach:

»Kuhlmann, Gendarmerie Nationale aus Paimpol. Kann ich bitte mit Monsieur Claude Mahé sprechen?«

»Das ist unser Sohn«, begann der Mann zögerlich, »der ist aber gerade nicht da.«

Kuhlmann spürte, dass es den Eltern unangenehm war, nach ihrem Sohn gefragt zu werden.

»Wann kann ich ihn sprechen?«

Wieder schauten sich die beiden unsicher an.

»Der ist etwas länger weg«, gab die Frau zu verstehen.

Langsam verlor Kuhlmann die Geduld, hütete sich aber davor, unfreundlich zu werden. Den beiden Alten schien sein Fragen immer peinlicher zu werden.

»Ist er vielleicht verreist? Und kann ich ihn eventuell irgendwie erreichen?«, versuchte er es erneut betont freundlich.

Monsieur Mahé senior räusperte sich und öffnete langsam die Gartenpforte, vor der Kuhlmann stand.

»Bitte treten Sie ein, Monsieur. Wir müssen das hier nicht halb auf der Straße besprechen.«

Kuhlmann war neugierig, was er gleich über den Aufenthalt von Claude Mahé erfahren würde.

»Die Sache ist so«, sagte der Vater ganz langsam, »ich muss nicht lange herumreden: Claude sitzt seit ein paar Tagen in Rennes im Gefängnis. Drei Jahre hat man ihm aufgebrummt, ohne Bewährung.«

Damit hätte Kuhlmann nicht gerechnet. Aber es erklärte auch sofort das Schild an der Ladentür, das Fragen aufwarf.

Kuhlmann, der selbst aus einem kleinen Ort im Elsass stammte, konnte sich sofort vorstellen, was die armen Eltern eines

„Knackis" in dem ländlichen Plouagat seitdem durchmachen mussten.

»Darf ich Sie fragen, weshalb man Ihren Sohn verurteilt hat?«

Madame Mahé stellte ihre Hacke gegen den Gartenzaun und schaute Kuhlmann traurig an: »Claude hat in großen Mengen angeblichen Bio-Weizen an Getreidemühlen in ganz Frankreich verkauft. Nach einigen Monaten ist der Schwindel aufgeflogen. Eine Warenprobe brachte zu Tage, dass die Körner hohe Rückstände an giftigen Pflanzenschutzmitteln und chemischem Dünger aufwiesen. Deswegen sitzt er jetzt wegen schweren Betrugs im Gefängnis.«

Die Frau hatte Mühe, gegen ihre aufkommenden Tränen anzukämpfen. Zärtlich legte ihr Mann seinen rechten Arm auf die Schulter seiner Frau. Die Eltern Mahé taten Kuhlmann leid. Aber trotzdem musste er weiterbohren.

»Wir ermitteln in einem mysteriösen Todesfall. Ihr Sohn war doch Mitglied in der Kooperative Buzug?« Die beiden nickten stumm.

»Gibt es eventuell Unterlagen über den Verkauf von Bio-Kartoffeln?«

Madame Mahé hatte sich in der Zwischenzeit wieder gefangen.

»Sie haben Glück, Monsieur Kuhlmann. Vor ein paar Tagen haben wir alle beschlagnahmten Aktenordner aus Claudes Büro vom Gericht wieder zurückbekommen. Wir können im Büro nachschauen, ob sich etwas zu Buzug finden lässt.« Kuhlmann war erleichtert und folgte den beiden durch den Garten in Richtung Hintereingang zu den Geschäftsräumen. Madame Mahé schien sich hier sehr gut auszukennen. Bestimmt erledigt sie die Buchhaltung für ihren Sohn, mutmaßte Kuhlmann. Mit sicherer Hand holte sie nach wenigen Augenblicken aus einem hohen Aktenschrank einen halb gefüllten grauen DIN-A4-Ordner mit der Aufschrift *Buzug ab 1976* heraus.

»Voilà, Monsieur. Vielleicht finden wir etwas über Bio-Kartoffeln.«

Sie legte den Ordner auf den Tisch und drehte ihn so, dass Kuhlmann beim Durchsuchen mitlesen konnte:

- *Beitrittserklärung zur Kooperative Buzug*
- *Statuten der Kooperative*
- *Empfehlungen für den biologischen Anbau von Getreide, Gemüse, Obst und Kartoffeln.*

Madame Mahé blätterte alles Seite für Seite durch und stieß zum Schluss auf ein letztes Deckblatt:

- *Erster Verkauf von Bio-Kartoffeln.*

Aus einem Lieferschein mit Rechnung war zu entnehmen, dass Claude Mahé im Juni 1977 vier Zentner Bio-Frühkartoffeln an einen Kunden verkauft hatte. Madame Mahés Miene hellte sich auf:

»Ich erinnere mich gut, Monsieur Kuhlmann. Kurz vor seiner Verhaftung hat er hier in unserem großen Garten erstmals Bio-Frühkartoffeln geerntet und alles an die Ferme-Auberge in Plélo verkauft. Das mit dem Bio-Anbau ließ sich gut an und Claude war so stolz.«

Kuhlmann zog sein Notizbuch aus der Jackentasche und schrieb sich von dem Rechnungsbeleg die Kontaktdaten der Ferme Auberge in Plélo und die Rechnungsnummer ab. Als er fertig war, hatten sich Monsieur und Madame Mahé in der Zwischenzeit hingesetzt. Die große Büro-Wanduhr mit dem Firmenlogo von BASF zeigte 11:30 Uhr an.

»Hat die Ferme-Auberge in Plélo auch mittags geöffnet?«, fragte er die beiden.

»Oui, naturellement!«, bestätigte ihm Madame Mahé. »Das Restaurant hat einen sehr guten Ruf in der ganzen Gegend. Erst Ende September, wenn die Urlaubssaison vorbei ist, machen Marie-Jeanne und Pierre-Yves nur abends auf.«

Obwohl Plélo keine zehn Kilometer von Plouagat entfernt war und er von hier aus schnell zu dem Restaurant mit seiner rustikalen Küche hätte gelangen können, fasste Kuhlmann einen anderen Entschluss. Er musste den Eltern Mahé die Angst nehmen, dass ihr Sohn noch in einen weiteren Kriminalfall verwickelt sein könnte.

»Wäre es vielleicht möglich, von Ihrem Büro aus in Plélo anzurufen?«

Madame Mahé nickte und stellte die Telefonverbindung her.

»Hallo, Marie-Jeanne! – Hier ist Yvette Mahé. Ça va?«

Die beiden Frauen plauderten kurz miteinander.

»Marie-Jeanne. Nicht erschrecken, aber hier ist ein Beamter der Gendarmerie Nationale. Der möchte dich sprechen. Aber keine Angst! Es geht nur um unsere Bio-Kartoffeln.«

Mit einem leichten Schmunzeln reichte sie Kuhlmann den Hörer weiter. In seinem kurzen Gespräch mit der Patronne des Restaurants in Plélo bekam Kuhlmann alle notwendigen Auskünfte: In der Tat habe Claude Mahé am 2. Juni 1977 vier Zentner Bio-Kartoffeln geliefert.

»Übrigens von vorzüglicher Qualität!«, ergänzte Marie-Jeanne noch. Wegen der vielen Speisegäste in diesem Sommer sei aber der Vorrat Anfang August bereits aufgezehrt gewesen.

»Madame, Sie haben in der Zwischenzeit nichts von dieser Lieferung an Dritte weitergegeben?«

»Mais non! Wir haben alles hier bei uns auf den Tisch gebracht. Diese Kartoffeln aus Plouagat als Bratkartoffeln zu Fisch oder Hähnchen schmeckten einfach besonders lecker!«

Kuhlmann bedankte sich herzlich und legte auf. Er musste den Eltern Mahé aber noch etwas erklären, bevor er aufbrach:

»Bitte machen Sie sich keine weiteren Sorgen. Ihr Sohn Claude hat nichts mit dem anderen Fall zu tun. Aber um den aufzuklären, sind wir dabei, einer Spur von Bio-Kartoffeln nachzugehen. Vielen Dank für Ihre Hilfe!«

Die beiden Mahés nickten erleichtert und geleiteten Kuhlmann zum Ausgang. »Ich wünsche Ihnen alles Gute!«

Gerne hätte Kuhlmann den beiden noch etwas Mut Machendes zum Abschied gesagt, aber alles, was ihm einfiel, klang banal. Sie hatten ein schweres Los zu tragen und verhielten sich

117

so tapfer. Auf kleinen Landstraßen legte Kuhlmann die etwa 20 Kilometer von Plouagat nach Bourbriac zurück. Beim Fahren ließ er sich viel Zeit. Hier wollte er den letzten der vier bei Buzug eingeschriebenen Bio-Bauern aufsuchen. Kurz vor seinem Ziel stoppte er seine Maschine auf einem kleinen Parkplatz am Wald von Avaugour. Weit und breit war niemand zu sehen. Kuhlmann steckte sich eine Zigarette an und dachte nach. Nach den enttäuschenden Erfahrungen von gestern und heute hatte er wenig Hoffnung darauf, bei der vierten Adresse auf seiner Buzug-Liste fündig zu werden.

Große Hinweisschilder auf dem Parkplatzgelände luden dazu ein, Wanderstrecken und Naturlehrpfade im Wald von Avaugour kennenzulernen.

Früher, im Elsass, waren Michelle und er oft in den Vogesen gewandert. Gerne wäre er zusammen mit ihr am Wochenende einmal durch den lieblichen Wald von Avaugour gestreift. Michelle fehlte ihm so sehr! Aber die Pflicht rief. Nur wenige Minuten später stand er im Hof eines Gemüsegärtners in Bourbriac. Der Patron, Monsieur Morrard, hatte es eilig. Er war gerade dabei, mit seiner Frau einen alten RENAULT-Lieferwagen mit prall gefüllten Gemüsekisten zu beladen. Kuhlmann störte ihn offensichtlich bei der Arbeit. Das zeigte er dem Gendarmen deutlich. Trotzdem ließ sich der Stabsfeldwebel nicht davon abhalten, dem Gemüsegärtner ganz in Ruhe seine Fragen zu stellen.

Bald war alles geklärt: Auch er, Morrard, habe erstmals Bio-Kartoffeln nach den Empfehlungen von der Kooperative Buzug angebaut. »Gleich beim ersten Versuch mit großem Erfolg!«, ergänzte der Gärtner voller Stolz. Seine gesamte Bio-Kartoffelernte von einigen Zentnern sei im Juni an DIWAN, den bretonischen Kindergarten in Guingamp, gegangen.

»Die haben in der Zwischenzeit schon alles in der Küche zu Mittagessen verarbeitet«, wusste Morrand zu berichten.

Übrigens wolle er gerade dorthin, um den Kindergarten wieder einmal mit seinem frischen Gemüse zu versorgen.

»Ich bin seit Jahren ihr Hauptlieferant. Sie schätzen die Qualität meiner Ware.«

Kuhlmann hatte sein Notizbuch auf die Sitzbank seiner BMW gelegt und protokollierte kurz mit.

»Die freuen sich bei DIWAN natürlich auch, dass ich alles auf Bretonisch mit ihnen besprechen kann. Bretonisch ist schließlich auch meine Muttersprache!«, fügte er selbstbewusst hinzu.

»War es das, Monsieur?«, fragte er Kuhlmann genervt. Der Stabsfeldwebel nickte. Kaum hatte er seinen Notizblock in seinem Uniformrock verstaut, waren die beiden Morrands schon mit ihrem Lieferwagen vom Hof verschwunden. Auch der vierte Bio-Kartoffeln-Erzeuger hatte nichts zur Klärung des Bréhat-Falles beitragen können. Aber Kuhlmanns Enttäuschung hielt sich in Grenzen. Spätestens seit der ergebnislosen Befragung der Mahés hatte er die Hoffnung aufgegeben, über die Buzug-Liste zu einer heißen Spur zu kommen. Schade!

Eine Viertelstunde später betrat er bereits das Revier seiner Kollegen in Guingamp, gleich hinter dem Marktplatz. Auf dem Tisch der hinteren Wachstube standen Sandwiches, Kuchen, kalte Getränke und Kaffee bereit. Ein junger Gendarm war am Vortag Vater geworden und gab diese Stärkung zur Mittagszeit aus. Der junge Vater lud Kuhlmann freundlich ein, Platz zu nehmen und sich zu bedienen.

»Bernard, schön dich wieder zu sehen!«, begrüßte ihn der Revierleiter, den er noch von der Polizeischule kannte. »Wie geht es dir?«

»Ça va!«, antwortet Kuhlmann etwas zögerlich. Um nichts Näheres preisgeben zu müssen, holte Kuhlmann schnell aus seiner Kartentasche das von le Floc'h unterschriebene Vernehmungsprotokoll in Sachen Fahrerflucht heraus und übergab es dem Revierleiter. Der warf einen kurzen Blick darauf:

»Vielen Dank, liebe Kollegen in Paimpol!«, und fügte mit halb vollem Mund hinzu: »Ein geklärter Fall mehr für die Statistik! Ich leite gleich alles an die Staatsanwaltschaft weiter! Perfekt!«

119

Kuhlmann wäre jetzt gerne aufgestanden und nach Paimpol zurückgefahren. Er spürte, dass gleich etwas Unangenehmes zur Sprache kommen würde.

»Sag mal, Bernard«, fing der Revierleiter an, »du hast vor vier Wochen an einer Vorauswahl für die Offizierslaufbahn teilgenommen. Wie ist denn die Laufbahnprüfung in Chateaulin für dich gelaufen?«

»Naja«, entgegnete Kuhlmann zögerlich und nahm erst einmal einen Schluck Kaffee, »nicht so gut. Sie haben mich nicht genommen.«

»Das kann nicht wahr sein!«, rief der Revierleiter erstaunt aus.

Aber er ließ nicht locker. »Woran lag es? Du bist doch seit Jahren ein guter Polizist, und Toudic hat dir bestimmt eine hervorragende Beurteilung ausgestellt!«

Alle am Tisch schauten Kuhlmann neugierig an.

»Die ersten zwei Tage der Überprüfung liefen sehr gut für mich: Sport, Schießen, Polizeirecht, Sicherung von Unfall- und Tatorten usw. Aber am dritten Tag mussten wir morgens ein langes Diktat schreiben. Das habe ich völlig verhauen. Danach konnte ich bereits vor dem Mittagessen gehen.«

Kuhlmann fühlte sich immer unwohler. Er räusperte sich. Unter dem Tisch wischte er seine schweißnassen Hände an seiner dunklen Bridges Uniformhose ab. Eine Rechtfertigung vor den Kollegen war jetzt fällig.

»Ich bin in unserem kleinen Dorf im Elsass 1940 in die Schule gekommen. Die Nazis hatten gerade unsere Heimat besetzt und annektiert. Wir wurden gleich von einem strengen deutschen Lehrer unterrichtet. Als wir 1944 befreit wurden, mussten wir nach vier Jahren von einem Tag auf den anderen in der Dorfschule französisch sprechen und schreiben. Für mich ging das alles zu schnell mit dieser Umstellung. Bis heute bin ich mit der französischen Rechtschreibung auf Kriegsfuß geblieben.«

Alle Kollegen am Tisch schauten ihn mitfühlend an. Bestimmt hatte der Revierleiter durch den Kollegenklatsch davon Wind bekommen, dass Michelle ihn verlassen hatte, befürchtete Kuhlmann. Zum Glück sprach der ihn nicht auch noch darauf an. Kuhlmann reichte bereits, was er hier bei Tisch vor den Kollegen hatte preisgeben müssen. Die große schwarze Wanduhr zeigte 14:15 Uhr an. Daneben hing das offizielle Foto von Staatspräsident Valérie Giscard d'Estaing. Kuhlmann fühlte sich von seinem streng dreinblickenden obersten Dienstherren beobachtet.

Es war höchste Zeit für ihn zu gehen.

»Merci beaucoup, chers collègues et à bientôt!«

Erleichtert atmete er auf, als er endlich draußen war, seinen Helm aufsetzte und die BMW anließ.

Nach einer zügigen Fahrt von Guingamp nach Paimpol saß er um Punkt 15:00 Uhr an seinem Schreibtisch. Wie wohltuend die Stille um ihn herum war!

Pflichtgemäß vervollständigte er die Bréhat-Akte durch die Gedächtnisprotokolle der vier Befragungen von gestern und heute. Auch wenn sie nichts Neues ergeben hatten. Ordnung musste sein. Danach brachte er den schwarzen Ordner wieder in Toudics verwaistes Büro zurück. Plötzlich musste er an Michelle denken. Ob sie auch manchmal an ihn dachte? Wenigstens rief sie ihn jeden Sonntag regelmäßig an. Das war besser als nichts.

Morgen war der Hauptmann wieder zurück. Gott sei Dank! Toudic hatte in Kuhlmanns Abwesenheit mit der Hauptwache telefoniert und ließ ihm von der Ile de Bréhat aus Folgendes ausrichten:

»Morgen früh um 8:00 Uhr Dienstbesprechung in meinem Büro. Es gibt Neuigkeiten in unserem Fall!«

13

9. AUGUST 1941 – ALLTAG IN EINEM BESETZTEN LAND

In der Zwischenzeit hatte sich viel Routine bei Leutnant Sailer und seinem Dienst als Dolmetscher in Guingamp eingestellt. Jeden Montag legte er Oberst Senger seinen Bericht über die Lage in der Stadt und dem ganzen Arrondissement Guingamp vor. Der Oberst schien mit seiner Arbeit zufrieden zu sein. Nur manchmal gab es Rückfragen zu einzelnen Aussagen in seinem allwöchentlichen schriftlichen Rapport. Sailer war froh, dass sein Vorgesetzter ihn seit Monaten in Ruhe ließ. Das Zusammenleben unter einem Dach mit Pretschler, Fischer und Kampe lief reibungslos. Nur selten saßen sie noch gemeinsam beim Essen an einem Tisch. Pretschler und Kampe hatten viele dienstliche Termine außerhalb von Guingamp und waren oft über Nacht unterwegs. Wahrscheinlich nicht nur aus dienstlichen Gründen.

Sailer war egal, was seine Nachbarn in ihrer Freizeit trieben. Hauptsache, sie liefen ihm im Haus nicht ständig über den Weg. Auch Dr. Fischer, mit dem sich Sailer nach wie vor am besten verstand, hatte als Stabsarzt regelmäßig Schichtdienst im Lazarett und war in der gemeinsamen Bleibe nur sehr selten anzutreffen. Deswegen saß Sailer meistens mit Madame Yvette allein am Frühstückstisch und konnte im Gespräch manches erfahren, was ihn dienstlich interessierte. Nach wie vor sei es ruhig in und um Guingamp, bestätigte sie ihm. Die Leute hätten genug damit zu tun, ihrer Arbeit nachzugehen und irgendwie ihr tägliches Brot in diesen immer schwieriger werdenden Zeiten zu verdienen.

»Keiner will auffallen und Probleme mit Ihren Kameraden bekommen, Herr Leutnant!«, vertraute sie ihm an. Auch seien immer noch viele geschockt von dem beschämenden militärischen Debakel von 1940, versicherte sie ihm mehrfach.

Regelmäßig wurde Sailer als Dolmetscher angefordert, wenn zum Beispiel zwischen den deutschen Besatzern und französischen Kaufleuten Geschäfte abgewickelt wurden. Die Versorgung der Wehrmacht mit frischen Lebensmitteln hatte dabei äußerste Priorität. Zudem landeten täglich viele Eingaben von französischen Bürgern bei der Kommandantur in Guingamp, die Sailer zu übersetzen hatte. Immer noch waren viele Denunziationen darunter, aber oftmals ging es auch um Anträge für Passierscheine, um in entferntere Landesteile Frankreichs reisen zu dürfen. Unter all den zur Routine gewordenen dienstlichen Aufgaben gefiel Sailer eine am besten: die regelmäßige Begleitung eines in Saint Brieuc stationierten Rittmeisters der Wehrmacht aus Magdeburg, der bei Pferdehändlern in Guingamp oder der Umgebung Zugpferde für das Heer einkaufte. Wegen des neuen Krieges an der Ostfront hatte die deutsche Armee daran einen riesigen Bedarf.

Dieses Feilschen zwischen Käufer und Verkäufer um die Preise für die schweren und sehr leistungsstarken Kaltblüter, die Postiers Bretons, faszinierte Sailer. Es hatte etwas Rituelles an sich und gehorchte ganz alten Gesetzen, nicht denen des Krieges. Immer wenn er bei den Auktionen diese prächtigen und stolzen Pferde zu Gesicht bekam, erinnerte er sich an eine Szene aus dem letzten Jahr: ihre Zigarettenpause während der Anfahrt von Rennes zum Dienstantritt nach Guingamp, als plötzlich das von einem Postier Breton gezogene einachsige Gespann mit der Bauernfamilie an ihnen vorbeizog. In diesem Augenblick war Sailer erstmals mit dieser für ihn fremden Welt, der traditionellen Bretagne, in Berührung gekommen. Leider nicht als willkommener und harmloser Reisender mit Kamera sondern als Besatzer. Das hatte er schnell schmerzlich verstanden.

An diesem Morgen des 10. August bemerkte Sailer eine gewisse Anspannung bei Madame Yvette, als sie ihm das Frühstück unten in der Küche servierte.

»Monsieur Sailer, darf ich Sie einmal um einen Gefallen bitten?«
»Aber ja. Wie kann Ihnen helfen?«

Madame Yvette nahm all ihren Mut zusammen: »Mein langjähriger Hausarzt, Docteur Rolaine, ein ganz feiner Mann, hat ein Schreiben von der Kommandantur bekommen. Sie wollen sein Motorrad beschlagnahmen. Aber er hat doch viele Patienten in den umliegenden Dörfern, muss oft nachts raus. Bitte, Monsieur, können Sie ihm nicht helfen? Es ist sehr wichtig!«

Sailer wusste sofort, dass er sich viele Scherereien einhandeln würde, aber aus mehreren Gründen musste er ihr helfen. Dieser Docteur Rolaine kam viel herum und hörte dieses und jenes von seinen Patienten. Madame Yvette hatte sich bei ihren Beobachtungen schon oft auf ihn berufen. Sailer musste dafür sorgen, dass diese wichtige Informationsquelle unbeschadet erhalten blieb!

Einige Stunden später hatte er auf der Kommandantur am Boulevard Clemenceau alles in seinem Sinne geregelt. Unter dem Hinweis auf Madame Yvette und ihre Rolle als wichtige Informantin für die Deutschen war es dem Leutnant gelungen, den Verantwortlichen, einen mürrischen Hauptmann, umzustimmen. Damit war der Beschlagnahmebefehl für das Motorrad von Dr. Rolaine vom Tisch. Ein Erfolg für Sailer und seine weitere Arbeit!

Auf dem Rückweg von der Kommandantur gönnte sich der Leutnant einen Kaffee am Marktplatz, gegenüber der Basilika Notre Dame. Heute, am Sonnabend, hatte er bereits um 15:00 Uhr Dienstschluss. Nachher, in der Rue du Docteur Corson, würde er schon mit dem für Montag fälligen Lagebericht für Oberst Senger beginnen.

Aber jetzt genoss er diesen Augenblick, im Außenbereich des Café de la Place du Marché zu sitzen und sich das Treiben rings um den Marktplatz herum anzuschauen.

Aber die Zeiten hatten sich geändert, auch wenn auf den ersten Blick alles weiterhin ruhig schien. Die deutschen Besatzer forderten von Frankreich immer höheren Tribut. Das anfänglich reichhaltige Angebot in den Geschäften wurde von Tag zu Tag eingeschränkter. Auch Sailers Kaffee war nur noch ein Ersatz, die Franzosen benutzten seit der Kriegsnot von 14/18 tatsächlich dieses deutsche Wort, wahrscheinlich aus Gerste oder Chicorée gebraut. Die Einschränkungen und die als immer härter empfundene Okkupation zeigten Wirkungen unter den Besetzten. Zwar gab es noch wenig Festnahmen, aber seit Deutschlands Angriff auf die Sowjetunion vor ein paar Wochen, bildeten sich auch in der Bretagne erste ernstzunehmende Widerstandsgruppen. Das hatte Sailer in den letzten Tagen von einigen französischen Informanten erfahren. Noch ging es nur in der Regel um den heimlichen Druck von Flugblättern, die zum Widerstand gegen die deutschen Besatzer aufriefen.

Allerdings, so befürchtete nicht nur Sailer, kämen bestimmt bald Waffen von außen für die Résistance ins Land. Nachdem er seine Tasse mit diesem abscheulichen Gebräu, das die Leute jetzt sarkastisch Café National nannten, ausgetrunken hatte, zündete er sich eine Senoussi an und rauchte genüsslich. Der Marktplatz war belebt. Junge Leute saßen um den historischen Brunnen aus dem 14. Jahrhundert herum und vergnügten sich lautstark. Einige deutsche Soldaten, die ebenfalls Dienstschluss hatten, schlenderten über den Platz, manche in weiblicher Begleitung. Diese friedliche Abendstimmung hier in Guingamp ließ ihn an seine gelegentlichen dienstlichen Aufenthalte in Rennes denken:

Wie alle Dolmetscher in der Bretagne, musste er alle vier Wochen zum Regimentsstab nach Rennes kommen. Der Regiments-Kommandeur gab neue Befehle für ihre Arbeit vor Ort und hielt sie immer eindringlicher dazu an, äußerst wachsam zu sein und Augen und Ohren aufzusperren. Vor der Rückfahrt des Zuges von Rennes nach Guingamp blieb ihm aber immer noch etwas Zeit, um das Großstadtleben zu genießen. Mit etwas Glück gab es in einem gemütlichen Café in der Nähe des Bahnhofs leckeren Kuchen und richtigen Kaffee. Manchmal ertönten sogar aus dem großen Radio, das in der Mitte des Lokals aufgestellt war, die neuesten Chansons von Edith Piaf oder Charles Trenet. Sailer liebte diese Musik und kannte die Texte auswendig.

Beide Pariser Künstler waren im Frühjahr in Berlin und anderen Teilen des Reiches aufgetreten. Schon mehrfach hatten sich im Café de la Gare Sailers Blicke mit denen von jungen Frauen getroffen, die an Nachbartischen saßen und interessiert zu ihm herüber schauten. Es wäre bestimmt leicht, war sich Sailer sicher, sie anzusprechen und mit ihnen anzubandeln. Viele seiner Offizierskameraden waren diesen Weg gegangen und unterhielten feste Beziehungen zu Französinnen. Andere hatten ihn mehrfach dazu ermuntert, mit in das Offiziersbordell nach Brest zu kommen. Er aber sperrte sich dagegen. Warum, wusste er nicht genau. War er zu romantisch oder einfach nur verklemmt?

Wie so oft in letzter Zeit musste er in diesem Café an Marie-Hélène denken. Er hatte sie seit damals nie wieder getroffen. Sie blieb wie vom Erdboden verschwunden. Ein oder zwei Mal war er sich ganz sicher gewesen, sie mit ihrem Fahrrad vorbeifahren gesehen zu haben, aber wahrscheinlich hatte er sich das nur eingebildet.

14

13. AUGUST 1941 – ZWISCHEN RÉSISTANCE UND KOLLABORATION

Gegen 16:00 Uhr kam Sailer verstört nach Hause in die Rue du Docteur Corson, stürmte in sein Zimmer und schloss sofort die Tür hinter sich zu. In voller Uniform schmiss er sich auf sein Bett und zündete sich eine Zigarette an. Er war völlig aufgewühlt.

In der letzten Nacht hatten französische Gendarmen bei ihrem nächtlichen Streifengang durch Guingamp einen jungen Mann vor dem Krankenhaus erwischt und festgenommen. Er war gerade dabei gewesen, die Reifen von einigen davor abgestellten Wehrmachtsfahrzeugen aufzuschlitzen. Am nächsten Morgen hatten die französischen Polizisten den Täter den deutschen Feldgendarmen in der Kaserne in der Cité St. Michel übergeben. Die forderten über die Kommandantur Sailers Hilfe an, nachdem sie den jungen Mann schon auf ihre Art verhört und nichts aus ihm herausbekommen hatten.

Als Sailer gegen 10:00 Uhr in ihrem Dienstgebäude eintraf, hatte er ein ungutes Gefühl. Eine zweifelhafte Premiere stand ihm bevor. Andere Dolmetscher und Kameraden, die er regelmäßig in Rennes traf, hatten sich ihm gegenüber beim Mittagessen damit gebrüstet, wie man »diese französischen Terroristen bei den Verhören schnell zum Reden brächte.«

Sailer wurde umgehend in den Raum geführt, in dem das Verhör stattfinden sollte: Der junge Mann saß mit nacktem Oberkörper und mit hinter dem Rücken gefesselten Händen zitternd auf einem Holzstuhl in der Mitte des Raumes. Sein Kopf war voller Blut, das Gesicht dick geschwollen und mit blauen Flecken übersät. Vor ihm hatte sich breibeinig Leutnant Kampe aufgebaut und brüllte ihn an. Hinter ihm stand ein schwitzender Feldgendarm mit einem dicken Holzknüppel in der Hand. Neben dem Fenster bemerkte Sailer eine Frau mittleren Alters. Sie saß regungslos vor einem Tisch, auf dem eine Schreibmaschine stand. Die Frau hielt beide Hände auf der Tastatur der Schreibmaschine bereit, für den Fall, dass der Verhörte etwas aussagte. Zwischen ihren grell rot geschminkten Lippen hing lässig eine fast abgebrannte Zigarette.

»Sailer, gut, dass sie da sind!«, begrüßte Kampe ihn betont freundlich. »Wir haben aus dem Kerl noch nicht viel herausbekommen. Nur seinen Namen und seine Adresse. Er hatte praktischerweise seinen Ausweis dabei.«

Dabei zog er aus seiner Uniformjacke das Dokument und reichte es Sailer weiter. Sailer warf einen kurzen Blick darauf: Henri Feutrez, geb. am 15.05.1924 in Guingamp. Arbeiter.

»Wir haben gleich sein Zimmer im Haus der Eltern durchsucht. Scheint ein Bolschewist zu sein. Überall lag rotes Zeugs rum!«, erklärte Kampe.

Der Junge ist erst 17 Jahre alt, stellte Sailer mit Schrecken fest. Aber warum, fragte er sich, musste er auch so dumm sein und sich an den Fahrzeugen der Wehrmacht zu schaffen machen? Sailer stemmte sich gegen sein aufkommendes Mitleid: eine völlig sinnlose Tat. Wie konnte der Bengel so fahrlässig handeln und sich in Lebensgefahr begeben? Er wusste doch bestimmt, dass nachts viele deutsche Streifen unterwegs waren und auch die französischen Gendarmen ihre Pflicht taten.

»Los, Sailer, fragen Sie den Lumpen nach den Hintermännern. Wer ihn geschickt hat. Wo die sich verstecken!«, riss ihn Kampe aus seinen Gedanken.

Sailer hielt beide Daumen hinter seinem Dienstkoppel verkrampft. Er versuchte, die Fassung zu wahren. Bloß jetzt keine Schwäche zeigen! Mit ruhiger Stimme sprach er den Festgenommenen auf Französisch an. Aus Feutrez' Blick schien er einen Anflug von Hoffnung herauslesen zu können. Im weiteren Verlauf des Verhörs konnte er Feutrez zu folgenden Aussagen bewegen: Der junge Mann gab zu, Mitglied der Jeunesse Communiste, des verbotenen kommunistischen Jugendverbandes, zu sein. Sein Vorarbeiter in der Konservenfabrik, in der beide zusammen arbeiteten, habe ihn vor zwei Jahren für die Jugendorganisation der KPF angeworben.

Laut auf ihrer Maschine hämmernd protokollierte die Sekretärin im Hintergrund alles mit.

Zu Sailers großem Erstaunen nannte Feutrez sogar den Namen dieses Vorarbeiters. Was Feutrez jedoch verschwieg, war die Tatsache, dass der namentlich Genannte im Mai 1940 als französischer Soldat bereits gefallen war. Kampe missfiel immer mehr Sailers ruhige Art mit dem Gefangenen zu sprechen. Ihm platzte der Kragen.

»Mann, Sailer, fragen Sie ihn endlich nach den Hintermännern, die ihn zu diesem Verbrechen angestachelt haben!«

Sailer spürte, dass Kampe oder sein Kamerad kurz davor waren, Feutrez durch weitere Schläge zum Sprechen zu bringen. Gleich zu Beginn des Verhörs hatte er sich jedoch direkt vor

128

Feutrez gesetzt. Vielleicht hielt diese Nähe die beiden Feldgendarmen davon ab, erneut auf Feutrez einzuprügeln? Sailer hakte nach und fragte Feutrez nach den Beweggründen für die Tat und wer ihn beauftragt habe.

»Nein, ich habe ganz allein gehandelt.

Herr Offizier, bitte glauben Sie mir! Mein Vater ist letztes Jahr in den Ardennen gefallen. Meine Mutter weiß seitdem nicht, wie sie unsere Familie durchbringen soll!«

Da er nur stockend redete, hatte die Sekretärin keine Mühe, ihm beim Tippen zu folgen.

»Ständig kommen die Deutschen in unsere Fabrik und holen für sich Konserven ab. Ich hatte so eine große Wut im Bauch.«

Sailer wandte sich von dem Befragten ab und schaute Kampe an.

»Ich glaube, er hat jetzt alles zugegeben. Was meinen Sie?«

»Das lassen Sie mal unsere Sorge sein, Sailer!«, blaffte der genervt zurück. »Aber, vielleicht haben Sie recht! Aus diesem Rotzlümmel ist nicht mehr viel herauszuholen. Wir überstellen ihn besser nach Rennes ans Kriegsgericht. Die machen hoffentlich kurzen Prozess mit ihm!«

Kurze Zeit später saß Sailer mit dem Protokoll, das die französische Sekretärin auf der Schreibmaschine mitgetippt hatte, in der Schreibstube der Feldgendarmen. Für die Akte „Feutrez, Henri", die dem Kriegsgericht in Rennes vorgelegt werden sollte, musste er alles ins Deutsche übersetzen.

Dass Feutrez vom Kriegsgericht der Wehrmacht Ende August in Rennes beinahe zum Tode verurteilt worden wäre, ahnte Sailer zu diesem Zeitpunkt noch nicht. Nur seine Minderjährigkeit rettete ihn vor dem Strick. Das Urteil lautete: sieben Jahre Zuchthaus wegen schwerer Schädigung von kriegswichtigem Wehrmachtseigentum.

Feutrez verbüßte anschließend fast vier Jahre in einer Strafanstalt in der Nähe von Braunschweig und musste dort bis zu seiner Befreiung durch die US-Armee im April 1945 schwerste Zwangsarbeit verrichten.

Sailer lag gegen 16:30 Uhr immer noch angezogen auf seinem Bett und hatte in der Zwischenzeit bereits drei Senoussi geraucht. Dieses Verhör, das er gerade miterlebt hatte, lag ihm schwer im Magen. Immer wieder versuchte er, sich selbst für die Teilnahme an der unschönen Befragung zu rechtfertigen: Zwar konnte er die brutalen Schläge durch Kampe und den zweiten Feldgendarmen nicht gutheißen, aber Feutrez war alt genug, um zu wissen, was er tat. In Frankreich herrschte Kriegsrecht. Feutrez hätte dieses sinnlose Verbrechen niemals begehen dürfen. Durch seine Tat hatte er nichts für Frankreich erreicht. Im Gegenteil. Feutrez hatte einen schweren Fehler begangen und musste zu Recht dafür bestraft werden.

Allerdings durften weder Zivilisten noch gefangene Soldaten in Feindesland misshandelt werden. So stand es schwarz auf weiß im Soldbuch eines jeden deutschen Soldaten! Plötzlich klopfte es an Sailers Tür.

»Ich bin es!«, hörte er Fischer rufen. »Post für Sie!«

Behäbig rappelte sich Sailer vom Bett auf und ging auf Strümpfen zur Tür, aber Fischer hatte den Umschlag bereits unter der Tür durchgeschoben und war verschwunden.

Sailer begutachtete neugierig den Umschlag:

Keine Briefmarke, Name und Anschrift korrekt, ein Absender fehlte. Die Schreiberin oder der Schreiber musste den Brief unten in den Briefkasten gesteckt haben.

Neugierig riss der Leutnant den Briefumschlag auf und fing an zu lesen:

Sehr geehrter Herr Leutnant Sailer!

Vielleicht erinnern Sie sich noch an mich und an unser Zusammentreffen nach meinem Sturz vor der Basilika vor einem Jahr. Sie haben mir sofort geholfen.

130

Damals eher gegen meinen Willen, ehrlich gesagt.
Nach dem gemeinsamen Kaffeetrinken in der Bar des Sports haben wir uns leider nicht mehr gesehen. Es hat sich in dieser schweren Zeit einfach nicht ergeben.
Heute bitte ich Sie, auch im Namen meiner Eltern, um Ihre Hilfe. Wären Sie eventuell bereit, am kommenden Sonntag, dem 17-08-1941, gegen 15:00 Uhr zu uns nach Grâces zu kommen, damit wir Ihnen unser dringendes Anliegen persönlich vortragen dürfen?
Wir wären Ihnen sehr dankbar dafür.
Der Bauernhof meiner Eltern, La Métairie Neuve, ist der zweite Hof auf der rechten Seite, wenn Sie von Guingamp aus kommen.
In der Hoffnung auf ein baldiges Wiedersehen in Grâces verbleibe ich mit hochachtungsvollen Grüßen

Ihre
Marie-Hélène Riou , Guingamp, 13-08-1941

Sailers Herz klopfte stark. – Ein baldiges Wiedersehen mit Marie-Hélène! Niemals hätte er zu hoffen gewagt, dass sie sich bei ihm melden würde. Immer wieder las er ihre Zeilen durch, um sich sicher zu sein, dass er Marie-Hélène richtig verstanden hatte.

Was konnten sie nur von ihm wollen? Schon bald würde er es erfahren.

Die vier restlichen Tage bis zum nächsten Sonntag und seinem völlig unerwarteten Wiedersehen mit Marie-Hélène zogen sich für Sailer endlos lange hin.

Er stürzte sich in seine Routinearbeit, um nicht ständig an die junge Frau denken zu müssen. Immer mehr Anordnungen seines Kommandanten mussten auf französisch übersetzt werden. Vorsichtshalber hatte er bis Sonnabend schon den turnusgemäßen Montagsbericht für Oberst Senger verfasst. Darin ging es weiterhin um die vielen anonymen Denunziationen von Franzosen durch Nachbarn oder Kollegen. Außerdem gab er das Wichtigste von dem wieder, was Radio London in seinen französischen Nachrichten behauptete. In seinem Zimmer in der Rue du Docteur Corson verfügte der Leutnant extra über einen leistungsstarken Welt-Rundfunkempfänger, um bei Radio London immer auf dem Laufenden zu bleiben. Eine ständig größer werdende Rolle spielten im zweiten Jahr der deutschen Besetzung Frankreichs die Aktivitäten von Widerstandsgruppen, die im Untergrund gegen die Deutschen agitierten. Sailer musste deswegen von Woche zu Woche immer mehr abgefangene Flugblätter und Untergrundzeitungen übersetzen. Bis jetzt kannte man die Verfasser noch nicht, aber die Geheime Feldpolizei und die Gestapo waren ihnen bereits auf den Fersen.

Und dann war endlich Sonntag, der 17.08.1941!

15

2. SEPTEMBER 1977 – DER ROTE AUDI

Pünktlich um 8:00 Uhr betrat Kuhlmann das Büro seines Chefs. Er war schon sehr gespannt darauf, was Toudic an Neuigkeiten zu berichten hatte. Zum Glück gab es erst einmal einen frischen Kaffee, bevor die beiden Kollegen sich wieder um ihren ungelösten Bréhat-Fall kümmerten.

Der mysteriöse Tod des Mannes lag schon mehr als drei Tage zurück. Wichtige Zeit war verstrichen und die Aussicht auf einen schnellen Aufklärungserfolg durch Toudic und seine Kollegen verringerte sich Stunde um Stunde. Keine Vermisstenanzeige war in der Zwischenzeit eingegangen. Mussten sie wirklich wieder bei Null anfangen? Zwei sorgenvolle Gesichter beugten sich über die Bréhat-Akte. Ein neuer Ansatz oder besser noch eine heiße Spur musste her! Toudic setzte Kuhlmann kurz darüber in Kenntnis, womit er sich in den letzten beiden Tagen auf Bréhat beschäftigt hatte. Letztlich ohne Erfolg.

Beide Fahndungsansätze und Hoffnungen auf Erfolg hatten sich zerschlagen. Gerade war das Gutachten von Dr. Prigent angekommen. Nun war es amtlich: Sowohl die Blutgruppe von Gonzalez als auch die des Insellehrers Jouan stimmten nicht mit der des vermeintlichen Täters überein. Annick Tanguy, seine Geliebte, hatte eidesstattlich die ihn entlastenden Aussagen des Insellehrers bestätigt. Kuhlmann resümierte in wenigen Sätzen seine Befragungen der vier Buzug-Mitglieder im Rahmen der „Bio-Kartoffel-Spur". Toudic nickte beim Zuhören mehrfach zustimmend mit dem Kopf. Trotz fehlender Erfolge hatte sein Kollege wie immer eine sorgfältige polizeiliche Arbeit geleistet. Die von Kuhlmann in der Zwischenzeit vorbildlich geführte Akte dokumentierte dies einwandfrei. Davon hatte sich der Hauptmann gerade überzeugt.

»Danke, schauen wir nach vorn, Kuhlmann. Es gibt Neuigkeiten, wie gesagt!«

Einem grauen DIN-A4-Umschlag, der bereits auf dem Tisch lag, entnahm er sieben Farbfotos.

»Voilà, diese Fotos hat das Opfer auf seiner MINOLTA XD-7geknipst. Wahrscheinlich kurz vor seinem Tod.«

Kuhlmann nahm sie der Reihe nach vorsichtig in die Hand. Beim ersten Durchblättern der Bilder stellte sich sofort Ernüchterung bei ihm ein: Statt Aufnahmen von Personen hatte der Mann nur typische und nichtssagende Touristenfotos von Guingamp und Umgebung geschossen. Kuhlmann schaute sich die Bilder trotzdem noch einmal genauer an. Es waren fast alles Aufnahmen aus Guingamp. Er erkannte auf den ersten beiden Fotos die Basilika Notre-Dame de Bon-Secours, den Marktplatz und ein Café im Zentrum. Ein Bild stellte wahrscheinlich ein Einfamilienhaus dar. Es war aber völlig überbelichtet und die Umrisse des Gebäudes nur schemenhaft zu erkennen. – Vielleicht

133

hatte die Technik seines neuen Apparates den Besitzer noch überfordert?

Das Foto Nr. 5 zeigte ein größeres Gebäude, das Kuhlmann nicht spontan zuordnen konnte. Auf einem weiteren Foto hatte der unbekannte Mann am nördlichen Stadtrand von Guingamp ein kleines Speiselokal, das Restaurant du Trieux, abgelichtet. Auf dem letzten und siebenten Foto war ein Bauernhof zu erkennen, ohne verwertbare Besonderheiten. – Verdammt! Davon gab es hunderte hier in der Umgebung.

»Helfen uns diese Fotos wirklich weiter, Chef?«, fragte Kuhlmann enttäuscht.

»Ja, möglicherweise in Verbindung zu einer gerade erfolgten polizeilichen Anfrage aus Guingamp: Seit vier Tagen steht auf dem Parkplatz hinter der Basilika ein in Deutschland angemeldeter PKW.«

»Ach so«, warf Kuhlmann ernüchtert ein. Er hatte etwas Spektakuläreres erwartet.

»Die Parkzeit auf der Scheibe ist natürlich längst abgelaufen«, fuhr Toudic fort. Die Enttäuschung seines Kollegen war ihm nicht entgangen.

»Unsere Kollegen aus Guingamp bitten uns um Amtshilfe. Wir sollen ebenfalls nach dem Halter suchen.«

Kuhlmann ahnte bereits, um was ihn sein Chef gleich bitten würde.

»Interessanterweise hat sich eine glaubhafte Zeugin bei den Kollegen in Guingamp gemeldet. Sie gibt an, vor vier Tagen zwei Männer in der Nähe dieses PKW gesehen zu haben: Einer sei um die 60 bis 65 Jahre alt gewesen, der andere zwischen 30 und 40. Vielleicht handelt es sich um unser Opfer und den Mann, der etwas mit seinem Tod zu tun hat?«

Kuhlmann rutschte angespannt auf seinem Stuhl hin und her. Fast hätte er seinem Frust freien Lauf gelassen.

Wieder nur ein Herumstochern im Nebel und vage Verdachtsmomente, sagte er sich. Er bemühte sich aber, ganz ruhig zu bleiben.

134

»Was schlagen Sie vor, Chef?«

»Kuhlmann, wir müssen der neuen, wenn auch vagen Spur, die nach Deutschland führen könnte, nachgehen. Sie sprechen doch gut deutsch. Könnten Sie dort nicht anrufen, um den Halter dieses Wagens zu ermitteln? Kuhlmann rang nach Fassung, musste sich beherrschen, um nicht laut zu werden.

»Auf keinen Fall, Chef! Zwar sprechen wir zu Hause in Hunawihr unsere elsässische Mundart, aber die hat nicht viel mit Hochdeutsch zu tun. Das musste ich zwangsweise im Krieg in der Schule lernen und will daran nicht erinnert werden!«

Das hatte Toudic nicht bedacht: Das Elsass war 1940 von Nazi-Deutschland annekliert und über Jahre brutal unterdrückt worden. Im Vergleich dazu hatten Toudic und seine Familie in der abgelegenen Bretagne diese dunkle Zeit relativ unbeschadet überstanden.

»Entschuldigung, Kuhlmann! Das hatte ich nicht bedacht. Wir finden eine andere Lösung. Ich glaube, ich kenne da schon jemanden, der uns nach dem Wochenende als Dolmetscher helfen kann!«

16

17. AUGUST 1941 – EN FAMILLE

Ein junger und bunt gescheckter Foxterrier kam Sailer freudig schwanzwedelnd entgegen, als er um Punkt 15:00 Uhr in Grâces la Métairie Neuve, den Bauernhof der Familie Riou, erreichte. Das Anwesen machte auf den Leutnant einen sehr gepflegten Eindruck. Im rechten Winkel zu dem lang gestreckten Wohnhaus standen links die Stallungen und rechts eine hohe Scheune mit der angrenzenden Remise mit ihrer breiten

135

Wageneinfahrt. Wahrscheinlich wohnte und wirtschaftete die Familie schon seit Generationen auf diesem stattlichen Hof mit seinen typischen Außenmauern aus grauen Natursteinen, mutmaßte Sailer. Kein Mensch war zu sehen. Bei großer Spätsommerhitze war er die etwa zwei Kilometer von Guingamp nach Grâces gelaufen. Der Leutnant holte sein Stofftaschentuch aus seiner Hosentasche hervor und wischte sich den Schweiß von der Stirn. Nachdem er zum wiederholten Male seinen Schlips zurechtgerückt hatte, betrat er das Anwesen der Rious durch das weit offen stehende Hoftor. Der kleine Terrier wich nicht von seiner Seite und begleitete ihn quer über den Hof zur Haustür.

Sailer klopfte zaghaft an. Tagelang hatte er überlegt, mit welcher kleinen Aufmerksamkeit er die Rious erfreuen könnte. Schließlich kam ihm die Idee, eine Packung echten Bohnenkaffee mitzubringen, aus einer Sonderzuteilung der Kommandantur.

Da stand sie in der Tür, Marie-Hélène. In einem hellen Sommerkleid mit roten Blumen darauf, noch viel hübscher und anziehender als er sie in Erinnerung behalten hatte. Sie lächelte ihn freundlich an und streckte ihm die Hand entgegen.

»Bienvenue, Monsieur Sailer!«

Sailer hielt ihrem festen Blick kaum stand, aber dank ihrer herzlichen Begrüßung legte sich seine Nervosität etwas. Sie führte ihn durch den langen und angenehm kühlen Flur direkt in den Salon. An einem großen runden Tisch saßen bereits vier weitere Personen. Die Kaffeetafel war festlich geschmückt. Eine große Vase mit frischen Sommerblumen stand in der Mitte. Neben dem wuchtigen Kamin hingen viele Fotos. Die reinste Ahnengalerie, stellte Sailer fest. Alle Vorfahren in ihren bretonischen Trachten schauten sehr ernst drein. Es duftete nach frischem Kaffee und leckerem Pflaumenkuchen.

Wenigstens die Bauern schienen ganz gut durch die schwierige Zeit zu kommen, dachte sich Sailer.

Marie-Hélène stellte den Leutnant vor, machte ihn mit ihren Eltern und den Großeltern Riou bekannt und bedankte sich für den mitgebrachten Bohnenkaffee. Mit den Großeltern wechselte sie kurz ein paar Worte auf Bretonisch. Alle am Tisch sitzenden musterten den jungen deutschen Offizier aufmerksam. Die spürbare Anspannung im Raum verunsicherte ihn.

Wie erleichtert war er, als sich Marie-Hélènes Vater schließlich räusperte und seinen deutschen Gast wortlos mit einer Handbewegung dazu einlud, auf einem der wuchtigen dunklen Holzstühle am Tisch Platz zu nehmen.

»Monsieur Sailähr, Sie verstehen, dass dieses Treffen mit Ihnen hier in unserem Haus für uns nicht ganz einfach ist. Das hat nichts mit Ihnen persönlich zu tun. Marie-Hélène hat uns erzählt, wie Sie sie vor einiger Zeit aus einer misslichen Situation befreit haben. Das hätten nicht alle Ihre Kameraden an Ihrer Stelle getan!«

Marie-Hélène lud Sailer freundlich dazu ein, sich ein Stück Kuchen zu nehmen. Ihre Mutter schenkte lächelnd Kaffee an alle aus. Der frische Pflaumenkuchen mit Sahne schmeckte vorzüglich. Sailer wagte kaum, beim Essen aufzuschauen. Er konnte sich gut vorstellen, was in den Köpfen seiner französischen Gastgeber vorging. Erneut ergriff Marie-Hélènes Vater das Wort:

»Sie werden sich fragen, warum Sie hier sind, Monsieur Sailähr. Es geht um unseren Sohn Gilles. Er ist seit gut einem Jahr in deutscher Kriegsgefangenschaft. Anfangs hat er regelmäßig aus dem Lager geschrieben. Aber seit acht Wochen hören wir nichts mehr von ihm. Wir haben mehrfach versucht, zu erfahren, wie es ihm geht. Ohne Erfolg.«

Sailer merkte, dass Monsieur Riou mit den Tränen kämpfte. Hilfe suchend schaute er seine Tochter an. Marie-Hélène sprang ihrem Vater bei.

»Monsieur Sailer, wir wollten Sie fragen, ob Sie eventuell Erkundigungen über Gilles einziehen könnten. Wir machen uns große Sorgen um meinen kleinen Bruder. Er ist gerade einmal 20 Jahre alt!«

Sailer wusste, dass er Gefahr lief, in eine für ihn heikle Verstrickung zu geraten. Aber diese Chance, den Rious und in erster Linie Marie-Hélène zu helfen, durfte er auf keinen Fall vertun! Alle am Tisch schauten ihn gespannt an. Um etwas Zeit zu gewinnen, nahm er noch einen großen Schluck Kaffee. Bloß jetzt nichts Falsches antworten!

»Es tut mir sehr leid für Sie, dass Sie lange nichts von Gilles gehört haben. Ich kann Ihnen nichts versprechen, aber schon morgen werde ich versuchen, etwas über ihn in Erfahrung zu bringen.«

»Merci d'avance, Monsieur Sailähr!«, bedankte sich der Vater voller Hoffnung.

Marie-Hélène lächelte den Leutnant freundlich an und reichte ihm einen kleinen weißen Zettel.

Aspirant Riou, Gilles
OFLAG IV–D
Elsterbusch – Hoyerswerda

Sailer wusste nun Bescheid.

Marie-Hélènes Bruder, der junge Fähnrich Gilles Riou, steckte in einem Kriegsgefangenenlager für Offiziere in der weit entfernten Lausitz, ganz in der Nähe seiner Heimatstadt Breslau. Hoffentlich lebte er noch!

Wenig später standen die beiden jungen Leute zum Abschied unten im Flur. Beide schwiegen. Sailer nestelte verlegen an seiner Schirmmütze herum, die er in den Händen hielt. Plötzlich umarmte ihn Marie-Hélène ganz fest und küsste ihn auf die Stirn.

»Ich vertraue Ihnen, Paul!«

Sailer konnte sein Glück kaum fassen. Sie zeigte unverhofft so viel Nähe. Auf dem Rückweg nach Guingamp setzte auf halber Strecke urplötzlich ein Wolkenbruch ein. Nach wenigen Augenblicken war er völlig durchnässt, aber das störte ihn überhaupt nicht. Mehrfach reckte er beim Gehen seine rechte Faust im Überschwang gen Himmel und schrie dabei aus vollem Hals gegen das heftige Rauschen des Regens an: »Ja, ja, ja!«

17

5. SEPTEMBER 1977 – KRISTINE

Da saß sie vor ihm und strahlte ihn erwartungsvoll an: raspelkurz geschnittene blonde Haare, sonnengebräuntes Gesicht, schwarzes T-shirt mit einem weißen „Kraftwerk" – Aufdruck. Bei ihrem Eintritt in sein Büro gerade, natürlich überpünktlich und à l'allemande, war Toudic nicht entgangen, dass ei no abgeschnittene Jeans und rote halbhohe Chucks ihre leicht flippige, aber attraktive Erscheinung abrundeten.

Diese junge Frau, Anfang zwanzig, saß nicht, wie viele andere vor ihr, als Beschuldigte vor dem Hauptmann, sondern weil Toudic ihre Hilfe dringend benötigte. Eine Premiere hier an diesem Montagmorgen in seinem Büro!

»Mademoiselle Martensen, könnten Sie bitte ...«, setzte der Hauptmann gerade an, wobei ihm die Angesprochene gleich ins Wort fiel: »Nennen Sie mich bitte einfach nur Kristine!«

Toudic hatte von seiner Frau Françoise schon häufiger gehört, dass Kristine Martensen sehr gut und fast akzentfrei französisch sprach. Die junge Deutsche arbeitete seit einem Jahr als Fremdsprachenassistentin am Lycée Auguste Pavie. Françoise hatte geradezu von der sympathischen jungen Frau geschwärmt, mit der sie sich oft und gerne in der Schulbibliothek und beim Mittagessen in der Lehrerkantine unterhielt. Als sie sie letzten Freitag gefragt hatte, ob es ihr möglich sei, die Gendarmerie in Paimpol als Dolmetscherin zu unterstützen, hatte sie sofort zugesagt. Durch seine Frau wusste Toudic auch, dass Kristine nach Ablauf ihres ersten Dienstjahres am Pavie ihren Arbeitsvertrag gerade um ein weiteres Jahr verlängert hatte. Es schien ihr in Guingamp und in der Bretagne zu gefallen. Am Pavie war man über ihr Bleiben hoch erfreut, denn sie unterstützte sehr engagiert die Arbeit der dortigen Fachgruppe Deutsch.

139

Das notwendige Okay der oberen Schulbehörde in Rennes zur Vertragsverlängerung war nur noch reine Formsache gewesen. Von Françoise hatte Toudic weiterhin erfahren, dass Kristine vor ihrer Zeit in Guingamp bereits drei Jahre Französisch und Politik an der Universität Göttingen studiert hatte. Jetzt, wo die aparte deutsche Sprachassistentin vor ihm saß, verstand er auch, warum sein Sohn Hervé freiwillig an ihrer Deutsch-AG am Pavie teilnahm. Hervé hatte sich neulich sogar eine Langspielplatte von der Gruppe „Kraftwerk" gekauft und sie immer wieder in seinem Zimmer rauf und runter gespielt. Das markanteste Stück dieser Platte, „Autobahn", hatte den Hauptmann tagelang als Ohrwurm verfolgt.

Deshalb kannte er den Namen der deutschen Band, die in Frankreich sehr angesagt sei, wie ihn sein Sohn aufgeklärt hatte.

»Kristine«, versuchte es Toudic ein zweites Mal, »ich danke Ihnen im Voraus, dass Sie von Guingamp hier nach Paimpol gekommen sind. Bestimmt hat Ihnen meine Frau bereits erzählt, dass ich Sie wegen Ihrer Sprachkenntnisse im Rahmen einer Ermittlung benötige. Eine neue Spur in einem von uns bearbeiteten Fall führt nach Deutschland.«

Bevor die junge Frau antwortete, entsorgte sie diskret in einem Taschentuch ihr Kaugummi, das sie bis jetzt gekaut hatte. Zum Glück stand ein Papierkorb direkt neben ihr.

»Das mache ich gerne für Sie, Monsieur Toudic. Wie kann ich Ihnen helfen?«

Toudic berichtete ihr kurz von dem mysteriösen Toten auf der Ile de Bréhat und dem roten Audi, der damit in Zusammenhang stehen könnte.

»Kristine, können Sie mit dieser deutschen Autonummer etwas anfangen: H – DF 756?«

Toudic reichte ihr den Zettel mit den sechs Buchstaben bzw. Ziffern.

»Kommt der Wagen nicht aus Hamburg?«

»Nein, Monsieur Toudic. Aber welch ein Zufall. Der Wagen ist in Hannover gemeldet, meiner Heimatstadt. «

140

»Um so besser. Ich schlage vor, dass Sie sich über die Auslandsvermittlung mit der Polizeidirektion in Hannover verbinden lassen. Mit Hilfe der deutschen Kollegen müssten wir an den Namen des Halters kommen.«

Kristine nickte und nahm sich einen kleinen Zettel vom Schreibtisch. An ihrer linken Hand, mit der sie schnell den Bleistift beim Aufschreiben einiger Notizen über das Papier führte, trug sie am Mittelfinger einen breiten silbernen Ring mit keltischen Motiven, wie Toudic mit Interesse feststellte.

In weiser Voraussicht hatte er bereits die Nummer der Auslandsvermittlung in Erfahrung gebracht und reichte sie an die junge Frau weiter.

»D'accord. Versuchen wir unser Glück.«

Etwa fünf Minuten später war sie mit der Polizei in Hannover verbunden. Obwohl Toudic außer „Guingamp", „Paimpol" und „Gendarmerie Nationale" so gut wie kein Wort von dem Telefonat verstand, hatte er den Eindruck, dass Mademoiselle Martensen ihre Sache gut machte. Soweit er es beurteilen konnte, trug sie ihr Anliegen deutlich und selbstbewusst vor. Beim Zuhören schrieb sie mit und antwortete mehrfach auf Nachfragen der deutschen Kollegen. Nach einiger Zeit zog sie den großen schwarzen Telefonapparat noch etwas näher zu sich heran, um die darauf vermerkte direkte Durchwahl besser lesen und nach Hannover weitergeben zu können. Schließlich entspannte sich ihr Gesicht vollends und Toudic vernahm noch einige Wiederholungen wie „Gut", „Ja, ja" und „danke schön". Dann legte sie den schweren schwarzen Hörer auf die Gabel und lächelte Toudic zufrieden an.

»Mon Dieu! – Alles gar nicht so einfach!«

Toudic stellte ihr ein Glas Wasser hin. Sie nahm einen großen Schluck und trug ihm vor, was das Gespräch ergeben hatte: Der hannoversche Beamte sei sehr nett gewesen, wusste sie zu berichten. Aber letztlich könne er nicht ungeprüft das Ergebnis einer Halterabfrage telefonisch und noch dazu ins Ausland weitergeben. Toudic befürchtete schon das Schlimmste.

»Aber, im Rahmen der Amtshilfe kümmert er sich bis morgen um unsere Anfrage«, konnte ihn Kristine beruhigen und fügte noch hinzu:

»Zuvor klärt er aber über Interpol, ob es Sie wirklich gibt und ob die Telefonnummer, die ich durchgegeben habe, zum Gendarmerieposten Paimpol gehört. Morgen gegen 15:00 Uhr ruft er sie übrigens zurück.«

Höchst erleichtert bedankte sich Toudic herzlich bei der jungen Frau.

»Können Sie dann bitte morgen wieder hier sein, Kristine? Natürlich zahlen wir Ihnen mindestens das Wegegeld für die Fahrten zwischen Guingamp und Paimpol. Es könnten sogar noch mehr dienstliche Anfahrten für Sie werden.«

Kristine strahlte ihn an. »Ja, natürlich bin ich gerne morgen um 15:00 Uhr wieder hier. Wäre doch toll, wenn ich bei der Auflösung eines Kriminalfalles mithelfen könnte.« Als sie kurze Zeit später mit ihrer hellblauen Ente mit aufheulendem Motor und schleifender Kupplung langsam vom Parkplatz des Gendarmeriepostens rollte, schaute ihr Toudic durch sein Bürofenster hinterher. Ihre unbekümmerte Art hatte ihn beeindruckt, konstatierte Toudic.

18

18. AUGUST 1941 – EIN FREUNDSCHAFTSDIENST

Schon früh am Morgen hatte sich Sailer von Zielinski nach Plouha fahren lassen. Schwüle Luft und viele dunkle Wolken am Himmel kündigten ein baldiges Unwetter an. Der junge Offizier im Beiwagen schaute mehrmals in den dunklen Himmel. Links und rechts der schmalen Landstraße sah er, wie die Bauern sich beeilten, noch rechtzeitig vor dem herannahenden Gewitter ihre Heuernte einzubringen. Sailer musste an seinen Onkel Georg im Riesengebirge denken. Vielleicht war er auch gerade dabei, mit dem hohen Leiterwagen das trockene Heu von seinen Wiesen zu holen. Bruno, sein langjähriger Landarbeiter, war gleich im September 1939 von der Wehrmacht eingezogen worden. Als Ersatz dafür hatte er im letzten Jahr einen französischen Kriegsgefangenen bekommen. Der junge Mann, ein gewisser Jean-Baptiste, stammte aus Burgund und stellte sich ganz geschickt an, wie Onkel Bruno neulich seinem Neffen in einem Brief aus der Heimat geschrieben hatte. Die Familie des jungen Franzosen, die in der Nähe von Dijon einen kleinen Bauernhof führte, vermisste ihn bestimmt sehr. Vor allen Dingen jetzt in der Erntezeit, wo jede Hand dringend gebraucht wurde. In Plouha angekommen, musste Sailer zuerst beim Ortskommandanten vorsprechen. Zwei junge deutsche Soldaten wurden von ihren französischen Quartiersleuten des Diebstahls bezichtigt. Ihre schriftlich vorgebrachten Anschuldigungen mussten von dem Leutnant übersetzt werden, bevor die Ermittlungsakte an das Kriegsgericht in Saint Brieuc weitergeleitet werden konnte. Es ging um eine verschwundene kostbare Münzsammlung der Familie.

Außerdem hatte Monsieur Georgelin, der Ortsbürgermeister, beim deutschen Kommandanten ein schriftliches Anliegen vorgebracht. Darin bat er inständig darum, die Anzahl der aus

143

Plouha zum Arbeitsdienst nach Deutschland zu entsendenden Männer, dem Service de Travail Obligatoire, von zehn auf sieben zu verringern. Einmal mehr war Sailer heilfroh, nur übersetzen und nicht entscheiden zu müssen!

Als er gegen 12:00 Uhr und nach getaner Übersetzungsarbeit das in einem Seitentrakt der kommunalen Schule untergebrachte Büro des Ortskommandanten verlassen wollte, brach schließlich das heftige Gewitter los. Es krachte und donnerte überall um ihn herum. Zielinski, der die ganze Zeit draußen an der Zündapp auf ihn gewartet hatte, kam blitzartig in das Schulgebäude gerannt, um sich im Inneren in Sicherheit zu bringen. Beide schauten nachdenklich durch das kleine Glasfenster der Eingangstür. Draußen ging ein heftiger Wolkenbruch nieder. Im Nu hatten sich auf dem vor ihnen liegenden Marktplatz riesige Wasserpfützen gebildet. Das Gewitter schien direkt über dem Ort zu hängen. Mehrfach schlug ganz in der Nähe ein Blitz ein. Nach etwa 20 Minuten war das Naturspektakel vorüber. Fast ungläubig verließen die beiden das Gebäude. Als ob nichts gewesen wäre, empfing sie draußen wieder herrliches Spätsommerwetter. Ein kräftiger Wind, der vom Meer kam, hatte die dunklen Gewitter- und Regenwolken Richtung Binnenland vertrieben. Dieser jähe Wechsel von Regen und Sonnenschein, häufig sogar mehrfach an einem Tag – wie typisch für die Bretagne, stellte Sailer einmal mehr fest. Mit dem Gespann fuhren sie aus Plouha heraus, Richtung Küste. Auf dem Straßenasphalt verdampfte das Regenwasser. Schon nach zehn Minuten erreichten sie ihr Ziel, ein kleines Wäldchen. Darin lag eine Nachrichteneinheit der Luftwaffe. Zielinski parkte die Maschine zwischen einem hohen Funkmasten und dem daneben stehenden laut brummenden Stromerzeugungsaggregat.

Gerade erfolgte die Essensausgabe. Die Soldaten standen erwartungsvoll mit ihrem Essgeschirr vor der Feldküche. Es roch nach einer deftigen Suppe. Niemand nahm von den beiden Fremden Notiz. Nur der Kompaniechef, ein Hauptmann, der lässig neben der Gulaschkanone stand und rauchte, winkte Sailer

144

freundlich zu. Die beiden Offiziere kannten sich gut. Sailer wusste, dass der Hauptmann aus der Steiermark stammte und im Zivilberuf Gewerbeschullehrer war. Wenig später durften sich der Leutnant und sein Fahrer in die Warteschlange vor der Feldküche einreihen und eine große Portion Rindfleischsuppe fassen. Nach der guten Mahlzeit ging Sailer zielstrebig auf die mittlere von drei grün-braun angestrichenen Holzbaracken zu, über die mehrere Tarnnetze gespannt waren. Ein netter Kamerad musste ihm jetzt einen großen Gefallen tun. Ohne anzuklopfen, betrat Sailer das hölzerne Dienstgebäude.

Alle Wände waren mit einem Gewirr aus dicken Kabeln und Kupferdrähten überzogen. An mehreren Arbeitsplätzen bedienten junge Soldaten mit Kopfhörern geschäftig ihre Klappenschränke, um die erforderlichen Telefonverbindungen herzustellen. Sailer befand sich in der Funkbude. Von hier aus wurde Fernmeldeverkehr für die Wehrmacht in alle Richtungen hergestellt. Sailer hatte Mühe, in der abgestandenen Luft der Baracke zu atmen. Es stank nach Schweiß und Tabaksqualm.

Am hinteren Ende des Gebäudes morste ein Zigaretten rauchender Tastfunker routiniert an seinem Funkgerät. Sailer ging vorsichtig auf ihn zu, wartete aber, bis er seinen Funkspruch abgesetzt hatte.

»Grüß dich, Hannes!«

Der Angesprochene, ein junger Feldwebel, schaute erstaunt auf.

»Mensch Paul, was machst du denn hier?«

Der Leutnant forderte ihn per Handzeichen diskret auf, ihm nach draußen zu folgen. Vor der Tür zündete sich Sailer ebenfalls eine Zigarette an. Ganz tief sog er den ersten Zug ein. Sailer kannte Hannes ganz gut. Der Feldwebel kam aus Berlin und hatte 1940 mehrere Monate Dienst in Brest geleistet. Seit dieser Zeit war er mit einer jungen französischen Kriegerwitwe fest liiert. Regelmäßig fuhr er zu ihr. In der Zwischenzeit schrieb sie ihm oft. Schon im letzten Jahr hatte Hannes deshalb den Leutnant angesprochen und ihn gefragt, ob er ihm die Briefe seiner französischen Geliebten übersetzen könne. Dadurch war Sailer

145

unfreiwillig über viele intime Details dieser aufregenden deutsch-französischen Liaison im Bilde. Vor dem Absenden ihrer mehrseitigen Liebesbriefe schien die junge Frau jeweils das rosarote Briefpapier mit schwerem Parfüm zu benetzen. In einem der letzten Briefe hatte sie ein Foto mitgeschickt, das Hannes Sailer stolz gezeigt hatte: eine sehr attraktive, dunkelhaarige Frau im Négligé, recht aufreizend auf ihrem Bett in Pose sitzend.

Nicht ohne Neid konnte sich Sailer lebhaft vorstellen, was zwischen den beiden in ihrer Wohnung in Brest abging.

»Hannes, dieses Mal muss ich dich um einen Gefallen bitten.«

»Schieß los, Paul. Was kann ich für Dich tun?«

»Der Bruder einer Frau aus Guingamp, die mir sehr viel bedeutet, ist in einem Kriegsgefangenenlager für französische Offiziere in der Lausitz. Seit mehreren Wochen kommt keine Nachricht mehr von ihm. Könntest du vielleicht über deine Kanäle Kontakt mit der Wachmannschaft im Gefangenenlager aufnehmen und Erkundigungen über den Kriegsgefangenen einziehen?«

Hannes grinste breit.

»Die junge Frau scheint dir sehr am Herzen zu liegen. Wenn es klappt, musst du sie mir unbedingt vorstellen.« Sailer verspürte keine Lust, näher darauf einzugehen. Sein Gegenüber machte ihm Hoffnung.

»Gib mir eine gute halbe Stunde Zeit, Paul. Ich versuche es. Weil du es bist.«

Erleichtert gab ihm Sailer den Zettel mit den notwendigen Angaben:

Aspirant Riou, Gilles. OFLAG IV-D, Hoyerswerda.

Um das quälende Warten besser auszuhalten, verließ Sailer die Baracke und ging auf drei Soldaten am Rand des Geländes zu. Unter der Führung eines Oberfunkmeisters waren sie gerade dabei, ein kleines Radargerät in Stellung zu bringen.

»Ein Würzburg D, Herr Leutnant«, erklärte der ihm voller Stolz.

In der Zwischenzeit hatte sich auch Zielinski neugierig der kleinen Gruppe um das Radargerät angeschlossen. In den nächsten 30 Minuten bekamen sie von dem Oberfeldwebel einen langen Vortrag darüber, wie das Radargerät funktionierte. Der Parabolspiegel der Radarantenne schaute nach Westen. Die Royal Air Force schlief nicht. Sailer blickte zwischendurch immer wieder nervös nach hinten, Richtung Außentür der Funkbaracke.

Endlich öffnete Hans die Tür der Baracke. Sailer eilte sofort zu ihm hin. »Und?«

»Paul, wir hatten Glück. Ich habe tatsächlich die Verbindung nach Hoyerswerda herstellen können. Der Chef der Wachmannschaft war erst nicht bereit, mir Auskunft zu geben, aber ich habe ihn trotzdem herumbekommen. Wie, das sage ich dir später mal bei einer guten Flasche Wein.«

»Jetzt komm zur Sache, Hannes!«, unterbrach ihn Sailer ungeduldig.

»Also, dein Kriegsgefangener Riou lebt. Er hatte vor ein paar Wochen einen Blinddarmdurchbruch. Mitgefangene französische Militärärzte haben ihn sofort in dem kleinen Lagerlazarett notoperiert. Er hat danach lange kämpfen müssen, ist jetzt aber wieder auf dem Weg der Besserung.«

Sailer hätte den Feldwebel, nein die ganze Welt, umarmen können!

»Danke Hannes, danke! Das werde ich dir nie vergessen!«

»Jetzt hau endlich ab, Paul. In Guingamp scheint jemand dringend auf dich zu warten. Ich muss wieder rein, an mein Funkgerät. Sonst kriege ich noch Ärger mit unserem Alten.«

Sailer gab Zielinski, der immer noch fasziniert an dem Radargerät stand, Zeichen zum Aufbruch. Gegen 15:30 Uhr standen sie vor dem Lycée Notre Dame in Guingamp. Alles machte einen sehr ruhigen Eindruck. Nur der Concierge in seinem blauen Dienstkittel fegte in aller Ruhe die Treppe vor dem Haupteingang mit einem ausgedienten Strohbesen. Erst in einer halben Stunde würde die Schulglocke das Ende des heutigen Unterrichtstages ankündigen. Sailer und Zielinski vertraten sich die

Beine. Endlich wieder Zeit, um eine Zigarette zu rauchen. Danach holte der Leutnant aus seiner Kartentasche ein Blatt Papier und verfasste eine kurze Nachricht an Marie-Hélène Riou. Für alle Fälle. Pünktlich um 16:00 Uhr schellte die Schulglocke. Kurze Zeit später fluteten mehrere hundert Schüler aus dem Gebäude. Beim Verlassen des Schulhofes würdigten die meisten von ihnen die beiden Deutschen an ihrem Zündapp-Gespann keines Blickes.

Nur einige von ihnen wagten es, ihnen verächtlich nachzuschauen. Das war vor einem Jahr noch anders gewesen, erinnerte sich Sailer wehmütig. Nach nun bereits 15 Monaten unter deutscher Besatzung hatten die Leute hier ihre anfängliche Neugierde und Gelassenheit gegenüber den Wehrmachtssoldaten abgelegt und Sailer spürte immer mehr, wie ihnen Ablehnung und offene Feindschaft entgegenschlugen. Es hieß für ihn und seine Kameraden, überall äußerst wachsam zu sein. Gott sei Dank war es aber hier in der Bretagne bisher relativ ruhig geblieben.

Plötzlich erkannte er die junge Frau in einer Traube von anderen Lehrern. Sie standen lachend und laut redend mitten auf dem Schulhof. Nicht nur ihre Schüler schienen über den Schulschluss glücklich zu ein. Um Marie-Hélène nicht zu kompromittieren, wartete Sailer ab. Eher zufällig schaute sie aber gleich in seine Richtung und sah ihn dort stehen. Eilig ging sie auf ihn zu. Sie ahnte bestimmt, warum er sie hier aufsuchte.

Sailer ging ein paar Schritte neben das Schultor. Ihre Kollegen mussten sie nicht unbedingt hier zusammen sehen.

»Bonjour, Paul. Wie schön, dass Sie gekommen sind!«

Noch bevor Sailer etwas erwidern konnte, brach es aus ihr heraus: »Haben Sie Neuigkeiten von Gilles?«

Kaum hatte er die gute Nachricht aus Hoyerswerda leise ausgesprochen, schlang sie spontan beide Arme um ihn und überzog sein Gesicht mit mehreren Küssen.

»Gott sei Dank! Ich danke Ihnen vielmals, Paul!«

»Mein Leutnant platzt förmlich vor Glück und Stolz«, stellte Zielinski fest, der sich diskret etwas abseits gestellt hatte und das Geschehen freudig beobachtete. Aber er musste nicht lange war-

148

ten. Nur wenige Augenblicke später verabschiedete sich die junge Frau mit drei Wangenküssen liebevoll von Sailer. Welch ein schönes Paar, dachte sich Zielinski. Auf dem kurzen Weg von der Schule zur Rue du Docteur Corson konnte Sailer gar nicht fassen, was Marie-Hélène ihm gerade zum Abschied gesagt hatte:

»Paul, vielen, vielen Dank!« Kommen Sie bitte morgen Abend um 20:00 Uhr zu mir. Ich habe neben dem Internat eine kleine Dienstwohnung. Ich koche etwas für uns. Ihre gute Nachricht müssen wir unbedingt feiern!«

Um 20:00 Uhr würde sie ihn am Eingang zum Internat erwarten. Bei Dienstschluss verabschiedete der Leutnant seinen Fahror besonders herzlich und dankbar.

»Was für eine Glückssträhne für mich«, jubelte Sailer innerlich. Und die war noch lange nicht zu Ende!

19

6. SEPTEMBER 1977 – DER RÜCKRUF AUS HANNOVER

Kurz vor 14:00 Uhr. Etwas angespannt schaute Kristine auf ihre Armbanduhr. Sie saß mit Madame le Bris, einer Deutschlehrerin am Pavie, in ihrem Fachraum. Überall hingen bunte Poster und große Farbfotos mit Motiven aus Deutschland, Österreich und der deutschen Schweiz an der Wand. Madame le Bris hatte Kristine gebeten, ihr bei der Vorbereitung des baldigen Schüleraustausches mit der Partnerschule in Kassel behilflich zu sein. Auf dem Tisch lagen 25 handschriftliche Anmeldungen der Schülerinnen und Schüler aus Hessen. Jetzt galt es, auf den Bögen ihre Angaben zu Alter, Geschlecht, Hobbys, etc. zu sichten. Danach sollten passende Partnerinnen und Partner für sie hier am Pavie gefunden werden. 30 Schülerinnen und Schüler hatten sich für den Austausch mit Kassel angemeldet. Keine leichte Aufgabe! Je sorgfältiger sie dabei vorgingen, desto weniger Ärger handelten sie sich für die zehntägige Begegnung der deutsch-französischen Gruppe ein. Dies hatten die Erfahrungen der letzten Jahre gezeigt. In der Regel lief alles gut, aber in jedem Jahr gab es in einer oder zwei Gastfamilien, ob in Guingamp oder zwei Monate später in Kassel, erhebliche Probleme und viel Arbeit für die begleitenden Lehrkräfte. Pünktlich um 14:00 Uhr läutete die Schulglocke das Ende der Mittagspause ein.

»Gott sei Dank!«, stellte Kristine erleichtert fest. Sie musste unbedingt pünktlich in Paimpol sein! Madame le Bris packte rasch die ganzen Anmeldeformulare in ihre große, weinrote Aktentasche. In wenigen Minuten begann ihr Unterricht in der Première, einer 11. Klasse.

»Merci beaucoup, chère Kristine!«

Die junge Deutsche verabschiedete sich herzlich per Handschlag von ihrer Kollegin. In ein paar Tagen wollten sie sich aus dem gleichen Grund wieder treffen.

Eine gute halbe Stunde später saß sie bereits im Büro von Hauptmann Toudic, wie verabredet. Er bedankte sich bei ihr, dass sie gekommen war, um ihm und seinem Kollegen Kuhlmann behilflich zu sein. Der Hauptmann hatte die junge Frau und den Stabsfeldwebel bereits miteinander bekanntgemacht. Es wunderte Toudic nicht, dass sein Kollege aus dem Elsass kein Wort auf Deutsch an die junge Sprachassistentin richtete. Er hatte seine Gründe dafür. Um Punkt 15:00 Uhr klingelte das Telefon.

Die Deutschen und ihre Pünktlichkeit! Toudic musste innerlich schmunzeln und zeigte auf Kristine. Die nahm beherzt den Hörer von der Gabel.

»Gendarmerieposten Paimpol. Martensen am Apparat.«

»Hauptkommissar Reichelt, Polizeidirektion Hannover. Schön, dass ich Sie gleich an der Strippe habe, Frau Martensen. Wir haben gestern nach unserem Telefonat Ihre Angaben überprüft. Somit darf ich Ihnen jetzt folgende Auskunft geben:

Der rote Audi mit der KFZ-Nummer H - DF 756 ist auf eine gewisse Frau Hildegard Renner zugelassen. Geboren am 08.03.1909 in Stettin, verwitwet, wohnhaft in Hannover.«

»Ach!«, erwiderte Kristine verdutzt.

Wenn sie Toudic gestern richtig verstanden hatte, suchten sie eher eine Verbindung zu einem Mann um die 60. Ohne Rücksprache mit dem Hauptmann zu halten, hakte sie eigenmächtig nach:

»Haben Sie vielleicht schon mit Frau Renner sprechen können, Herr Reichelt?«

»Ja, haben wir. Meine Kollegen sind heute Morgen zu ihrer Wohnung gefahren. Von einer Nachbarin haben sie erfahren, dass Frau Renner vor einer Woche nach Südafrika abgereist ist. Dort wohnt ihre jüngere Schwester. Aber wollen Sie nicht erst einmal alles für meinen Kollegen Toudic übersetzen, Frau Martensen?«, warf er leicht vorwurfsvoll ein.

»Ja, natürlich, äh«, stammelte Kristine.

Für einen Augenblick hatte sie wohl vergessen, welche Rolle ihr eigentlich zugedacht war. Schnell fasste sie die neuen Erkenntnisse aus Hannover für Toudic und Kuhlmann zusammen. Sofort sah sie den beiden ihre Enttäuschung über diese Neuigkeit an. Eine Frau von fast 70 Jahren? Das passte mit ihrem Bréhat-Fall überhaupt nicht zusammen. Aber Toudic wollte nicht gleich aufgeben.

»Kristine, bitte fragen Sie den deutschen Kollegen, ob der rote Audi eventuell als gestohlen gemeldet wurde.«

Aber Reichelt verneinte diese Nachfrage umgehend. Im Namen von Toudic bedankte sich Kristine herzlich bei dem deutschen Beamten für die Amtshilfe. Bei Bedarf werde man sich noch einmal in Hannover melden, schob sie noch hinterher. Die junge Frau legte den Hörer auf. Auch sie war sehr ernüchtert. Gerne hätte sie den beiden Gendarmen verwertbarere Nachrichten aus Hannover überbracht. Toudic fing an, erneut in der vor ihm liegenden Bréhat-Akte zu blättern.

151

»Wir müssen irgendwo etwas übersehen haben, verdammt noch mal!«, grummelte er vor sich hin.

Als er die sieben entwickelten Fotos, die aus der Kamera des Toten stammten, dem Ordner entnahm und sie daneben auf dem Tisch ablegte, meldete sich Kristine.

»Kann ich mir bitte die Bilder näher anschauen, Monsieur Toudic?«

»Oui, naturellement. Allez-y!«, ermunterte sie der Hauptmann. Aufmerksam betrachtete sie Foto für Foto.

»Können Sie sich darauf einen Reim machen?«, fragte sie nachdenklich den direkt neben ihr sitzenden Kuhlmann. Der schüttelte resigniert den Kopf.

Alle drei schwiegen einen Augenblick lang.

»Ich kenne jemanden in Guingamp, der uns eventuell bei der Auswertung der Aufnahmen weiterhelfen könnte. Darf ich sie dafür mitnehmen?«

Erstaunt blickten die beiden Beamten die junge Deutsche an. Aber, ohne lange zu überlegen, steckte Toudic die sieben Bilder tatsächlich in ein großes, graues Kuvert und übergab ihr kommentarlos den Umschlag.

Auf der Rückfahrt in ihrem kleinen Citroën 2 CV 6 nach Guingamp dachte Kristine kurz über ihr weiteres Vorgehen nach. Sie hatte da eine Idee. Deshalb wollte sie gleich Kontakt mit André Kerrain aufnehmen.

Kerrain war ein anerkannter Lokalhistoriker und Journalist bei der Regionalzeitung Ouest-France. Seit einiger Zeit bereitete er für die Redaktion eine Publikation zum Thema *Die Bretagne unter deutscher Besatzung 1940 – 1944* vor. Sie sollte 1980 erscheinen.

Seit Jahren sammelte er dafür in der ganzen Bretagne Fotos, die deutsche Besatzungssoldaten hier vor fast 40 Jahren aufgenommen hatten. Auch das Bundesarchiv in Koblenz war ihm bei der Suche nach passenden Bildquellen behilflich gewesen. Da auf der Rückseite dieser Fotos oftmals handschriftliche Erklärungen in altdeutscher Schrift standen, hatte er Kristine vor einigen Monaten gebeten, ihn bei deren Entzifferung zu beraten. In dem kleinen Guingamp hatte Kerrain schnell mitbekommen, dass eine angehende deutsche Lehrerin am Pavie unterrichtete. Jetzt, so hoffte Kristine, könnte sie Kerrain vielleicht bei der Auswertung der sieben rätselhaften Ermittlungsfotos weiterbringen. Wenig später betrat sie Kerrains „Heiligtum", das kleine vollgestopfte Stadtarchiv im Untergeschoss des Rathauses von Guingamp. Der hagere Journalist mittleren Alters mit schulterlangen grauen Haaren saß in dem spärlich beleuchteten und verqualmten Raum an einem Holztisch. Darauf stapelten sich allerlei alte Zeitungen, Plakate und Flugblätter. Da er Kette rauchte, war sein dunkelblauer Pull Marin an der Brustseite mit Zigarettenasche übersät. Es schien ihn nicht zu stören. Als Kristine ihm kurz erklärte, warum sie gekommen war, führte er sie zu einem Metallregal, das links neben dem einzigen Fenster des Raumes stand.

»Kristine, ich stehe unter Zeitdruck und kann dir gerade leider nicht helfen. Aber die Aufkleber hier auf den Kartons sprechen für sich.«

Die junge Deutsche nickte tapfer und nahm ein paar weiße Baumwollhandschuhe in Empfang, die er ihr freundlich hinhielt.

»Ziehe sie bitte an, bevor du die alten Fotos entnimmst! Bon courage beim Suchen!« In der Tat konnte sie über die Beschriftung der elf Kartons leicht auf deren Inhalt schließen:

- *Alltag*
- *Waffen und Ausbildung*
- *Freizeit*
- *Begegnung zwischen Besatzern und Besetzten*
- *Befehle der Kommandantur*
- *Sehenswürdigkeiten*
- *div. Gebäude*
- *Verschiedenes*
- *Widerstand*
- *Kollaboration*
- *Befreiung*

Um ganz sicher zu gehen, holte sie die sieben Fotos, die ihr Toudic gerade überlassen hatte, aus dem grauen Kuvert und breitete sie auf dem Tisch aus. Für die weitere Suche entschied sie sich für den Karton mit der Aufschrift *div. Gebäude*. Darin stieß sie auf etwa 50 Fotos, leider unsortiert. Einige Motive erkannte sie wieder, andere Bilder von 1940 – 1944 waren von Wehrmachtssoldaten an Orten aufgenommen worden, die sie nicht zuordnen konnte. Dazu war die Bretagne einfach zu groß.

Beim weiteren Durchstöbern fand sie ganz unten im Karton einige Fotos, die alle mit Guingamp zu tun hatten. Darunter zwei Bilder, die fast 40 Jahre später dieselben Gebäude zeigten, die der Tote mit seiner MINOLTA kürzlich aufgenommen hatte.

Volltreffer! Kristine hätte vor Freude juchzen können! Der weiterhin noch unbekannte Mann hatte den Eingang zum Speisesaal des Lycée Notre Dame mit seiner Kamera festgehalten, den die Wehrmacht im Krieg als Kantine genutzt hatte. Ein Blick auf die Rückseite des Jahrzehnte alten Fotos führte Kristine zu dieser wichtigen Erkenntnis:

Auf dem Foto waren acht lachende deutsche Soldaten zu erkennen, die auf dem großen Vordach über der Eingangstür zur Kantine posierten.

Das zweite Foto von 1941, das sofort Kristines Aufmerksamkeit erregt hatte, zeigte das damalige "Soldatenheim" der Deutschen, am nördlichen Stadtrand von Guingamp gelegen. Heute befand sich in demselben Gebäude das Restaurant du Trieux. Kristine durfte diese beiden wichtigen Fotos leihweise an sich nehmen. Kerrain hatte nichts dagegen.

Als sie das kleine Archiv verließ, winkte er ihr noch kurz hinterher, wahrscheinlich erleichtert darüber, dass er endlich ungestört seiner Arbeit nachgehen konnte.

Auf dem Marktplatz betrat Kristine eine öffentliche Telefonzelle und wählte Toudics Dienstnummer.

»Monsieur Toudic, Kristine Martensen hier. Ich bin im Stadtarchiv von Guingamp auf etwas Interessantes gestoßen. Das möchte ich Ihnen und Ihrem Kollegen Kuhlmann auf jeden Fall

154

vortragen. Morgen um 15:00 Uhr in Ihrem Büro? Ist das in Ordnung?«

Der Hauptmann war mit dem baldigen erneuten Treffen sehr einverstanden. Was könnte die quirlige deutsche Sprachassistentin morgen vorzuweisen haben? Toudic hatte das Gefühl, dass Kristine auf etwas Neues im Fall des Toten von der Ile de Bréhat gestoßen war.

»On verra bien!«, grummelte er voller Hoffnung vor sich hin.

20

19. AUGUST 1941 – HISTOIRE D'AMOUR

Voller Vorfreude und Tatendrang war Sailer an diesem Dienstagmorgen bereits kurz vor 07:00 Uhr aus seinem Bett gesprungen. Heute Abend um 20:00 Uhr würde er Marie-Hélène wiedersehen! Er konnte es kaum erwarten. Dieser Abend versprach, ein ganz besonderer zu werden.

Zum Glück hatte er bis dahin einiges abzuarbeiten, um besser über den Tag zu kommen.

Am Vormittag musste er in seinem Zimmer weitere Artikel aus der *La lutte du peuple* übersetzen, einer kommunistischen Untergrundzeitung, die die Feldgendarmerie neulich bei einer Hausdurchsuchung in Tréguier gefunden hatte. Dank des Tipps eines örtlichen Kneipenwirts waren die Feldgendarmen in einer kleinen Autowerkstatt, die gegenüber der Kathedrale lag, gleich fündig geworden.

Außerdem sollte sich Sailer nach dem Mittagessen um 14:30 Uhr mit dem Hauptmann der Versorgungskompanie treffen. Mit ihm würde er zum Schlachthof von Guingamp fahren und die neuen Lieferkonditionen für die Wehrmacht aushandeln. Wahrscheinlich bliebe ihm danach noch genügend Zeit, die übersetzten Artikel vom Vormittag fein säuberlich abzutippen und sie zum Ortskommandanten zu bringen. Der wartete ungeduldig darauf.

Gegen 10:30 Uhr hatte er mehr als die Hälfte der Artikel übersetzt und bearbeitete gerade einen Aufruf zum bewaffneten Untergrundkampf gegen die deutschen Besatzer, als die bisher absolute Stille im Haus jäh unterbrochen wurde. Jemand kam laut fluchend die Treppe nach oben gepoltert. Sailer öffnete neugierig die Tür und sah Stabsarzt Fischer, der in sein Zimmer stürmte.

»Fischer, was ist los?«, wollte Sailer besorgt von seinem Nachbarn wissen.

»Sailer, ich habe ganz große Scheiße gebaut. Die hätten mich beinahe aufgehängt.«

Sailer erkannte den Stabsarzt kaum wieder. Der stand wie ein gehetztes Tier an seinem Bett und schaute den Leutnant kurz mit einem irren Blick an, bevor er weiter Wäsche und Bücher in einen großen Koffer schmiss. In Fischers Zimmer lag alles durcheinander, als ob ein Dieb hektisch nach etwas gesucht hätte.

»Kann ich dir irgendwie helfen?«

»Hör auf, niemand kann mir mehr helfen!«

Fischer knallte seinen übervollen Koffer zu und hatte erhebliche Mühe, den Deckel zu schließen. Beim Raustürmen aus seinem Zimmer bremste er jedoch abrupt am Treppenrand ab, fasste in seine rechte Uniformtasche und zog ein kleines, dunkelblaues Stoffbeutelchen hervor, das mit einem Silberfaden zugezogen war.

»Nimm du es! Das haben die Dreckskerle beim Filzen nicht gefunden. Gib es an die weiter, die es verdient. Es soll ihr Glück bringen! Adé, mein Freund!«

Bevor der völlig überrumpelte Sailer etwas antworten konnte, stürzte Fischer bereits die Treppe hinunter.

Erst beim Hinterherschauen bemerkte der verdutzte Sailer, dass an der Uniform des Stabsarztes die Offiziersschulterstücke

156

auf beiden Seiten fehlten. Etwas ganz Schlimmes musste passiert sein! Wenig später flog unten die Haustür mit einem Riesenknall zu. Danach herrschte wieder völlige Stille.

Sailers Herz raste. Er konnte immer noch nicht glauben, was hier gerade passiert war. Der arme Fischer! Es schien für ihn um Leben und Tod zu gehen. Mit leicht zittrigen Händen öffnete er den dunkelblauen Beutel und nahm vorsichtig den Inhalt heraus: eine feingliedrige Goldkette, an der ein ovaler Anhänger aus Elfenbein hing. Darauf war die heilige Gottesmutter Maria mit dem Jesuskind dargestellt. Was für ein wunderbares Schmuckstück!

Zur Sicherheit versteckte er es in der Gasmaskendose, die neben seinem Stahlhelm ganz oben auf dem Kleiderschrank lag. Nach Fischers dramatischem Abgang, der so viele Fragen aufwarf, vertiefte sich Sailer, so gut es ging, wieder in seine Übersetzungsarbeit. Ohne Mittag gegessen zu haben, verließ er kurz nach 14:00 Uhr das Haus, um sich rechtzeitig mit dem Hauptmann vor dem Kasernentor in der Rue du Maréchal Foch zu treffen.

In den anschließenden zwei Stunden übersetzte er routiniert, aber innerlich unbeteiligt, die komplizierten Verhandlungen zwischen dem deutschen Offizier und dem Direktor des Schlachthofes. In Gedanken war er immer noch bei dem armen Fischer, seinem Nachbarn, mit dem er sich seit mehr als einem Jahr gut verstanden hatte. Wie hätte er ihm bloß helfen können? Doch trotz all dieser dunklen Gedanken kam langsam die Vorfreude auf das Wiedersehen mit Marie-Hélène zurück. Kurz nach 17:00 Uhr hatten der Hauptmann und der Direktor schließlich alles geregelt. Wieder zu Hause angekommen, tippte Sailer die restlichen von ihm übersetzten Artikel aus der kommunistischen Untergrundzeitung *La Lutte du Peuple* ab und brachte sie zur Ortskommandantur. Endlich Dienstschluss und noch genügend Zeit, sich für die Einladung zurechtzumachen. Madame Yvette, die gute Seele des Hauses, hatte am Vortag seine vier Diensthemden frisch gewaschen und gebügelt. Schnell schlüpfte er in seine neue Ausgehuniform und zog sich die auf Hochglanz gewienerten schwarzen Halbschuhe an.

Um Punkt 20:00 Uhr stand er auf dem großen Schulgelände des Lycée Notre Dame vor der Tür des kleinen Nebengebäudes, das die junge Lehrerin als Dienstwohnung nutzen konnte.

Bei der Begrüßung hatte Sailer den Eindruck, dass sie sich sehr über seinen Besuch freute. Trotzdem überreichte er ihr etwas befangen einen 1938-er Chambertin aus Nuits-Saint-George als Mitbringsel. Diesen hochwertigen Rotwein aus Burgund, eine jetzt selten gewordene Kostbarkeit, hatte ihm Monsieur Georgelin, der Bürgermeister von Plouha, neulich mit den Worten:

»Merci beaucoup, Monsieur Sailer. Sie haben mir schon so oft geholfen, Schlimmeres zu verhindern!«, dankbar überreicht.

Aus der winzigen Küche in Marie-Hélènes Wohnung roch es bereits vielversprechend. Sailer setzte sich voller Vorfreude an den gedeckten Tisch. Beide tranken als Apéritif ein Glas Pastis und aßen dazu ein paar Scheiben Baguette, die mit gesalzener Butter dünn bestrichen waren.

Welch ein Unterschied zu der allmittäglichen Abfertigung in der sterilen Soldatenkantine, dachte sich Sailer. Die große Glasvase mit frisch gepflückten bunten Wiesenblumen, die aufgesteckten weißen Kerzen in einem Leuchter aus Silber und das schöne Geschirr aus Steingut, mit hübschen Trachtenmotiven aus der Bretagne kunstvoll verziert, ließen bei Sailer Erinnerungen an behagliche Familienfeiern in der guten Stube bei sich zu Hause in Breslau hochkommen.

Als Vorspeise stellte die Gastgeberin einen Thunfischsalat mit Reis und Tomaten auf den Tisch.

»Die Tomaten stammen aus dem Gemüsegarten meiner Eltern!«, bemerkte Marie-Hélène stolz.

Nicht nur wegen des sehr schmackhaften Rotweins, den sie dazu tranken, entwickelte sich ganz schnell ein immer lebhafter und fröhlicher werdendes Gespräch zwischen dem deutschen

Offizier und der jungen französischen Lehrerin. Politische Themen ließen sie aus. Beide wussten, warum.

Das Hauptgericht bestand aus zartem Kaninchenfleisch, das Marie-Hélène in einem sehr großen Kochtopf mit einem verschraubbaren Deckel zubereitet hatte.

»Den haben mit meine Eltern vor zwei Jahren zu Weihnachten geschenkt. Ich weiß nicht, ob Sie so etwas in Deutschland kennen, Paul«, erklärte sie, als sie den zischenden Topf auf dem Herd langsam öffnete.

Sailer stand jetzt neben ihr und hielt mit beiden Händen eine runde Terrine, in die sie vorsichtig das Fleisch und den Sud aus Kräutern und Gemüse füllte.

»Wir nennen ihn hier *Cocotte-Minute*«, fügte sie noch hinzu. Nein, so einen modernen und praktischen Kochtopf kannte Sailer nicht. Er schrieb sich das Wort am Tisch auf und wollte später in seinem großen Wörterbuch nachschauen, wie man ihn auf deutsch nannte.

Zu dem Kaninchenfleisch stellte sie Röstkartoffeln, grüne Bohnen und frisches Baguette auf den Tisch.

»Ehe ich es vergesse, Paul. Meine Eltern lassen Sie herzlich grüßen. Natürlich stammt auch fast alles, was wir gleich essen, aus ihrem Garten und ihrem Hof. Bon appétit alors!«

Paul genoss das hervorragende Gericht und natürlich noch viel mehr die Anwesenheit und die ansteckende Fröhlichkeit von Marie-Hélène. Sie trug eine weiße Bluse und eine schwarze Samthose dazu.

Die Selbstverständlichkeit, mit der sie vorhin das Essen in der Küche zubereitet und ihn gleichzeitig als Gastgeberin charmant unterhalten hatte, beeindruckte ihn sehr. Diese *aisance*, ihre Leichtigkeit, gehörte wohl auch zu dem, was die Französinnen für ihn und seine Kameraden so besonders anziehend machte. Nach dem Hauptgericht folgte eine reichhaltige Käseplatte. Sailer bediente sich dankbar. Zum Abschluss ihres Menüs bot Marie-Hélène eine selbstgebackene Tarte aux Pommes an. Auch dieser Apfelkuchen schmeckte einfach nur köstlich.

Nebenbei hatte sie noch Kaffee gekocht und stellte ihn mit dazu auf den Tisch. In diesem Augenblick glaubte Sailer, in seinem ganzen Leben noch nie so gut gegessen zu haben. Beim Essen war es langsam dunkel geworden und Marie-Hélène steckte die drei weißen Kerzen an. In ihrem hellen Schein sah er, dass ihr Gesicht glühte. Vielleicht vom guten Essen und Trinken, vielleicht aber auch, weil er neben ihr saß, wagte er zu hoffen.

»Auch mein Großvater, den Sie neulich in Grâces kennengelernt haben, lässt Sie herzlich grüßen, Paul. Er hat mir eine Flasche von seinem Selbstgebrannten mitgegeben.«

Marie-Hélène stellte zwei Wassergläser und eine Flasche Calvados auf den Tisch und schenkte ein.

»À votre santé!« Der Schnaps brannte höllisch in Sailers Kehle. Hochprozentiges war er kaum gewohnt.

Aber vor seiner Gastgeberin, die ihr Glas mit einem Zug souverän ausleerte und den Leutnant dabei anlächelte, durfte er sich auf keinen Fall blamieren.

»Paul, ich hoffe, dass es Ihnen geschmeckt hat.«

»Und wie!«, erwiderte er begeistert, wobei er sich aber ein leichtes Hüsteln nicht verkneifen konnte.

»Vielen Dank für dieses köstliche Essen, chère Marie-Hélène und diesen wunderbaren Abend mit Ihnen!«

Leicht beschwipst wie er war, hätte er beinahe alle Bedenken beiseite gelassen und ihr noch ganz viele andere Komplimente gemacht. Als ob sie seine Gedanken lesen könnte, legte sie ganz langsam ihre rechte Hand auf seine.

»Paul, ich genieße diesen Abend mit Ihnen! Darf ich Sie um etwas bitten?«

Ohne seine Antwort auf ihre rhetorische Frage abzuwarten, setzte sie gleich nach:

»Obwohl ich nicht die Ältere von uns beiden bin, möchte ich Sie fragen, ob wir uns nicht duzen können?«

Sailer schwebte vor Glück!

»Sehr gerne, Marie-Hélène!«

Ein weiteres Glas Calvados begoss diesen besonderen Anlass. Danach tauschten sie beide einen sehr zärtlichen und langen Wangenkuss aus. Plötzlich sprang Marie-Hélène vom Stuhl auf und zog Paul an beiden Händen in die Mitte des Raumes.

»Viens, Paul. Leider hat man uns gleich zu Beginn des Krieges das Tanzen in der Öffentlichkeit verboten.

Aber ich tanze für mein Leben gern. Du auch?« Mit Schrecken dachte Paul an seine Zeit in der Tanzschule Neumann in Breslau zurück. Als sechzehnjähriger Pennäler gehörte er damals nicht gerade zu den besten Tänzern seiner Obersekunda. Die Tanzpartnerinnen, alles Mädchen aus gutem Hause, kamen von der benachbarten St. Ursula-Schule. Seit vielen Jahren bestand diese Tradition zwischen den beiden kirchlichen Gymnasien in Breslau. Beschwingt von dem Rotwein und dem Calvados schob er jetzt aber alle peinlichen Erinnerungen daran beiseite:

»Tanzen? – Warum nicht!«

Marie-Hélène schaltete das Radiogerät ein, das auf einer kleinen Kommode aus dunklem Eichenholz an der Fensterseite stand.

»Hoffentlich musst du jetzt nicht gehen, Paul! Gleich hören wir Radio BBC auf Französisch, den Feindsender.«, stichelte sie süffisant.

»Nein, im Gegenteil. Den höre ich jeden Tag aus dienstlichen Gründen!«, entgegnete er trotzig.

Das amüsierte Spiel ihrer Mundwinkel verunsicherte ihn. Zum Glück löste Marie-Hélène selbst die kurz aufgekommene Spannung zwischen ihnen auf, indem sie sich lächelnd und auffordernd vor ihm aufstellte.

Beide nahmen als Paar ihre Haltung ein. Das Tanzen konnte beginnen. Aus dem Radio ertönte amerikanische Jazzmusik. Zu dem warmen Sound der Bigband nahmen sie einen Foxtrott im Vierevierteltakt auf. Sie genossen diese Harmonie, die sich ab dem ersten Tanzschritt sofort eingestellt hatte.

Marie-Hélènes anmutige Bewegungen beim Tanzen, ihre großen schwarzen Augen, aus denen sie ihn anblickte, und ihr verführerisches und nach geheimnisvollen Blüten duftendes Parfüm – all das betörte Paul mit einer bisher nie erlebten Intensität. Wie in Trance spürte er die immer stärker werdende Anziehung, die von dieser bezaubernden Frau ausging. Er wünschte sich, dass dieser Rausch der Liebesgefühle niemals enden würde. Bei einem weiteren Tanz, einem Blues, schmiegten sie sich eng aneinander. Ihre Lippen berührten sich und während sie erstmals erkundeten, wie der fremde Mund schmeckte, dirigierte Marie-Hélène ihn sanft in ihr Schlafzimmer. Auf ihrem Bett wurden ihre Küsse intensiver und das gegenseitige Berühren und Streicheln fordernder. Marie-Hélène erwies sich als erfahrene Liebhaberin und leitete Paul zärtlich an. Im Laufe der Nacht liebten sie sich unersättlich und schliefen erst gegen 02:00 Uhr glücklich, aber völlig erschöpft, ein.

Um Punkt 06:00 Uhr schreckte Sailer hoch. Der schrille Pfiff aus einer Trillerpfeife hatte ihn jäh geweckt. Für eine Schrecksekunde glaubte er aus Gewohnheit, sich in einer Kaserne der Wehrmacht zu befinden. Aber es war nur das Signal zum Aufstehen für die Internatsschüler. Vorsichtig glitt er aus dem Bett, ohne Marie-Hélène dabei zu wecken.

Er betrachtete noch ein letztes Mal die tief schlafende junge Frau. Die verrutschte Bettdecke ließ einen schmachtenden Blick auf ihren makellosen Körper zu.

Vorsichtig und auf Zehenspitzen schlich er in das Wohnzimmer und zog sich seine Uniform an. Gleich in der obersten Schublade der Kommode fand er ein Stück Papier und einen Bleistift. Darauf hinterließ er Marie-Hélène eine kurze Nachricht und bat sie, ihn möglichst bald unter folgender Nummer in der Rue du Docteur Corson anzurufen. Als ehemalige Arztpraxis verfügte das Haus über einen Telefonanschluss. Immer noch trunken vor Glück schlich er sich aus Marie-Hélènes Wohnung und bemühte sich, möglichst unbemerkt über den leeren Schulhof das Gelände des Lycée Notre Dame zu verlassen. Die Pflicht rief!

21

OKTOBER 1941 – ES WIRD HERBST

Seit dieser wunderbaren Nacht im August waren die junge Lehrerin und der deutsche Offizier ein festes Paar. Die goldene Halskette mit dem Mutter-Gottes-Anhänger aus Elfenbein, die er ihr noch im August geschenkt hatte, trug sie ständig als Zeichen ihrer Liebe. Wie Paul in den Besitz dieses Schmuckstückes gekommen war, ließ er vorsichtshalber unerwähnt. Die beiden trafen sich, wann immer es ihnen möglich war, vermieden es aber, sich gemeinsam in der Stadt zu zeigen.

Marie-Hélène hatte ihn darum gebeten. In diesen schwierigen Zeiten, so erklärte sie ihm, lauerten in der Nachbarschaft einfach zu viele Neider und Denunzianten nur darauf, sie deswegen in Guingamp in Misskredit zu bringen. Stattdessen hielten sie per Telefon Kontakt zueinander. Eines Abends erzählte sie ihm dabei glücklich, dass es jetzt wieder Post von ihrem Bruder Gilles aus dem Kriegsgefangenenlager bei Hoyerswerda gebe.

Er sei auf dem Weg der Besserung. – Dieu merci!
Ein ehemaliger Lehrer, der im Internat von Notre Dame als Aufseher seine schmale Pension aufbesserte, erlaubte ihr heimlich, das Telefon in seinem kleinen Dienstraum neben den Schlafsälen der Schüler zu benutzen.

Die Übergabe von Körbchen, gefüllt mit frischem Obst und Gemüse aus dem Garten der Rious in Grâces, ließ ihn zu einem diskreten Verbündeten der jungen Lehrerin werden. So konnte Marie-Hélène zu jeder Zeit bei Paul anrufen und sich mit ihm verabreden. Meistens kam sie nach Einbruch der Dunkelheit zu ihm.

Die gemeinsamen Nächte voller Liebe und Lust in Pauls Zimmer ließen sie die dunklen Zeiten um sie herum für ein paar Stunden vergessen. Hier war es ab dem Spätsommer ruhig geworden, nicht nur wegen des jähen Verschwindens von Fischer. Sailer

163

traf nur noch selten auf seine beiden verbliebenen Mitbewohner Kampe bzw. Pretschler.

Kampe hatte viele Nachteinsätze mit seinen Feldgendarmen, ständig und verbissen auf der Jagd nach Widerstandskämpfern, deren Aktivitäten merklich zunahmen. Laut dem neuesten Klatsch in Offizierskreisen, sei er fest mit einer in Plouha stationierten blutjungen Luftnachrichtenhelferin liiert. Pretschler hatte sich in Tréguier bereits Anfang Juli ein Zimmer genommen. Von dort aus war er näher an seinen Bauarbeiten für die Bunker, die die Organisation Todt am Westwall durchführte. Vor einiger Zeit hatte Monsieur Georgelin, der Bürgermeister von Plouha, mit dem Sailer seit mehr als einem Jahr problemlos zusammenarbeitete, dem Leutnant zugeraunt: »Monsieur Sailer, entre nous, dieser Pretschler, das ist ein furchtbar cholerischer Leuteschinder!«

Obwohl Sailer überhaupt nicht darauf einging, fuhr der Bürgermeister unbeirrt fort:

»Schon mehrere Zwangsarbeiter, die unten am Strand für ihn schuften mussten, sind bei den Arbeiten an den Bunkern jämmerlich krepiert. – Die armen Kerle! – Würde mich nicht wundern, wenn dem bald irgendetwas ganz Schweres auf den Kopf fällt!«

Sailer ließ sich jedoch nicht von dem, was seine beiden Mitbewohner trieben und welchen Ruf sie sich in und um Guingamp erworben hatten, beirren. Für ihn zählte vor allen Dingen, mit sich im Reinen zu sein.

»Wäre ich ein Vollstrecker, wie die beiden anderen«, so versicherte er sich immer wieder, »hätte ich niemals Marie-Hélènes Liebe gewinnen können.«

Er genoss überglücklich seine innige Beziehung zu dieser wunderbaren Frau. Sonntags fuhren die beiden häufig mit der Eisenbahn von Guingamp nach Saint Brieuc.

Dort bummelten sie um die eindrucksvolle gotische Kathedrale Saint-Etienne herum, um schließlich in der angrenzenden Altstadt mit malerischen Fachwerkhäusern ein nettes Café anzusteuern. Das bot tatsächlich noch manchmal richtigen Kaffee und frischen Kuchen an. Wenn das Wetter es zuließ, fuhren sie anschließend mit einem Bus an den belebten Fischereihafen Le Legué oder an die Bucht von Saint Brieuc. Der Gesprächsstoff ging ihnen nie aus. Bald wusste Sailer bestens Bescheid über Freud und Leid am Lycée Notre Dame. Auch Marie-Hélène hörte sich interessiert an, welche Höhen und Tiefen Paul in seinem Dienst durchlebte. Obwohl sie seine drei Nachbarn aus dem gemeinsamen Quartier in der Rue du Docteur Corson nie zu Gesicht bekommen hatte, lernte sie sie durch Pauls Erzählungen immer besser kennen. In Bezug auf Fischers Verschwinden vertraute er ihr folgende Neuigkeit an:

»Mein Fahrer Zielinski lebt hier in der Kaserne mit zwei Sanitätssoldaten auf einer Bude. Stell dir vor, was da passiert ist! Die haben Zielinski erzählt, dass Fischer monatelang einen schwunghaften Schwarzhandel mit Medikamenten aus der Lazarettapotheke betrieben hat. Eine französische Krankenschwester und ihr Freund, ein junger Assistenzarzt, hätten die Kontakte zu Kunden in und um Guingamp hergestellt.«

»Und das hat keiner bemerkt? – Ihr Deutschen seid doch so gründlich!«, warf Marie-Hélène leicht spöttisch ein.

»Nein, alle haben dichtgehalten und bei den Routinekontrollen der Bestände gab es keine Auffälligkeiten. Fischer hat sich übrigens für die gelieferten Medikamente teuer bezahlen lassen: Erlesene Weine, Champagner, Schmuck, Jagdwaffen und Münzen sollen die erforderliche harte Währung gewesen sein.«

Marie-Hélène hörte weiterhin sehr aufmerksam zu.

»Erst als die Gendarmerie Nationale zufällig bei einem Autounfall größere Mengen von Pervitin, einem sehr begehrten Aufputschmittel, bei dem Unfallverursacher gefunden haben, ist nach und nach alles aufgeflogen.«

Marie-Hélènes Miene hatte sich während Pauls Bericht zunehmend verfinstert. –

»Ich möchte nicht wissen, was aus der armen Krankenschwester und ihrem Freund geworden ist!«

Dazu wollte er sich lieber nicht äußern, fügte aber nach einer kurzen Pause hinzu:

»Den Fischer haben sie sofort zum Unterarzt degradiert und nach Brest strafversetzt. Jetzt ist er Bordarzt auf einem U-Boot.«

Da hat er noch Glück gehabt, dachte Sailer bei sich. Wenn bei der Wehrmacht nicht so viele Ärzte fehlen würden, wäre die Sache für den armen Schwaben noch schlimmer ausgegangen. Die Aufklärung des ganzen Skandals um Dr. Fischer herum hatte von Anfang an das Kriegsgericht in St. Brieuc an sich gezogen. Das verfügte jetzt auch über einen eigenen Dolmetscher.

Als der Herbst kam mit seinen heftigen Stürmen, häufigen Regenschauern und vielen Nebeltagen, sahen sich die beiden Verliebten seltener. Kein Streit war der Grund, aber die junge Lehrerin musste plötzlich am Gymnasium im Fach Englisch eine Abiturklasse von einem schwer erkrankten Pater übernehmen.

»Paul, es tut mit sehr leid, aber unter der Woche habe ich jetzt wenig Zeit für uns«, hatte sie ihm plötzlich eröffnet. »Ohne zusätzliche Zeit für meine Vorbereitungen und Korrekturen komme ich nicht mehr klar. Sonntags treffen wir uns wie immer. Ansonsten rufe ich dich natürlich an, wenn es passt. Versprochen!«

Als sie sah, wie traurig er auf ihre Ankündigung reagierte, nahm sie ihn in den Arm und küsste ihn zärtlich.

»Bitte nicht böse sein. Aber ich schaffe sonst die viele Arbeit nicht.«

Paul nickte tapfer und hoffte auf ihre versprochenen Anrufe. Nein, er konnte ihr nicht böse sein.

Allein, dass ihn diese bezaubernde Frau mit ihren kastanienbraunen, schulterlangen Haaren, dem süßen schmalen Streifen aus kleinen Sommersprossen zwischen beiden Wangen und mit ihren großen Augen warmherzig und verliebt anstrahlte, entschädigte ihn für alles.

Trotzdem hatte Paul in den darauf folgenden Wochen immer mehr den Eindruck, dass sich schleichend etwas Trennendes zwischen ihn und Marie-Hélène legte. Er konnte es nicht näher in Worte fassen, aber es beunruhigte ihn. Dazu passte eine sonderbare Beobachtung einige Tage später, mitten im Oktober: Nach Dienstschluss hatte er sich in dem Schreibwarenladen neben der Basilika Briefpapier gekauft und wollte gerade den Laden verlassen, als ein dunkelgrauer Lieferwagen mit einem Holzkohlevergaser vorbeigerattert kam. Paul traute seinen Augen nicht:

Saß nicht seine Marie-Hélène vorne rechts und wild gestikulierend neben dem Fahrer, einem jungen Mann in grauer Lederjacke? Nein, das passte überhaupt nicht zu ihr. Darauf musste er sie sofort ansprechen. Allerdings nicht am Telefon. Am darauffolgenden Sonntag hatten sich die beiden für 10:30 Uhr am Bahnhof verabredet. Der Schnellzug Brest – Paris machte um 10:44 Uhr fahrplanmäßig zwei Minuten Halt in Guingamp. Gleich nach dem Einsteigen wollte Paul endlich Klarheit, obwohl es ihm nicht leichtfiel, ihr diese peinliche Frage zu stellen.

»Sag mal Marie-Hélène«, setzte er zögerlich an, »kann es sein, dass du vorgestern Abend gegen 17:30 Uhr in einem Lieferwagen gesessen hast, der am Marktplatz vorbeifuhr?«

Er meinte ein ganz leichtes Zucken in ihrem Gesicht zu bemerken. Doch sie fing sich ganz schnell wieder.

»Ja klar, Paul! Ich bin mit François, dem Koch unserer Schulkantine, nach Grâces gefahren. Papa hat uns Gemüse, Kartoffeln und Eier verkauft. Wegen der Rationierungen wird es immer schwieriger, die Schulkantine mit genügend Nachschub zu versorgen.«

Paul entging nicht, dass sie nervös mit dem Daumen und dem Zeigefinger der rechten Hand an ihrer Goldkette und dem Mutter-Gottes-Anhänger aus Elfenbein spielte.

Sie sagt nicht die Wahrheit, glaubte Paul aus ihrem Verhalten schließen zu können. Was kroch stärker in ihm hoch? Misstrauen oder Eifersucht? Aber er wollte, nein, er musste ihr unbedingt glauben! Keine halbe Stunde später lief ihr Zug in das beschaulich sonntägliche St. Brieuc ein. Während der Fahrt hatten beide es vorgezogen zu schweigen, ihren Gedanken nachzuhängen und aus dem Fenster zu schauen. Als ob sie sich dazu verabredet hätten, wollten sie sich schließlich diesen schönen goldenen Oktobertag auf keinen Fall verderben lassen.

167

Beim Verlassen des Bahnhofs Richtung Innenstadt ergriff sie Pauls rechte Hand. Der erwiderte sofort ihren festen Händedruck und gab ihr einen zärtlichen Kuss auf die linke Wange. Kurze Zeit später promenierten sie Arm in Arm um die Kathedrale herum und wurden auf ein Plakat aufmerksam, das für 16:00 Uhr zu einem Orgelkonzert in der Hauptkirche Saint-Etienne einlud. Nach einer Portion Moules-Frites in einem kleinen Lokal am Hafen genossen sie die milde Oktobersonne und schlenderten am Wasser entlang. Einige verlassene Fischer- und Freizeitboote lagen dort vor Anker und dümpelten im ablaufenden Wasser vor sich hin. Obwohl das Restaurant Armor ihnen gerade etwas schmuddelig vorgekommen war, hatte das traditionelle Mittagsgericht überraschend gut geschmeckt. Ein Gläschen gut gekühlter Muscadet dazu durfte natürlich auch nicht fehlen. Außerdem mussten die beiden in der schwierigen Zeit froh sein, überhaupt irgendwo essen gehen zu können. Gegen 15:00 Uhr brachte sie ein altersschwacher Bus vom Port du Legué zurück in die Innenstadt von Saint Brieuc. Zeit genug, vor Beginn des Orgelkonzerts einen Kaffee gleich neben der Kathedrale zu trinken.

Seit ihrer Ankunft in St. Brieuc schien für beide wieder die Sonne. Im Inneren der Kathedrale hatte sich kurz vor 16:00 Uhr eine große Zuhörerschaft versammelt. Darunter einige deutsche Soldaten, manche ebenfalls in weiblicher Begleitung. Dem Programmzettel für das Orgelkonzert war zu entnehmen, dass der Spendenerlös den Kriegswaisen im Bistum Saint-Brieuc zugute kommen sollte. Das einstündige Konzert mit geistlicher Orgelmusik stellte mehrere französische Komponisten aus drei Jahrhunderten vor. Einige ihrer Namen glaubte Paul schon einmal gehört zu haben, wie etwa César Franck, Alexandre Boëly und natürlich den von Camille Saint-Saëns. Aber vielleicht bildete er sich das nur ein. Der Domorganist verstand es, vom ersten Ton an seine Zuhörer zu fesseln und sie ganz für seinen Vortrag einzunehmen. Dieses Ineinanderfließen von anfangs leisen, einschmeichelnden Tönen mit meditativen Stücken, die nach und nach

168

durch ein gewaltiges Brausen ersetzt wurden, nahm nicht nur ihn ganz schnell gefangen.

Der Einsatz von Flöten und Trompeten, den die Königin der Instrumente meisterhaft vorzutäuschen wusste, und eine mehrfach einsetzende Mehrstimmigkeit vereinigten sich zu einem grandiosen Fortissimo, das das Innere der Kathedrale nahezu in Vibration versetzte.

Im großen Kirchenschiff saßen alle ganz in sich versunken auf ihren Plätzen. Viele hatten die Augen geschlossen. Paul meinte nach einiger Zeit zu schweben.

Alles, was ihn sonst bedrückte, schien dieser besondere Vortrag beiseite schieben zu können: den Krieg, sein Heimweh und das sich immer wieder meldende schlechte Gewissen gegenüber seiner Geliebten und ihren unterdrückten Landsleuten. Die Orgel nahm ihn mit auf eine Reise, die aus dem Dunkel herausführte und so viel Hoffnung und Trost spendete.

Wahrscheinlich wünschte sich nicht nur Paul, dass das Konzert immer weitergehen möge. Aber nach exakt 60 Minuten und einer sich zu einem gewaltigen Dröhnen steigernden Improvisation zu der *Sortie de chœur* von einem gewissen Adolphe Miné aus dem späten 19. Jahrhundert war es plötzlich ganz still in dem riesigen Gotteshaus. Alle hielten ergriffen inne, voller Dankbarkeit für dieses soeben aufgeführte wunderbare und Kraft spendende Konzert. Dann, als sich der Organist auf der Empore dem Publikum zeigte, ertönte starker und lang anhaltender Beifall von allen Plätzen. Von dem Künstler, um die 50 Jahre alt, sah man von unten nur seinen wuscheligen grauen Haarschopf und eine Nickelbrille mitten in einem lächelnden Gesicht. Beim Verlassen der Kirche vergaßen Marie-Hélène und Paul nicht, einen Schein in das Spendenkörbchen am Ausgangsportal zu legen. Noch ganz unter dem Eindruck dieses unvergesslichen Konzerts steuerten sie schweigend den Bahnhof an. Nach einer ruhigen Rückfahrt in einem halb leeren Waggon lief ihr Zug gegen 18:30 Uhr im Bahnhof von Guingamp ein. Auf dem Bahnsteig erwartete die Reisenden eine Ausweiskontrolle durch eine Doppelstreife, bestehend aus zwei französischen Polizisten und zwei Feldgendarmen der Wehrmacht. Sailer spürte die große Angespanntheit bei den Reisenden, die nervös und voller Angst ihre Ausweise hervorholten. Der Postenführer, ein mürrisch dreinblickender Feldwebel, salutierte lässig und winkte Sailer und Marie-Hélène kommentarlos durch. Sein Kamerad, ein Obergefreiter, hatte Mühe, seinen böse knurrenden Schäferhund an der kurzen Leine unter Kontrolle zu halten.

»Zum Glück trägt der einen Maulkorb«, dachte sich Paul beim vorsichtigen Vorbeigehen.

Die beiden freuten sich, als sie recht ermattet nach diesem ereignisreichen Tag endlich gegen 19:00 Uhr wieder Pauls Quartier erreicht hatten. Leider hatte zuvor in der Stadt noch der leichte und ganz feine Sprühregen, *crachin breton* genannt, eingesetzt, der zum typischen Wetter in der Bretagne gehörte. In der Küche erwartete sie eine freudige Überraschung: Auf dem Tisch stand eine große Schüssel aus Steingut mit einem frischen Kürbissalat, der mit Tomaten, Nüssen und Pilzen angereichert war.

Madame Yvette, die natürlich um Pauls große Liebe zu der jungen Lehrerin wusste, hatte an dem runden Küchentisch für zwei Personen eingedeckt und frisches Brot, etwas Käse und eine halbe Salami dazugestellt.

Auch eine kleine Vase mit bunten Herbstblumen und ihr Zettel mit der Aufschrift:

Bon appétit
bien à vous
votre Madame Yvette

durften nicht fehlen. Paul stieg in den etwas muffigen Keller des Hauses hinab und kam mit einer Flasche Cidre zurück, einem Geschenk des Hauses Riou aus Grâces.

»Sie ist wirklich ein großer Schatz, Eure Madame Yvette!«, freute sich Marie-Hélène mit ihm. Sie hatte in der Zwischenzeit an dem runden Holztisch Platz genommen. Beim Essen schwärmten sie einmal mehr von dem einzigartigen Konzert in der Kathedrale St. Etienne.

»Hoffentlich ist anschließend etwas Geld für die armen Kriegswaisen zusammengekommen!«, warf sie nachdenklich ein.

»Ich hatte am Ausgang den Eindruck, dass die Leute großzügig gegeben haben«, erwiderte Paul.

Nach dem guten Essen machten sie es sich im Salon bequem. Plötzlich war es doch dunkel und kühl geworden. Paul zündete den Kamin an und reichte Marie-Hélène eine dicke Wolldecke, die sie sich in ihrem bequemen Ledersessel dankbar über die Knie legte. Das prasselnde Feuer entwickelte rasch eine behagliche Wärme. Schon bald redeten sie darüber, wie sie früher mit ihren Eltern die Sonntage verbracht hatten. Viele Parallelen ergaben sich dabei: der obligatorische Kirchgang am Morgen, das festliche Mittagessen, Verwandtenbesuche am Nachmittag. Auch das Spielen mit Freunden schien sowohl in Grâces als auch in Breslau sonntags streng verboten gewesen zu sein. Beide mussten darüber herzlich lachen und kamen auf die Idee, sich bei Gelegenheit gegenseitig Fotos von damals zu zeigen.

»Vielleicht bekomme ich Weihnachten Heimaturlaub, Marie-Hélène. Dann bringe ich das kleine Fotoalbum aus meiner Kindheit mit.« Sie strahlte ihn voller Vorfreude an. Paul ging in die Küche, um die noch halb volle Flasche Cidre und die beiden Gläser zu holen. Beim genüsslichen Trinken schaute Paul verliebt auf Marie-Hélène. Das flackernde Holzfeuer im offenen Kamin erleuchtete das Gesicht der neben ihm sitzenden Marie-Hélène nur schemenhaft. Sie schaute nachdenklich ins Feuer. Irgend etwas schien sie sehr zu bedrücken. Plötzlich wandte sie sich ihm zu und fragte ihn:

»Paul, wird der Krieg noch lange dauern?«

»Nein, bestimmt nicht. Bald schließen wir den Feldzug im Osten siegreich ab. Dann haben wir wieder Frieden.«

»Meinst du wirklich?«, entgegnete sie ihm sorgenvoll und mit leiser Stimme. Paul war sich plötzlich nicht mehr sicher, ob er das

171

eben Gesagte selbst glaubte, oder ob er nur das nachplapperte, was er seit Monaten täglich im Radio hörte.

»Komm, Paul. Es ist Zeit, ins Bett zu gehen. Morgen früh stehe ich gleich wieder vor meiner anstrengenden Terminale. Ihr Abitur rückt immer näher.«

Pauls Zimmer war ungeheizt. Ein Grund mehr für das Liebespaar, sich in dem breiten Bett besonders eng aneinanderzuschmiegen. Plötzlich umarmte sie ihn ganz fest und gab ihm einen innigen Kuss:

»Was für ein wunderbarer Tag, mon amour! – Merci!«

Sie setzte sich rittlings auf ihn, stützte sich mit ihren Händen auf seinem Brustkorb ab und beide genossen es, wie er ganz langsam und gefühlvoll in sie eindrang.

Die anschließenden Freuden der Liebe bescherten dem Paar eine lange Nacht voller Fantasie und Sinnlichkeit.

Gegen 06:00 Uhr weckte sie ihn bereits angezogen mit einem gehauchten Kuss auf. »Paul, ich muss los.«

Paul sprang sofort hoch und begleitete sie über die knarrende Holztreppe nach unten. Als sie bereits draußen auf der Straße stand, drehte sie sich noch einmal kurz um und warf ihm mit beiden Händen mehrere Küsse zu.

Dann verschwand sie in der Dunkelheit. Paul hatte ein ungutes Gefühl nach diesem Abschied, tröstete sich aber damit, dass er sie heute Abend gegen 20:00 Uhr anrufen würde. Unausgeschlafen, aber gut gelaunt, saß er gegen 7:30 Uhr in der Küche mit Madame Yvette am Frühstückstisch. Sie erzählte begeistert von der Hochzeit ihres Neffen in Paimpol. Zwar eine eher bescheidene Hochzeit wegen der widrigen Umstände, wie sie zugab, aber gottlob habe die schöne Feier wieder einmal die ganze Familie am gestrigen Sonntag zusammengeführt.

Paul hörte interessiert zu und berichtete danach voller Begeisterung von dem wunderbaren Konzert in St. Etienne in St. Brieuc. Plötzlich wurde heftig an die Haustür geklopft. Sailer eilte zum Ende des Hausflurs und schloss auf. Verblüfft erkannte er Zielinski vor sich, mit umgehängter Maschinenpistole. Im Hinter-

172

grund tuckerte die auf der Straße geparkte Zündapp im Standgas.

»Entschuldigung, Herr Leutnant. Aber für die ganze Garnison Guingamp wurde gerade Alarm ausgelöst. Ich muss Sie sofort zur Kaserne bringen!«

»Was für ein Alarm, Zielinski?«

»Ich weiß nichts Näheres. In 15 Minuten soll das Bataillon auf dem Appellplatz antreten.«

Sailer eilte in die Küche zurück, um Madame Yvette kurz Bescheid zu sagen.

»Passen Sie gut auf sich auf, Monsieur!«, gab sie ihm noch mütterlich besorgt mit auf den Weg, als er aus der Küche stürmte. In Windeseile zog er sich im Flur seinen Uniformrock an, schnallte sein Koppel mit der Pistole um und setzte seinen Stahlhelm auf. Pünktlich um 08:00 Uhr waren alle Soldaten der Garnison kompanieweise auf dem großen Platz vor dem Stabsgebäude angetreten.

Oberst Senger, der Bataillonskommandeur, baute sich auf einem Holzpodest vor ihnen auf und legte sogleich mit seiner lauten Stimme los:

»Soldaten, ein heimtückischer Mord ist letzte Nacht verübt worden. Feige Terroristen haben gegen 23:00 Uhr Oberstleutnant Karl Hotz, einen vorbildlichen Offizier und Kameraden, hinterhältig in Nantes ermordet. In der ganzen Bretagne herrscht ab sofort höchste Alarmstufe. Wir werden seine Mörder gnadenlos jagen und finden. Unser Führer, Adolf Hitler, hat persönlich angeordnet, dass 150 französische Geiseln zur Vergeltung und als Abschreckung zu erschießen sind. Ich erwarte von jedem Einzelnen von Ihnen höchste Wachsamkeit! Ihre Kompaniechefs erteilen Ihnen anschließend weitere Befehle.

»Achtung! – Bataillon stillgestanden!«

Nach einem kurzen Blick Sengers nach links und rechts entließ er seine Soldaten mit dem Befehl:

»Bataillon, kompanieweise wegtreten!«

Wie die meisten seiner Kameraden auch, konnte Sailer nicht glauben, was er gerade gehört hatte. Welch ein unerhörter Tabubruch: ein feiger Mord an einem deutschen Offizier, auf offener Straße! Und das hier, in der bisher eher beschaulichen Bretagne! Aber es blieb ihm keine Zeit, über das Ungeheuerliche nachzudenken. Schon stand er mit der ganzen Kompanie vor deren Chef, Hauptmann du Voisin. Der überließ sofort den drei übrigen Offizieren und dem Kompaniefeldwebel die weitere Einweisung ihrer Soldaten. Beim Weggehen forderte du Voisin Sailer barsch auf, ihm ins Stabsgebäude zu folgen. Noch im Flur blieb er abrupt stehen und fixierte den verunsicherten Leutnant mit einem spöttischen Blick.

»Na, Sailer, Sie Paradiesvogel. Von Ihnen sehe und höre ich wenig. Gleich dürfen Sie beweisen, ob Sie noch mehr können als nur mit den Franzmännern nett zu parlieren.«

»Herr Hauptmann, ich …«

Aber sein Vorgesetzter schnitt ihm sogleich das Wort ab und ergänzte noch mit seiner schnarrenden Stimme:

»Folgende Lage: Unsere Kompanie hat den Auftrag, die Landstraßen von und nach Guingamp zu kontrollieren. Im 24-Stundendienst werden Sie, im Wechsel mit Leutnant Kampe, die Posten vor Ort überwachen. Zielinski wird Sie fahren. Außerdem unterstelle ich Ihnen noch eine Kradstreife der Feldgendarmen. Von Kampe und seinen drei Männern können Sie noch was lernen, Sailer! Dienstbeginn sofort. Ablösung morgen früh um 08:00 Uhr. Noch Fragen? – Nein? – Wegtreten!«

Der gedemütigte Sailer ballte seine Faust in der rechten Tasche und kehrte wütend auf den Kasernenhof zurück.

Draußen wurden hektisch Befehle gebrüllt und die ersten Fahrzeuge jagten mit aufheulendem Motor vom riesigen Kasernengelände. In der Zwischenzeit hatte leichter Nieselregen eingesetzt, und Nebel stieg auf. Zum Glück sah Sailer gleich rechts neben dem Ausgang Zielinski mit der Zündapp stehen. Erleichtert ging er auf den Gefreiten zu, der ihm bereits seinen langen

Kradmantel aus dem Boot geholt hatte und ihn ihm kameradschaftlich hinhielt.

»Herr Leutnant, ich habe vom Hauptfeldwebel eine Karte bekommen. Darauf sind alle Posten eingezeichnet.

»Wollen Sie ... «

»Nee, Zielinski, fahren Sie bloß los! Sonst muss ich noch kotzen!«

Als der Leutnant im Beiwagen saß, gab Zielinski Vollgas, um den Kasernenhof rasch hinter sich zu lassen. Sailer interpretierte den Befehl seines Kommandeurs trotzig auf seine Art: Die drei ihm zugeteilten Feldgendarmen wies er an, ohne ihn in Guingamp und der näheren Umgebung auf Dauerstreifendienst zu gehen.

»In deren Visagen möchte ich nicht den ganzen Tag gucken müssen!«, sagte er immer noch voller Wut im Bauch zu Zielinski. Der quittierte diese Äußerung seines Vorgesetzten mit einem breiten Grinsen. Mit ihrem Zündapp-Gespann fuhren die beiden die vielen Kontrollpunkte ab, die an den Straßenkreuzungen rings um Guingamp herum eingerichtet worden waren. Ohne die eine oder andere Pille des Aufputschmittels Pervitin wäre es für beide nahezu unmöglich gewesen, den 24-stündigen Dienst am Montag, Mittwoch und Freitag in dieser Woche durchzuhalten. Zum Glück waren alle Soldaten damit vor Kurzem von den Sanitätern erneut großzügig versorgt worden. Das Ergebnis der ganzen Suchaktion war am Ende ernüchternd: keine Spur von den vier Attentätern in der ganzen Bretagne! Ohne weitere Begründung wurde die Aktion am Freitagabend abgebrochen. Es hieß, die Gestapo suche dafür jetzt fieberhaft in Paris nach ihnen. Auch seien die ersten 100 Geiseln bereits exekutiert worden. Als Sailer am Freitagabend völlig erschöpft sein Haus erreichte und in den Briefkasten schaute, machte er eine verstörende Entdeckung: drei schwarze Särge aus Holz lagen darin, in der Größe von Zigarettenschachteln. Alle drei trugen jeweils einen der folgenden Namen als Aufschrift in weißer Farbe: Pretzschler, Kampe und Sailer.

Er schnaubte verächtlich und ließ diese Morddrohung, wahrscheinlich aus Widerstandskreisen, in der Mülltonne neben der Gartenpforte verschwinden. Mit letzter Kraft schleppte er sich nach oben in sein Zimmer und warf sich halb angezogen auf sein Bett. Nur seine Stiefel und den Uniformrock hatte er ausgezogen. Er wollte nur noch schlafen. Das längst fällige Telefonat mit Marie-Hélène würde er morgen, am Sonnabend, nachholen und sich mit ihr wieder für Sonntag verabreden. Am Sonnabendmorgen und nach mindestens zehn Stunden Schlaf, weckte ihn plötzlich das nicht enden wollende Klingeln des Telefons im Erdgeschoss. Noch völlig schlaftrunken stand er auf und wankte nach unten.

»Leutnant Sailer«

»Endlich, Herr Leutnant! – Feldwebel Riedel hier. Befehl von Oberst Senger: Sie sollen sofort zur Kommandantur kommen!«

Noch bevor Sailer etwas nachfragen konnte, hatte der Feldwebel bereits aufgelegt. Sailer beeilte sich nicht übermäßig bei seiner Morgentoilette.

Was wollte der Bataillons-Kommandeur schon wieder von ihm? Gegen 11:15 Uhr stand er vor seinem Oberst und wollte sich gerade vorschriftsmäßig melden, als der ihn sofort mit wüsten und lauten Beschimpfungen überzog:

»Sailer, was fällt Ihnen ein, sich wie ein Idiot zu benehmen! Heute Nacht haben wir in Plouha eine Widerstandszelle in flagranti ausgehoben. Mittendrin die Riou, Ihr Franzosenliebchen. Die hat sich bei ihrer Festnahme kräftig gewehrt und musste von Leutnant Kampe erst einmal zur Räson gebracht werden. – Sind Sie verrückt geworden, Sailer, uns alle in Gefahr zu bringen. Sie liebestoller Narr, Sie!«

»Aber Herr Oberst, ich weiß nicht…«, versuchte Sailer stammelnd einzuwenden.

»Halten Sie Ihren Mund, Sailer! Seien Sie froh, dass ich Sie nicht wegen Verrats vor ein Kriegsgericht stelle! Aber ich will nicht öffentlich die Ehre meines Bataillons durch Ihr naives Fehlverhalten beschmutzen lassen.«

Der verzweifelte Leutnant stand mit hochrotem Kopf wie ein kleiner Rekrut vor seinem Kommandeur, längst nicht mehr in der Lage, sich zu wehren. Der Oberst schmiss voller Verachtung ein Schreiben auf den Tisch.

»Das ist Ihre sofortige Versetzung nach Smolensk!«

Sarkastisch fügte er hinzu: »In Russland werden noch Helden gebraucht!«

Sailer hörte gar nicht mehr richtig zu.

»Ihr Zug an die Ostfront geht in zwei Stunden. Ich will nie wieder etwas von Ihnen hören. Wegtreten!«

Er wusste gar nicht, wie er zurück in sein Zimmer gekommen war. Offensichtlich hatte er es irgendwie geschafft. Hastig verstaute er seine Sachen in dem grauen Wehrmachtsrucksack und in einem kleinen Pappkoffer. Als er schließlich sein vertrautes Zimmer verließ, das ihm 15 Monate lang ein ruhiges und sicheres Refugium gewesen war, und in dem er wunderbare Stunden und Nächte mit Marie-Hélène verbracht hatte, drehte er sich nicht noch einmal um. Sein Herz hörte nicht auf zu rasen. Voller Verzweiflung versuchte er, seine Gefühle unter Kontrolle zu bringen. Sein Kopf dröhnte schmerzhaft. Gab es noch eine Möglichkeit, seiner geliebten Marie-Hélène zu helfen?

Unten am Küchentisch bemühte er sich, wenigstens eine Nachricht für sie zu Papier zu bringen. Aber es gelang ihm nicht. Alles, was er ihr schreiben wollte, war einfach sinnlos. Seine Versuche, ihr unter diesen Umständen etwas Tröstliches zu übermitteln, landeten schnell zerknüllt unter dem Küchentisch. Er würde später andere Wege und Mittel finden, so tröstete er sich, mit ihr oder ihren Eltern wieder in Kontakt zu treten. Sailer kritzelte schließlich ein paar Zeilen an Madame Yvette und legte ihr den Hausschlüssel und das Geld hin, das ihr noch zustand. Ein Blick auf die Uhr versetzte ihn in Panik: In nur wenigen Minuten fuhr sein Zug vom Bahnhof ab. In wilder Hast stürmte er mit seinem Gepäck aus dem Haus und rannte die Rue du Docteur Corson hinunter, als ihm auf halber Höhe Zielinski mit der

Zündapp entgegenkam. Mit pfeifenden Reifen wendete der Gefreite das Gespann fast auf der Stelle.

»Springen Sie rein, Herr Leutnant. Wir kriegen den Zug noch!«

Sekunden später hatte Sailer im Boot seinen gewohnten Platz eingenommen und Zielinski raste mit ihm durch die Innenstadt von Guingamp Richtung Bahnhof. Dort auf dem Bahnsteig herrschte bereits ein großes Gewimmel an dem kurz vor der Weiterfahrt stehenden Schnellzug Brest-Paris. Als der Leutnant seinem Fahrer zum Abschied wortlos die Hand gab, umarmte der ihn spontan. Beide schämten sich ihrer Tränen nicht.

»Passen Sie gut auf sich auf, Herr Leutnant!«

Sailer nickte nur und klopfte seinem Fahrer stumm auf die Schulter. Dann verschwand er mit seinem Gepäck in dem übervollen Waggon gleich hinter dem Tender. Sekunden später setzte sich die fauchende Dampflock mit dem langen Zug schwerfällig in Bewegung. Sailer vermochte nicht, bei der Abfahrt noch einmal aus dem Abteilfenster zu schauen und einen letzten Blick auf Guingamp zu werfen. Das gemeinsame Glück lag in Scherben.

In ihm schrie es nur:

»Marie-Hélène, Marie-Hélène, Marie-Hélène!«

Paul Sailers mehrtägige Fahrt gen Osten, einer unsicheren Zukunft entgegen, hatte begonnen!

22

7. SEPTEMBER 1977 – EIN FENSTER GEHT AUF

Pünktlich um 11:55 Uhr endete Kristines gemeinsame Deutschstunde mit Madame le Prohon in der Seconde, einer quirligen 10. Klasse. Anschließend konnte sie in der Lehrerkantine essen gehen. Aline le Prohon, eine kompetente und geduldige Deutschlehrerin mittleren Alters, und die junge Sprachassistentin aus Göttingen arbeiteten schon seit langem eng zusammen.

Die beiden Frauen trafen sich regelmäßig privat, um den gemeinsamen Unterricht vorzubereiten und ihre Sprachkenntnisse zu vertiefen. Auch diese gelungene Deutschstunde von heute Morgen in der Seconde hatte Kristine einmal mehr in dem Wunsch bestärkt, möglichst bald selbst als Lehrerin vor einer eigenen Klasse stehen zu dürfen. Gegen 13:00 Uhr Uhr saß sie mit mehreren Internatsaufsehern im Chez Madame Hélary, dem kleinen Bistro gegenüber der Post und nur wenige Schritte vom Pavie entfernt. Mit den Pions, wie sie von den Schülern auch genannt wurden, hatte sie sich letztes Jahr nach ihrem Dienstantritt in Guingamp schnell angefreundet. In der Regel studierten die jungen Leute in Rennes oder Brest und arbeiteten nebenbei als Aufsichtskräfte am Pavie, um ihr Studium zu finanzieren. Ihre Arbeit bestand hauptsächlich darin, auf dem Schulgelände die etwa 300 Internatsschüler außerhalb des Unterrichts rund um die Uhr zu beaufsichtigen. Auch bei Lehrerabsenzen sprangen sie ein und sorgten bei allen Mahlzeiten in der Schülerkantine für Ruhe und Ordnung.

»Wenn ich nächstes Jahr wieder zum Studium nach Göttingen zurückgehe, muss ich auf diese lieb gewonnene

Angewohnheit verzichten!«, sagte sich Kristine etwas wehmütig, als ihr Madame Hélary unaufgefordert den üblichen Café-Calva, ihren Digestif, freundlich auf den Tisch stellte. Der Calvados, den die Wirtin hier ausschenkte, stammte von einem Bauern aus der Gegend, der die hoch geschätzte Brenntradition fortsetzte. Kristine fühlte sich in der Runde mit den jungen Leuten ihres Alters sehr wohl. Sie genoss es, fast jedes Wochenende mit ihnen auf ein *Fest Noz* zu gehen. Diese bretonischen Tanzfeste fanden in der Regel in den kleinen Dörfern der Umgebung statt.

Die junge Deutsche liebte es, sich nach den Klängen des Dudelsacks und einer Bombarde, zusammen mit dem meist me-

179

lancholischen Wechselgesang von zwei oder drei Chanteurs in den weiten Kreis der Tanzenden mit einzureihen. Die notwendigen Tanzschritte, die seit Jahrhunderten galten, hatte sie sich ganz schnell angeeignet. Häufig gab es am Wochenende auch Treffen bei Raymond zu Hause. Dort verbrachte die ganze Clique der Pions ganze Nächte zusammen beim gemeinsamen Kochen und Essen. Anschließend wurde viel getrunken und stundenlang heftig diskutiert, was nicht selten in einem hitzigen Streit über Politik endete.

Aber aller Streit war vergessen, wenn Raymond François Mitterrand täuschend echt imitierte, ihren sozialistischen Hoffnungskandidaten auf das Amt des zukünftigen französischen Staatspräsidenten. Zwischen Raymond, Jurastudent im dritten Jahr, und Kristine hatte sich in den letzten Wochen ganz langsam etwas mehr als Freundschaft entwickelt. Aber das mussten die anderen zum jetzigen Zeitpunkt noch nicht wissen. Der silberne Ring mit keltischen Symbolen, den er ihr neulich heimlich geschenkt hatte, blieb für die anderen aus ihrer Bande de Jeunes noch unverfänglich.

Um Punkt 15:00 Uhr betrat Kristine das Büro von Hauptmann Toudic. Kuhlmann und sein Chef begrüßten die junge Deutsche herzlich wie eine alte Bekannte.

Sie legte gleich die sieben ausgeliehenen Fotos aus der MINOLTA auf den Tisch und berichtete darüber, was sie gestern im Archiv von André Kerrain in Guingamp erfahren hatte. Die beiden Gendarmen nahmen ihre Erklärungen sehr aufmerksam zur Kenntnis und nickten anerkennend, als sie zwei Fotos von 1977 mit denen von 1941 in Verbindung brachte.

»Ich vermute, dass diese Fotos und der, der sie vor einigen Tagen aufgenommen hat, irgendetwas mit der Besatzungszeit zu tun haben!«, fasste sie abschließend ihren Bericht zusammen.

Toudic widersprach ihr nicht, aber Kristine sah ihm an, dass er weiterhin skeptisch blieb. Ihre Begeisterung über das Herausgefundene teilte er offensichtlich nicht, musste sie sich ernüchtert eingestehen. Sie war so stolz gewesen!

Aber Toudic hatte recht: Sie waren der Identität des Toten von der Ile de Bréhat nicht wesentlich näher gekommen. Plötzlich klingelte das Telefon.

Der Hauptmann nahm ab. Nach kurzem Zuhören rang er nach Worten: »Euh, … Yes, yes … One moment please!«, antwortete er stockend mit einem starken französischen Akzent. Wie erleichtert war er, als er den Hörer umgehend an Kristine weitergeben konnte.

»Hanovre!« In den nächsten Minuten erfuhr sie von Hauptkommissar Reichelt eine völlig unerwartete Neuigkeit:

Wegen der Urlaubszeit seien ein paar Akten vom Straßenverkehrsamt Hannover nicht umgehend weitergeleitet worden. Deswegen müsse die Halterabfrage zu dem roten Audi nachträglich korrigiert werden.

»Der Wagen mit dem Kennzeichen H – DF 756 ist nicht mehr auf Hildegard Renner zugelassen, sondern auf einen Herrn … einen Moment bitte …«

Kristine hörte, wie Papier raschelte.

»Jetzt habe ich es: auf einen Herrn Dr. phil. Paul Sailer, geboren am 17.05.1916 in Breslau. Der hat das alte Kennzeichen der Einfachheit halber übernommen.«

»Mensch, das ist ja höchst interessant, Herr Reichelt!«

Aber trotz aller Euphorie ob des gerade Gehörten verfiel sie nicht in denselben Fehler von neulich. Zuerst musste sie diese wichtige Information an Toudic und Kuhlmann weitergeben! Die beiden horchten sofort auf, als Kristine ihnen den neuen Sachverhalt mitgeteilt hatte.

Kuhlmann fasste sich als Erster.

»Bitte fragen Sie den Kollegen in Hannover, ob er Näheres zu diesem Docteur Paul Sei … sagen kann!«

Der sei ledig, erfuhren sie auf ihre Nachfrage, wohne seit vielen Jahren in Hannover und lehre als Dozent am Institut für romanische Sprachen an der Universität Hannover. Kristine bedankte sich herzlich bei Hauptkommissar Reichelt und fragte vorsorglich, ob man ihn nach kurzer Beratungszeit eventuell noch einmal zurückrufen dürfe.

»Ja, sehr gerne. Ich bin für Sie bis 17:00 Uhr hier in meinem Büro zu erreichen. Ach übrigens, Frau Martensen, was ich noch sagen wollte: Ich bewundere Sie, wie Sie so perfekt zwischen den beiden Sprachen hin- und herspringen können!«

»Danke, Herr Reichelt!«, erwiderte sie leicht verlegen und legte schnell auf.

Mit einigen Worten hielt sie die gerade erfahrenen persönlichen Daten zu Dr. Paul Sailer auf einem Blatt Papier fest und brachte die beiden Beamten weiter auf den neuesten Stand.

»Quelle bonne nouvelle!«, rief Kuhlmann hoch erfreut aus. Kristine sah auch Toudic die große Erleichterung darüber an, dass in diesem mysteriösen Fall das tagelange zähe Herumstochern im Nebel endlich vorbei zu sein schien. In der nächsten halben Stunde beratschlagten die beiden Gendarmen darüber, welche Schlüsse aus den neuen Fakten zu ziehen seien und was man noch in Hannover erfragen müsse. Kristine hielt sich völlig zurück, beschränkte sich darauf, ein paar Notizen beim Zuhören zu machen. Ein Rückruf in Hannover wurde immer wahrscheinlicher.

»Ein Mann Anfang 60«, resümierte Toudic, »und auf Grund seines Berufes wahrscheinlich mit Verbindungen nach Frankreich – das hört sich vielversprechend für die Lösung unseres Falles an!«

»In der Tat, mon Capitaine«, sagte Kuhlmann und ergänzte: »und wenn uns Hannover ein Foto von diesem Doktor schicken kann, klärt sich hoffentlich bald die Identität des Opfers und das bringt uns bei der Suche nach dem möglichen Täter ein großes Stück voran.«

Plötzlich klopfte es kurz an der Tür. Alle drei reagierten sehr erfreut, als eine Sekretärin eintrat, um frischen Kaffee und eine Schale mit bretonischen Keksen zu bringen. Eine kleine Stärkung tat allen dreien jetzt gut!

»Ich möchte noch einmal auf die sieben Fotos aus der Minolta zu sprechen kommen«, nahm Toudic den Faden wieder auf, »Kristine, Sie haben es gerade schon angesprochen. Ihr Fund gestern im Archiv lässt die sieben mit der MINOLTA geknipsten Bilder in einem neuen Licht erscheinen. Also dieser Deutsche war bei Kriegsbeginn etwa Mitte 20 und bestimmt Soldat, wahrscheinlich einer unter den vielen tausend Wehrmachtsangehörigen, die allein hier in der Bretagne stationiert waren.«

Kristine blickte den Hauptmann erwartungsvoll an, sehr erleichtert darüber, dass sie wieder mit im Spiel war.

»Nur stellt sich für mich die Frage«, fuhr Toudic fort, »wie wir aufklären, was er zwischen 1939 – 1945 gemacht hat. Monsieur Seilähr hat keine nahen Angehörigen, die uns darüber Auskunft geben könnten?«

Kristine räusperte sich kurz.

»Aber es gibt in Berlin eine staatliche Auskunftsstelle, die die Akten aller damaligen Angehörigen der Wehrmacht verwaltet. An die können wir uns wenden.«

Toudic und Kuhlmann wunderten sich einmal mehr über diese junge Frau.

»Woher wissen Sie das denn, Kristine?«, wollte der erstaunte Hauptmann wissen.

»Vor zwei Jahren ist mein Vater verstorben. Für ihren Antrag auf Witwenrente musste meine Mutter einen fehlenden Nachweis über Papas Dienstzeit in der Wehrmacht beibringen. Dabei war ihr diese zentrale Auskunftsstelle in Berlin sehr behilflich.«

Toudic und Kuhlmann dachten das Gleiche: Vor ein paar Tagen hatten sie die junge Frau lediglich als Dolmetscherin um Hilfe gebeten. Aber sie wuchs in diesem Fall, dessen Auflösung immer mehr Richtung Deutschland wies, aus ihrer ursprünglich zugedachten Rolle heraus.

Dank dieser pfiffigen deutschen Sprachassistentin kamen ihre bisher schleppenden Ermittlungen plötzlich gut voran. In dem anschließenden Telefonat mit Hauptkommissar Reichelt in Hannover trug sie im Namen der beiden Gendarmen folgende Bitten vor: ein Passfoto von Dr. Paul Sailer nach Paimpol zu schicken und in Berlin Erkundigungen über Sailers Militärdienst

183

zwischen 1940 und 1944 einzuholen. Reichelt versprach, sich umgehend darum zu kümmern und die erbetenen Informationen per Fototransmitter nach Paimpol zu senden. Zum Glück verfügte der Gendarmerieposten Paimpol ebenfalls über ein passendes Empfangsgerät für diese modernste Art der schnellen Bild- und Textkommunikation.

»Nach den heutigen neuen Informationen aus Hannover können wir uns den in Guingamp hinter der Basilika geparkten roten Audi endlich näher anschauen.«

Toudic machte eine kurze Pause und richtete sich an seinen Kollegen. »Kuhlmann, könnten Sie Kontakt mit der Audi-Volkswagen-Werkstatt in Guingamp aufnehmen und darum bitten, den Wagen morgen in unserem Beisein zu öffnen? Vielleicht finden wir darin etwas, was uns zum Täter führt?« Der Stabsfeldwebel nickte und fing gleich an, im dicken Telefonbuch für das Departement 22 die Nummer des Autohändlers herauszusuchen. Kristine befürchtete fast, ihre Mission sei hier zu Ende, aber Toudic trat mit einer erneuten Bitte an sie heran.

»Ich schlage vor, dass wir drei uns morgen um 15:00 Uhr auf dem Parkplatz hinter Notre-Dame treffen. Bei der Sichtung des Gepäcks von Monsieur Seilähr brauchen wir bestimmt wieder Ihre Hilfe, Kristine. Hätten Sie Zeit?«

»Meine AG endet um 13:00 Uhr und ich werde pünktlich vor Ort sein«, stimmte sie sofort erleichtert zu. Die Lösung des Falls trat in ihre entscheidende Phase ein. Toudic und Kuhlmann waren nach wie vor auf sie angewiesen, die junge Dolmetscherin mit ganz besonderen Fähigkeiten. Der morgige Ortstermin auf dem Parkplatz hinter der Basilika verhieß spannend zu werden. Dessen war sich Kristine ganz sicher.

23

8. SEPTEMBER 1977 – STUMME ZEUGEN

Den beiden Kollegen aus Guingamp, die Toudic vorsorglich zur Unterstützung angefordert hatte, gelang es nur mit großer Mühe, die zahlreichen Schaulustigen auf Abstand zu halten. Vier uniformierte Gendarmen, ein Abschleppwagen der örtlichen Audi-VW-Werkstatt und mitten zwischen den Beamten eine hübsche und lässig gekleidete junge Frau. Das hatte sofort viele neugierige Passanten zum Stehenbleiben animiert.

Vor deren Augen versuchte ein Automechaniker der *Garage Audi-Volkswagen de Guingamp,* die linke Vordertür eines roten Audi 80 mit deutschem Kennzeichen, der auf dem Parkplatz hinter Notre-Dame de Bon-Secours abgestellt worden war, vorsichtig zu öffnen. Toudic, Kuhlmann und Kristine Martensen standen an der Vorderseite des Wagens und beobachteten aufmerksam die Bemühungen des jungen Mechanikers in seiner makellosen blauen Montur. Nach nur wenigen Minuten hatte er sein Ziel erreicht. Gespannt entriegelten Toudic und Kuhlmann die übrigen drei Türen. Im Inneren des Audis fanden sie ein paar Straßenkarten, etwas vergammeltes Obst und eine halb geleerte, große Flasche Mineralwasser. – Keine Papiere, kein Geld.

Als sie danach den Gepäckraum inspizierten, stießen sie aber auf einen braunen Lederkoffer und eine Reisetasche aus dunklem Kunststoff. Toudic wandte sich dem Mechaniker zu, der gerade dabei war, sein Werkzeug einzupacken.

»Monsieur. Gute Arbeit. Merci beaucoup! Bitte schleppen Sie den Wagen jetzt ab und bringen ihn zum Gendarmerieposten in Paimpol. Wir haben das bereits mit Ihrem Chef besprochen! Dort werden ihn unsere Kriminaltechniker gründlich unter die Lupe nehmen.«

185

Der Angesprochene brummte »D'accord!« und fing missmutig an, das Abschleppen vorzubereiten. Sein erhoffter pünktlicher Feierabend war dahin.

In der Zwischenzeit hatte Kuhlmann die beiden Gepäckstücke vorsichtig aus dem Audi genommen und verstaute sie in dem dunkel-blauen Renault R 12 seines Chefs. Gerne nahm Kristine danach Toudics Angebot an, mit ihm und Kuhlmann im Dienstwagen nach Paimpol zu fahren.

»In meinem Büro schauen wir uns den Inhalt des Koffers und der Reisetasche näher an, Kristine. Hoffentlich stoßen wir auf etwas, was uns weiterbringt. Eventuell Schriftstücke auf Deutsch«, erklärte der Hauptmann, als sie gerade Guingamp auf der D 9 Richtung Paimpol verließen.

»Natürlich fahre ich Sie danach wieder nach Guingamp zurück!«, versprach er ihr und schaute dabei kurz nach oben in den Rückspiegel. Kristine, die auf der hinteren Sitzbank Platz genommen hatte, machte auf ihn einen sehr entspannten Eindruck.

»Alles klar, Monsieur Toudic!«

Toudic nickte zufrieden.

Kurz nach 16:00 Uhr saßen die drei in Toudics Büro. Er zog sich Plastikhandschuhe an und öffnete behutsam den auf dem Besprechungstisch liegenden braunen Koffer:

darin nichts Auffälliges. Bekleidung, Wechselwäsche, Schuhe und Waschzeug.

»Das reicht für etwa zwei Wochen«, taxierte Kristine halblaut vor sich hin.

»Vielleicht haben wir bei der Reisetasche mehr Glück«, bemerkte der Hauptmann. »Kuhlmann, könnten Sie bitte die Tasche öffnen. Ich räume wieder alles in den Koffer zurück.«

Der Stabsfeldwebel stellte das kleinere Gepäckstück auf den Tisch und zog nach und nach dessen Inhalt heraus. Die anderen beiden verfolgten voller Spannung, was er auf den Tisch legte: ein dickes deutsch-französisches Wörterbuch, drei Reiseführer über die Bretagne, fünf Farbfilme der Marke Kodak in Originalverpackung, einen Schuhlöffel, eine kleine Taschenlampe und ein

Etui mit Schreibutensilien. Schon wollten die drei alle Hoffnung aufgeben, hier doch noch auf etwas wirklich Interessantes für den Fall zu stoßen, als Kuhlmann von ganz unten die letzten beiden Stücke zu Tage förderte: ein dunkelgrünes Fotoalbum und ein dickes DIN-A4-Schulheft, mit einem schwarzen kartonierten Einband. Auf dem Deckel stand in lateinischer Schrift:

„Meine Dienstzeit in Guingamp –
10. Juli 1940 bis 25. Oktober 1941"

Toudic blätterte ganz behutsam Seite für Seite des alten Albums durch. Er hatte es vorher auf dem Tisch so hingeschoben, dass die beiden anderen ebenfalls Einblick nehmen konnten. Der Einband war stark abgewetzt. Sailer schien es häufig zur Hand genommen zu haben, dachte sich Kristine. Das erste Drittel des Albums bestand fast ausschließlich aus Soldatenfotos aus dem Kriegsalltag der deutschen Besatzer: stolze Wehrmachtsangehörige beim Marschieren, der Waffenausbildung oder der Pflege von Fahrzeugen. Danach folgten einige Aufnahmen mit touristischen Sehenswürdigkeiten aus Guingamp und der näheren Umgebung. Darunter auch einige Fotos von der Kanalküste. Alle Fotos waren sorgfältig eingeklebt. An ihrem unteren Rand hatte Sailer mit einem Schieferstift auf dem dunklen Karton gut leserlich jeweils ein paar knappe Angaben zu seinen Motiven festgehalten. Weiter hinten konnten sich die beiden Gendarmen und die junge Deutsche endlich ein Bild von Paul Sailer machen. Auf zwei Seiten klebten mehrere Fotos von dem jungen Mann in seiner stets perfekt sitzenden Uniform. Einmal saß er beim Arbeiten am Schreibtisch, dann stand er neben zwei anderen Soldaten vor einem großen Kasernengebäude. Auf einem weiteren Foto erkannte man ihn im Beiwagen eines Motorrades sitzend und wie er mit Sonnenbrille in die Kamera lächelte. Das Foto zeigte auch den Fahrer der schweren Maschine, einen etwas älteren Kameraden. Kristine übersetzte sofort die Bildunterschrift:

187

„August 1940, kurz nach der Ankunft in Guingamp: Mein treuer Zielinski und ich auf unserer Zündapp KS 750"

Die letzten Seiten überraschten die beiden Gendarmen und die junge Deutsche beim Betrachten. Eine junge Französin schien in das Leben Sailers getreten zu sein. Etwa ein Dutzend Schwarz-Weiß-Fotos, ebenfalls gestochen scharf und von hoher Bildqualität, schienen Sailers persönliches Glück zu bezeugen. Immer im Mittelpunkt eine aparte, sehr natürlich wirkende und selbstbewusste junge Frau, Anfang zwanzig. Bei einigen Aufnahmen machte sie allerdings den Eindruck, nicht fotografiert werden zu wollen, fiel Kristine beim Betrachten der Bilder auf. Ganz hinten im Album klebte ein besonderes Foto. Toudic, Kuhlmann und Kristine schauten es sich ganz mitfühlend, fast ergriffen, an. Sailer und die junge Frau als verliebtes Paar und Händchen haltend in einem großen Garten.

Darunter hatte er vermerkt:

„Marie-Hélène und ich – Rue du Docteur Corson, August 1941"

Das sprach für sich. Kristine hielt es für überflüssig, die Bildunterschrift zu übersetzen. Nach einem kurzen Klopfen an der Tür betrat ein im Dienst ergrauter Feldwebel aus der Hauptwache im Erdgeschoss Toudics Büro.

»Für Sie, mon Capitaine!« und legte zwei hellgraue Papierseiten auf den Tisch. Der Hauptmann bedankte sich bei seinem Kollegen und schaute sich näher an, was der ihm gerade gebracht hatte.

»Kuhlmann, Kristine! Wichtige Post aus Hanovre!«

Kuhlmann klappte vorsichtig das Album zu, damit Toudic auf dem Tisch mehr Platz hatte. Vor ihnen lagen die beiden gestern in Hannover erbetenen Unterlagen: ein aktuelles Passfoto von Paul Sailer und die Übersicht über seinen Wehrdienst im Zeitraum 1940 – 1944. Nicht nur Toudic freute sich darüber, dass Reichelt dank Fototransmitter schnell geliefert hatte. Der Hauptmann griff zur Sicherheit noch zur Bréhat-Akte und entnahm daraus ein passendes Obduktionsfoto. Der Vergleich der beiden Fotos brachte den endgültigen Beweis: Der Tote war ohne Zweifel Paul Sailer! Von Toudic fiel eine schwere Last ab. Wenigstens war nun die Identität des Toten von der Ile de Bréhat endlich geklärt. War es ein tragischer Unfall oder doch Mord gewesen? Das würden sie bestimmt auch noch herausfinden. Das zweite vor ihnen auf dem Tisch liegende Blatt lieferte den Nachweis über Sailers Wehrdienst im Zweiten Weltkrieg und im besetzten Frankreich. Beim Überfliegen verstand der Hauptmann das Meiste. Nur die Angaben zu 1944 – 1955 musste er sich, im Gegensatz zu Kuhlmann, seinem Kollegen mit elsässischen Wurzeln, von Kristine übersetzen lassen.

betr. Paul Sailer. Letzter Dienstgrad: Leutnant
- *10.07.1940 – 25.10.1941*
  Dolmetscher beim 6. Aufklärungsbataillon in Guingamp
- *25.10.1941 Versetzung zum Infanterie-Regiment 4, Heeresgruppe Mitte, nach Smolensk*
- *10.05.1944 Gefangennahme durch die Rote Armee bei Sewastopol*
- *1944 – 1955 in russischer Kriegsgefangenschaft in den Lagern Retschiza, Workuta und Perwo-Uralsk*
- *08.10.1955 Heimkehr nach Deutschland, Aufnahme im Durchgangslager Friedland*

Alle drei schwiegen jetzt und versuchten, sich annähernd vorzustellen, was ihm widerfahren war: Die Wehrmacht hatte Sailer plötzlich aus der beschaulichen Bretagne, wo er auf der Seite der Sieger stand, an die verlustreiche Ostfront geschickt. Zwar hatte er dort die Kämpfe überlebt, sich aber am Ende als Namenloser einer geschlagenen Armee in russischer Kriegsgefangenschaft wiedergefunden. Weder die beiden Gendarmen noch Kristine hatten von den Ortsnamen dieser Gefangenenlager jemals gehört. Aber alle drei waren sich sicher, dass die elf Jahre, die der Deutsche dort verbringen musste, irgendwo in den endlosen Weiten der Sowjetunion, für ihn und die mit ihm gefangenen Kameraden die Hölle gewesen sein mussten. Die sibirische Kälte im Winter oder ein Unfall bei der jahrelangen Zwangsarbeit – irgendetwas davon hatte Paul Sailer wohl die beiden Zehen gekostet.

Der Hauptmann und sein Kollege Kuhlmann waren in ihren Gefühlen hin und her gerissen. Einerseits hatte Sailer zu den deutschen Soldaten gehört, die in den vier Jahren der Besatzungszeit größtes Leid über ihr Volk und über viele andere Länder gebracht hatten.

Vor allen Dingen bei Kuhlmann saß der Hass auf die Angehörigen von Hitlers Armee und anderen NS-Schergen noch sehr tief. Andererseits konnten sie als Gendarmen und Angehörige der französischen Streitkräfte gut nachempfinden, wie Sailer in der Wehrmacht an die Zwänge von Befehl und Gehorsam gebunden war. Dass er elf Jahre dafür büßen musste, stimmte auch die beiden Männer sehr nachdenklich. Sie hatten sich die Fotos angeschaut, die Sailer als jungen Offizier und Besatzungssoldaten in Guingamp zeigten, darunter die Aufnahmen mit seiner französischen Freundin, die anrührende Momente großen Glücks widerspiegelten.

Obwohl er sich eigentlich dagegen wehrte, schloss Kuhlmann nicht aus, dass der Deutsche vielleicht kein ganz schlechter Kerl gewesen war. Toudic unterbrach schließlich das Schweigen am Tisch.

»Mon Dieu! Elf Jahre Kriegsgefangenschaft, danach gerade einmal zwanzig Jahre in Freiheit und schließlich dieses traurige Ende auf der Ile de Bréhat. – Quelle vie tragique!«

Die anderen beiden schauten den Hauptmann an.
Kuhlmann nickte stumm. Kristine liefen ein paar kleine Tränen über die Wangen, die sie verschämt wegwischte. Aber schnell fasste sie sich wieder und fragte in die Runde: »Was mag aus seiner Freundin nach seiner Versetzung nach Russland geworden sein? Und wie hat es Sailer geschafft, das Fotoalbum und sein

Tagebuch über die Zeit zu retten? Das werden wir wohl alles leider nie erfahren.«

»Apropos Tagebuch. Kristine, könnten Sie es bitte an sich nehmen und alles durchlesen? Ich habe die Hoffnung, dass Sie darin auf etwas stoßen, das uns endlich auf die richtige Spur führt, um seinen Tod aufzuklären.«

»Ja, natürlich übernehme ich das gerne. Das wird aber etwas länger dauern, Monsieur Toudic. Sailer hat seine Einträge in altdeutscher Schrift verfasst. Ich bin darin nicht so geübt, diese Schrift von damals zu lesen.«

»Ça ne fait rien, Kristine. Sie arbeiten bitte in Ruhe das Tagebuch durch und melden sich wieder bei mir, sobald Sie alles gesichtet haben. Auch bei Reichelt in Hannover müssen wir unbedingt noch anrufen und uns für seine Amtshilfe bedanken. Ich wüsste gar nicht, was Kuhlmann und ich ohne Sie machen würden, Kristine. Nochmals: Je vous remercie beaucoup!«

Kristine war gerührt und stolz zugleich. Nach einem Blick auf seine Armbanduhr schloss der Hauptmann die auf dem Tisch liegende Bréhat-Akte und übergab der jungen Deutschen das Tagebuch. »Schluss für heute! Es ist schon spät. Kuhlmann und ich schauen uns morgen die Fotos noch einmal genauer an. Vielleicht kommen wir auf diesem Weg weiter.«

Auf der Rückfahrt von Paimpol nach Guingamp in Toudics Privatwagen, einem weißen Peugeot 204, redeten die beiden kaum miteinander. Der Tag war sehr lang und anstrengend gewesen. Auf der Hälfte der Strecke schaute Toudic fürsorglich nach rechts. Nach und nach waren Kristine die Augen zugefallen und sie schien zu schlafen. Sofort stellte Toudic das Autoradio ganz leise. Gerade sang Gilles Servat, ein bretonischer Barde, den der Hauptmann so gern hörte, sein melancholisches Lied: *Je dors en Bretagne ce soir* – Heute Abend schlafe ich in der Bretagne!

Das passt ja, sagte sich Toudic und lächelte dabei.

191

24

9. SEPTEMBER 1977 – DAS TAGEBUCH

Wie an jedem Freitag unterstützte Kristine auch am heutigen Vormittag einen weiteren Deutschkollegen, Michel le Potier, in seinen beiden Abiturklassen. Der etwa 45-jährige Gymnasiallehrer galt als besonderer Typ am Pavie. Mit Auto und Wohnwagen fuhren er und seine Familie im Sommer regelmäßig zu Freunden in die DDR, das Land, das er für den besseren Teil Deutschlands hielt. Nicht nur wegen seines markanten Bartes trug er deshalb seit Jahren am Pavie den Spitznamen Lenin. Schon häufig hatte er Kristine zu sich nach Hause eingeladen, wo sie ihm bei Unterrichtsvorbereitungen und dem Korrigieren der Klausuren half. Danach saß sie oft mit der ganzen Familie le Potier beim Abendbrot zusammen.

Dank der guten Zusammenarbeit mit mehreren Kolleginnen und Kollegen hatte sie hier in Frankreich im Lauf des letzten Schuljahres viele neue Kenntnisse über das komplizierte Regelwerk der deutschen Grammatik erworben und manche Tücke in der Rechtschreibung ihrer eigenen Muttersprache in den Griff bekommen. Damit hätte Kristine noch vor einem Jahr, bei Antritt ihres Postens in Guingamp, nicht gerechnet. Vor einigen Monaten war allerdings im Lehrerzimmer eine hitzige politische Diskussion zwischen der jungen Deutschen und Michel le Potier in einem lautstarken Streit geendet. Dabei ging es um die Ausweisung von Wolf Biermann aus der DDR im letzten Jahr. Seitdem vermieden es die beiden, über bestimmte Themen, wie etwa das Problem der deutschen Teilung, erneut zu diskutieren. Dadurch nahm allerdings ihre gegenseitige Wertschätzung keinen Schaden. Endlich, am späten Freitagnachmittag, konnte sie das seit gestern auf ihrem Schreibtisch liegende Tagebuch von Paul Sailer zur Hand nehmen. Behutsam fing sie an, darin zu blättern, um sich einen Überblick über den Inhalt zu verschaffen. Nach und nach fiel es ihr beim Lesen leichter, seine ausgeschriebene altdeutsche Handschrift zu entziffern. Sailers erster Eintrag datierte vom 09.07.1940:

Die Ankunft in Guingamp, erste Beobachtungen zu dem Verhältnis zwischen Franzosen und ihren deutschen Besatzern und bereits hier kritische Kommentare über zwei seiner Mitbewohner in der Rue du Docteur Corson. Erst nach einigem Nachdenken machte sich Kristine von dem Gedanken frei, nicht befugt zu sein, diese persönlichen und intimen Aufzeichnungen Sailers lesen zu dürfen. Sie rechtfertigte ihr Vorgehen damit, dass sie von Toudic den Auftrag bekommen hatte, in dem Tagebuch nach Spuren zu suchen, die Sailers trauriges Ende auf der Ile de Bréhat aufklären könnten. Das hatte der Tote verdient. Je mehr sie las, desto vertrauter wurde ihr der junge deutsche Offizier, der zu Beginn des Krieges nahezu das gleiche Alter hatte wie sie, die 23-jährige Deutschassistentin am Lycée Auguste Pavie in Guingamp. Auch verband sie beide der Wunsch, Französisch-lehrer zu werden.

Von Seite zu Seite wurden Sailers Beobachtungen über das Leben im besetzten Frankreich immer genauer und realistischer. Sie basierten auf seinen täglichen Dienst- und Kontrollfahrten, die er im Auftrag der Orts- und Kreiskommandanten zwischen Guingamp und der Kanalküste durchzuführen hatte. Seine Tätigkeit als Dolmetscher und die Begegnungen mit den Menschen in ihrem besetzten Land ließen ihn die Situation immer nüchterner einschätzen, empfand Kristine. Sie hatte das Gefühl, hinter Sailer zu sitzen und ihm über die Schulter zu schauen. Schon bald zeigten seine Einträge, dass er darunter litt, Teil dieses Unterdrückungsapparates zu sein. Wie etwa an dem Tag, als er Zeuge des brutalen Verhörs des 17-jährigen kommu-nistischen Arbeiters aus Guingamp wurde. Andererseits ver-suchte er seine aufkommenden Bedenken dadurch zu ent-kräften, dass sein Vaterland das Recht habe, die Franzosen für die Schmach von Versailles zur Verantwortung zu ziehen.

Einige Seiten, auf denen der Leutnant detailliert moderne Waffen und Geräte seiner Kameraden beschrieb, überflog sie. Dieser Militärkram interessierte sie nicht und brachte sie auf ihrer Suche nach den wahren Umständen seines Todes bestimmt nicht weiter.

Die Kirchturmuhr von der nahen Basilika Notre-Dame de Bon-Secours schlug bereits 22:00 Uhr. Kristine bemerkte erst jetzt, wie lange sie sich schon ohne Pause in ihre Lektüre vertieft hatte. Morgen, am Sonnabend, war planmäßig von 8:00 Uhr bis 13:00 Uhr Unterricht. Aber nicht für Kristine. Zum Glück! Ihren Auftrag, im Tagebuch nach möglichen Täterhinweisen zu suchen, verlor sie nicht aus den Augen, trotz aller Nähe, die sie in der Zwischenzeit zu dem Verfasser des Tagebuches von 1940/41 aufgebaut hatte.

Gerade las sie aufmerksam in Sailers Einträgen vom August 1941. Neben dem Tagebuch lag der Zettel, auf dem sie sich Notizen machen wollte. Bislang ein unbeschriebenes Blatt. Ihrer Meinung nach hatte sie noch nichts Verwertbares finden können. Plötzlich vertraute Sailer voller Glück seinem Tagebuch eine große Neuigkeit an: die Einladung nach Grâces und die stürmische Liebe, die sich zwischen ihm und der jungen Riou in den nächsten Tagen und Wochen entwickelte.

»Marie-Hélène. Was für ein schöner Name!«, fand Kristine. Dank des Fotos aus Sailers Album sah sie die hübsche junge Frau wieder vor sich. Danach blätterte sie zum Anfang des Tagebuches zurück. »Wie war das noch mal mit dem Unfall am Marktplatz, als Sailer gerade seinen Dienst in Guingamp aufgenommen hatte?«, fragte sie sich.

Dieser flüchtigen Begegnung zwischen Sailer und einer jungen Frau im Sommer 1940 hatte sie vorhin beim Durchlesen keine weitere Bedeutung beigemessen.

»Wie dumm von mir!«, gestand sie sich ein. Um so eifriger hielt sie nun einige Namen, Daten und Anmerkungen fest, in deren Mittelpunkt die anrührende Liaison zwischen dem deutschen Leutnant und seiner Freundin aus Grâces stand. Als sie den

194

Ortsnamen aufschrieb, schweiften ihre Gedanken kurz ab: Sie erinnerte sich daran, dass sie in dem kleinen Dorf vor den Toren Guingamps schon häufiger mit ihrer Clique das Fest Noz in der Salle de Fêtes besucht hatte. Dort in Grâces, in dieser schummrigen Halle, hatte sie Raymond zum ersten Mal geküsst. Zum Glück standen die anderen gerade an der Theke und versorgten sich mit Vin Rouge, Cidre und Merguez-Würstchen.

Die Nacht und das Tanzen zu den schrillen Klängen der Binious und Bombardes würde noch lang werden. Kristine nahm die Lektüre wieder auf. Um sich wieder besser auf das Tagebuch konzentrieren zu können, leerte Kristine in wenigen Zügen das vor ihr auf dem Schreibtisch stehende volle Glas Limonade ihrer Lieblingsmarke Pschitt. Paul und Marie-Hélène schienen einen wunderbaren Sonntag in Saint-Brieuc verlebt zu haben, den sie durch eine gemeinsam verbrachte Nacht voller Liebe und Sinnlichkeit vergoldet hatten. In seinem Eintrag zum 19.10.1941 beschränkte sich Paul diesbezüglich auf diskrete Andeutungen. Die letzten Eintragungen, die Woche zwischen dem 20. und 25. Oktober betreffend, standen im Gegensatz zu allen zuvor von Sailer verfassten Berichten. Sailer notierte nur noch bruchstückhaft, wie ein Gehetzter, was passierte. Der Mord an dem hohen Offizier der Wehrmacht und die kräftezehrende Suchaktion nach den Tätern hatten ihn offensichtlich unter großen Druck gesetzt. Die kurzen Eintragungen, hastig dahingekritzelt, ließen seine bisher kunstvolle altdeutsche Handschrift vermissen. Das Ende kam abrupt:

25. Oktober 1941
Alles ist verloren! Sie haben Marie-Hélène festgenommen. Ich wurde an die Ostfront strafversetzt. Mein Gott, was soll aus uns werden?

Jetzt, kurz nach Mitternacht, war Kristine niedergeschlagen und erschöpft. In diesem Zustand konnte sie unmöglich weiterarbeiten. Mit letzter Kraft beendete sie ihre Anmerkungen zu dem gerade Gelesenen. Übermorgen, am Montag, würde sie sich bei Toudic melden und ihm berichten.

Ihr Fazit stand fest: Der Schlüssel zu dem tragischen Todesfall vom 28.08.1977 auf der Ile de Bréhat musste in der Beziehung zwischen Paul und Marie-Hélène gesucht werden.

25

12. SEPTEMBER 1977 – AUF DEM FRIEDHOF

Françoise Toudic nickte sofort zustimmend, als Kristine Martensen nach der ersten großen Pause gegen 10:00 Uhr zu ihr ins Centre de Documentation im Pavie kam und sie fragte, ob sie von hier aus mit der Gendarmerie in Paimpol telefonieren könne.

»Mais oui. – Allez-y, Kristine. Und schönen Gruß an meinen Mann!«, fügte sie noch hinzu.

»Der ist heute bestens gelaunt. En Avant de Guingamp hat gestern mit 3:0 gegen Dunekerque gewonnen!«

Kristine musste lachen. Gleich danach hatte sie den Hauptmann am Apparat. »Monsieur Toudic. Kristine Martensen hier. Ich habe das Tagebuch durchgearbeitet und viel über Sailer erfahren. Wenn Sie erlauben, möchte ich lieber gleich zum Wesentlichen kommen. Seine Aufzeichnungen haben mich zu der Überzeugung gebracht, dass wir noch mehr Informationen über das Verhältnis zwischen Sailer und der jungen Französin bekommen müssen.«

Toudic überlegte kurz und fragte dann nach: »Was wissen Sie schon über die junge Frau? Hieß die nicht Marie-Hélène?«

»Stimmt. Das stand unter den Fotos in seinem Album.

Ich kenne jetzt ihren Nachnamen: Riou. Marie-Hélène Riou. Ihre Eltern wohnten damals in Grâces.«

196

»Erwähnt Sailer in seinen Aufzeichnungen zufällig die Adresse der Familie in Grâces ?«

»Nein. Aber ich habe bereits im Telefonbuch für unser Departement 22 nach ihnen gesucht. Ohne Erfolg. Es gibt keine Rious mehr, weder in Grâces, noch in der unmittelbaren Umgebung.«

Wieder schwieg Toudic für einen kurzen Augenblick.

»Kristine, ich habe eine Idee, die uns viel Papierkram und unnötige Lauferei erspart. Können wir uns noch heute in Grâces treffen?«

»Im Prinzip ja, aber mich erwarten noch drei Stunden Unterricht. Sagen wir gegen 15:30 Uhr?«

»Parfait! Also, 15:30 Uhr vor der Dorfkirche Notre-Dame-de-Grâces. A tout à l'heure, Kristine.«

»Oui, à tout à l'heure, Monsieur Toudic.«

Als sie den Hörer auflegte, fiel ihr ein, dass sie den Hauptmann nicht von seiner Frau gegrüßt hatte. »Françoise. Bitte nicht böse sein. Ich weiß, dass ich etwas vergessen habe. Aber wir sehen uns gleich in Grâces. Da hole ich mein Versprechen nach. Und vielen Dank, dass ich von hier aus anrufen konnte!« Madame Toudic nickte kurz und wandte sich wieder ihrer Arbeit zu.

Meine Güte, so ein kleines Kaff wie Grâces – und was für eine Riesenkirche, dachte sich die junge Deutsche, als sie mit ihrer Ente langsam in das Dorf hinein rollte. Ein hoher Glockenturm war schon von Weitem zu erkennen gewesen. Sie parkte ihren Citroën direkt vor der eindrucksvollen Dorfkirche. Beim Aussteigen stach ihr die aufwendige und mutige Gestaltung des Kirchendaches ins Auge. Es wurde auf den beiden Längsseiten durch jeweils fünf hohe Spitzen aufgebrochen, die würdevoll gen Himmel zeigten. Kristine war beeindruckt. Erst jetzt bemerkte sie Toudic, der gleich neben dem Haupteingang unter einem Kastanienbaum saß und ihr freundlich zuwinkte. Neben ihm auf der Bank stand sein schwarzer Aktenkoffer.

»Salut Kristine. Ça va?«

Beide tauschten ein paar Höflichkeitsfloskeln aus, bevor Toudic zur Sache kam. Um die Suche nach den Spuren abzukürzen, die die Familie Riou seiner Meinung nach bestimmt hinterlassen hatte, schlug er vor, mit Kristine auf den Dorffriedhof zu gehen.

»Dort suchen wir zuerst. Bestimmt ergibt sich etwas daraus. Wir sind schließlich nicht in einer anonymen Großstadt.«

Etwas von diesem Vorschlag überrumpelt trottete die junge Deutsche an seiner Seite die Dorfstraße Richtung Cimetière hinunter. Vor zwei Jahren, nach dem plötzlichen Tod ihres Vaters, hatte sie zum letzten Mal einen Friedhof betreten. Sowohl in ihrer Studentenbude in Göttingen, wie auch hier in ihrem Zimmer in Guingamp stand das Bild ihres Vaters auf ihrem Schreibtisch. So wie auf diesem Foto wollte sie ihn in Erinnerung behalten und vermied die üblichen Friedhofbesuche. Nach kurzem Fußmarsch erreichten sie den Dorffriedhof von Grâces. Gleich hinter dem Eingangstor, an dem Brunnen der parkähnlichen Anlage, blieben beide stehen, um sich zu orientieren. Die Gräber waren nach Todesjahren angeordnet. Gerade standen sie auf der Höhe der Gräber aus den 1930er-Jahren.

»Ich beginne mit den 1940er-Jahren!«, schlug der Hauptmann vor.

»D'accord. Und ich nehme mir die Grabstellen ab 1950 vor.« Nach wenigen Minuten des Suchens gab Kristine dem Hauptmann diskret Zeichen. Sie war fündig geworden. Hier lagen Monsieur und Madame Riou. Die Eltern von Marie-Hélène, wie beide mutmaßten. Das Doppelgrab machte einen ungepflegten Eindruck. Die große steinerne Bodenplatte war von mehreren Rissen durchzogen. Nur mit Mühe ließ sich die verblichene Inschrift entziffern:

Henri Riou
04-05-1892   *+ 01-12-1954*
Marie-Jeanne Riou
02-06-1894   *+ 11-12-1954*

Toudic nahm seine Dienstkamera und lichtete die Grabplatte ab. Plötzlich quietschte das eiserne Eingangstor. Ein Mann betrat den Friedhof. Als er sich ihnen näherte und sie freundlich grüßte, erkannten Toudic und Kristine an seiner Soutane, dass es sich um einen Priester handelte.

»Bonjour, Monsieur le curé«, erwiderte Toudic. »Darf ich Sie bitte etwas fragen, Hochwürden?«

Der Pfarrer blieb stehen und musterte die beiden. »Was wollen Sie von mir wissen, Monsieur?«

»Ich bin Hauptmann Toudic von der Gendarmerie Nationale aus Paimpol. Das ist meine Kollegin, Mademoiselle Martensen.«

Kristine musste sich ein Grinsen verkneifen, fühlte sich aber durch diesen Schwindel sehr geehrt. »Im Rahmen einer polizeilichen Ermittlung würden wir gerne mit jemandem aus der Familie Riou sprechen. Können Sie uns vielleicht weiterhelfen?«

Die ernste Miene des Pfarrers hellte sich leicht auf.

»Sie haben Glück. Ich bin seit 27 Jahren der Ortspfarrer von Grâces und kenne nahezu alle hier.«

Toudic wartete gespannt darauf, was gleich folgen würde.

»Aber, was die Rious angeht, kommen Sie leider mehr als 20 Jahre zu spät!«

»Wieso?«

»Das ist eine traurige Geschichte. Ich bin 1950 nach Grâces gekommen. Wir hatten alle schwere Zeiten hinter uns. Viele Gerüchte waren im Umlauf. Auch hier in Grâces hat es unter der deutschen Besatzung alles gegeben: Helden und wahre Patrioten, Mitläufer, Kriegsgewinnler und Verräter. Im Dorf wurden nach der Befreiung drei Männer ermordet. Die Polizei konnte diese Verbrechen nie aufklären. Es hieß hinter vorgehaltener Hand, damit seien alte Rechnungen beglichen worden.«

Der Pfarrer machte eine kurze Pause, schien seine Gedanken ordnen zu müssen.

»Die ersten sechs Jahre nach der Befreiung habe ich in einer anderen Pfarrei verbracht. Aber als ich dann die Gemeinde in Grâces übernahm, hat mir Abbé Benoît, mein Vorgänger, ganz viel darüber erzählt, was im Krieg und in den ersten Jahren danach in unserem Dorf passiert ist.«

Der Pfarrer merkte, wie der Hauptmann sich räusperte und langsam ungeduldig wurde.

»Aber, Sie fragen mich nach den Rious: Die Tochter, Marie-Hélène, war von den Deutschen verhaftet und verschleppt worden. Sie gehörte einer Widerstandsgruppe an. Einige Leute im Dorf behaupteten aber, sie habe Kameraden an die Gestapo verraten, um ihren eigenen Kopf zu retten. Als die junge Frau lange nach der Befreiung zurück nach Grâces kam, machten viele im Dorf einen weiten Bogen um sie.«

Der Pfarrer hielt kurz inne, weil eine ältere Dame, ganz in schwarz gekleidet, ihn beim Vorbeigehen grüßte. Beide wechselten ein paar Worte miteinander.

»Herr Pfarrer«, schaltete sich Kristine ein, als er sich ihnen wieder zugewandt hatte. »Hatte Marie-Hélène vielleicht ein Kind?«

»Sie haben recht, ich habe das völlig vergessen.«
Kristine und Toudic schauten sich an.

»Es gab da einen kleinen Jungen. Aber ich weiß nicht viel darüber. Die Rious kamen nicht mehr zu mir in die Kirche und der Junge besuchte auch nie meinen Katechismusunterricht am Mittwochnachmittag.«

»Und der Sohn der alten Rious, hieß er nicht Gilles? Was ist aus dem geworden?«, hakte Kristine noch einmal nach.

»Ja, der Abbé hat es mir später erzählt: Gilles kam 1945 aus deutscher Kriegsgefangenschaft zurück. Er hat sich aber nach ein paar Monaten wieder der Armee angeschlossen. Es lief nicht mehr gut zwischen ihm und seinem Vater. – Unser kleines Dorf sei ihm zu eng geworden, hieß es.«

»Wo lebt der jetzt?«, wollte Toudic wissen.

»Gilles musste nach Indochina und ist 1954 in Dien Bien Phu gefallen. Das hat den Eltern das Herz gebrochen, und sie sind kurz nacheinander vor Gram gestorben.« Dabei wies er mit seiner rechten Hand auf die Grabplatte.

»Bitte entschuldigen Sie mich jetzt. Ich muss noch in die Kapelle. Morgen haben wir hier eine Beerdigung.«

»Und was ist aus Marie-Hélène und ihrem Jungen geworden?«, fragte der Hauptmann davon unbeirrt.

»Die Tochter musste 1955 den hoch verschuldeten Hof ihrer Eltern verkaufen. Anschließend habe ich sie nur noch ein einziges Mal gesehen. Sie stand hier vor unserer Kirche mit ihrem kleinen, blassen Jungen an der Hand und beide sind in den Überlandbus Richtung Rennes eingestiegen. Im Dorf hat niemand je wieder etwas von ihnen gehört.«

Obwohl der Pfarrer sichtlich ungeduldig wurde, bohrte Kristine erneut nach.

»Erlauben Sie mir noch eine allerletzte Frage, Monsieur le Curé: Wie alt war der Junge damals ungefähr?«

»Wissen Sie, Mademoiselle, das ist so lange her. Ich muss kurz überlegen. – So etwa zehn Jahre?«

Kristine konnte ihre Enttäuschung über diese Altersangabe kaum verbergen. Toudic und Kristine hatten kaum Zeit, sich höflich bei dem Geistlichen zu bedanken, bevor er sich eiligen Schrittes Richtung Friedhofskapelle entfernte. Der Hauptmann und die junge Deutsche gingen schweigend ins Dorf zurück. Beide dachten auf dem Rückweg über das nach, was sie gerade vom Pfarrer über das Familiendrama der Rious erfahren hatten: Hier wurde quasi eine ganze Familie ausgelöscht und der Name Riou geriet in ihrem Dorf ganz schnell in Vergessenheit.

Toudic lud Kristine zu einem Petit Café in die Dorfkneipe ein, gleich gegenüber der imposanten Kirche.

»Kristine, ich danke Ihnen dafür, dass Sie mich bei dem Gespräch mit dem Pfarrer so gut unterstützt haben!«

»Und ich danke Ihnen herzlich für meine Beförderung, Herr Hauptmann!«, erwiderte Kristine mit einem schelmischen Lächeln.

»Aber, allen Ernstes: die Rious – was für eine tragische Geschichte!«

»Ja wirklich, Monsieur Toudic. – Quelle fin triste! Und leider können wir niemanden mehr aus der Familie Riou dazu befragen, was aus der Liebe dieses ungleichen Paares geworden ist.«

»Ich wurde hellhörig«, gab der Hauptmann zu, »als der Pfarrer dieses Kind erwähnte. Aber es stellt doch keine Verbindung zwischen Marie-Hélène und Sailer dar. Das kommt wegen des jungen Alters des Jungen nicht in Betracht.«

Kristine dachte kurz nach und stutzte.

»Und wenn sich der Pfarrer geirrt hat? Der ist doch erst 1950 nach Grâces gekommen und hat nach eigener Aussage den Jungen nie näher kennengelernt. Ich habe das Gefühl, dass der Junge der Sohn von Paul Sailer ist.«

»Und sollte er noch leben, dann müsste er heute 35 Jahre alt sein!«, ergänzte Toudic nachdenklich.

Kristine nickte zustimmend, erleichtert darüber, dass Toudic ihre Theorie nicht abwegig fand.

»Wir haben jetzt 17:00 Uhr. Höchste Zeit, für heute Schluss zu machen, Kristine! Morgen gehe ich mit Kuhlmann noch einmal die ganze Bréhat-Akte durch. Ich vermute, dass wir jemanden übersehen haben!«

26

13. SEPTEMBER 1977 – DER ANHÄNGER

Schon seit mehr als zwei Stunden brüteten Kuhlmann und sein Chef erneut über der Bréhat-Akte. Jetzt war ihnen klar, nach wem sie suchen mussten: nach einem Mann, 35 Jahre alt, den sie mit der Familie Riou aus Grâces in Verbindung bringen konnten. Aber im Rahmen ihrer bisherigen Ermittlungen waren sie in der Gruppe der Befragten und Verdächtigen auf niemanden gestoßen, der annähernd in dieses Raster passte. Es war zum Verzweifeln!

Auch die kriminaltechnische Untersuchung des roten Audis hatte keine neuen Erkenntnisse gebracht. Der Hauptmann arbeitete verbissen an seinem Schreibtisch. Sein Kollege saß ihm gegenüber an dem Tisch in der Mitte des Büros. Die zum Fall gehörenden Asservate, wie die MINOLTA XD-7, samt der damit aufgenommenen Fotos, der rätselhafte Papierfetzen vom Strand, Sailers Tagebuch, sein kleines Fotoalbum, die MIB-Uhr und selbst die in eine große Plastiktüte verpackten orthopädischen Schuhe des Toten lagen griffbereit über die beiden Tische verteilt.

Immer weiter vertieften sich die beiden Gendarmen in ihre Berichte und Protokolle, nahmen von Zeit zu Zeit die Asservate prüfend in die Hand und machten sich Notizen.

Um ganz sicherzugehen, tauschten sie die Schriftstücke nach einiger Zeit untereinander aus. Gegen 11:45 Uhr, kurz vor der Mittagspause, stellte Kuhlmann fest, dass der Hauptmann über seinen Unterlagen leicht eingenickt war.

Als sich der Stabsfeldwebel wieder auf seine Akten konzentrierte, wurde er plötzlich ganz unruhig und fing an, in den vor ihm liegenden Papieren hektisch hin und her zu blättern.

»Mon Capitaine!«, rief er ihm aufgeregt zu, »Ich glaube, ich bin auf etwas gestoßen!«

Wie elektrisiert richtete sich Toudic auf seinem Stuhl auf.

»Chef, ich bin so ein Schussel! Als ich in Sachen Buzug am 31. August unterwegs war, führte mich eine Zeugenbefragung zum Landwirtschafts-Gymnasium nach Penévan. Vielleicht erinnern Sie sich noch.«

»Ja klar!«

»Der Direktor, Monsieur Hamon, hat mir erklärt, wo die Bio-Kartoffeln aus dem Schulgarten verblieben sind. Für mich hörte sich alles überzeugend an. Ohne Relevanz für unseren Fall. Aber er erwähnte am Rande einen jungen Kollegen, der für den Bio-Anbau am Lycée Agricole verantwortlich ist und Buzug begrün-

203

det hat. Ich habe nur den Namen notiert, Serge Coudurier, und mir nichts weiter dabei gedacht. Das war vielleicht ein Fehler.«

Toudic war jetzt wieder hellwach.

»Das kann jedem passieren. Gut, dass Sie über Ihr sorgfältig geführtes Protokoll noch einmal auf diesen Mann gestoßen sind. Den sollten wir uns gleich näher anschauen. Auch wenn er nicht Riou heißt. Aber, wissen Sie, Kuhlmann, vorher stärken wir uns im Chez Paulo. Wir haben es uns beide verdient! Danach sehen wir weiter!«

Nach dem Verzehr einiger herzhafter Galettes, dem Tagesgericht, das der Patron wortreich empfohlen hatte, gefüllt mit Fisch, Ziegenkäse, Ente oder Feigenkonfitüre, kehrten die beiden Gendarmen in Toudics Büro zurück. Kuhlmann besorgte noch zwei Tassen Kaffee aus der Personalküche. Dann konnte es weitergehen.

»Kuhlmann, ich schlage vor, dass Sie den Schulleiter anrufen und ihn fragen, ob dieser junge Kollege noch im Haus ist. – Wie hieß der noch gleich?«

Der Stabsfeldwebel hielt ihm den Zettel hin, auf dem er den Namen notiert hatte: Serge Coudurier, Professeur. Wenig später hatte er mit Monsieur Hamon, dem Direktor des Landwirtschaftsgymnasiums, telefoniert und alles Wichtige erfragt: Coudurier habe für heute seinen Unterricht bereits beendet und sei bestimmt zu Hause. Er wohne in Saint Nicolas, einem Weiler an der D 31, circa drei Kilometer südwestlich von Penvénan.

»Kollege Coudurier bewohnt dort einen Einzelhof«, hatte er auf Kuhlmanns Nachfrage präzisiert, »an der Abzweigung zur D 75. Sein Gehöft namens Douar Prad können Sie gar nicht übersehen«, fügte er laut lachend hinzu. »Auf dem Dach thront ein Wetterhahn, aber in Form eines Motorrades.«

Wie alt Kollege Coudurier sei, wollte Kuhlmann zum Schluss noch wissen. »So Mitte dreißig!«

Beim eiligen Verlassen des Dienstgebäudes hätte Toudic beinahe einen jungen Kollegen umgerannt, der ihm mit einem Aktenstapel bepackt im Flur entgegen kam. Da die Straße

Richtung Tréguier jetzt, am frühen Nachmittag, wenig befahren war, kamen sie in Toudics Dienstwagen rasch voran und hatten bald das Gehöft Douar Prad bei St. Nicolas erreicht, gut zu erkennen an dem markanten Kennzeichen auf dem Dach. Der ganze Bauernhof machte einen gepflegten Eindruck. Auf dem Hof lief eine Schar Hühner gackernd und nach Nahrung pickend frei umher. Vorsichtig steuerte der Hauptmann den R 12 auf das Anwesen der Couduriers und parkte den Renault neben einem hellgrünen Chrysler Simca 1307.

»Schickes, neues Auto!«, entfuhr es Kuhlmann. »Sieht so aus, als sei jemand zu Hause.«

Die beiden Beamten mussten gar nicht anklopfen. Monsieur Coudurier stand bereits erwartungsvoll in der geöffneten Eingangstür des Wohngebäudes.

»Vielleicht hat ihn sein Chef vorgewarnt?«, konnte sich Toudic vorstellen.

»Bonjour, Messieurs. Was führt Sie zu mir?«

»Capitaine Toudic von der Gendarmerie aus Paimpol. Das ist mein Kollege, Sergent Major Kuhlmann. Entschuldigen Sie bitte die Störung, Monsieur Coudurier. Wir ermitteln in einem Todesfall auf der Ile de Bréhat.«

»Aber meine Herren«, unterbrach sie Coudurier höflich, »das müssen wir nicht hier draußen besprechen. Bitte treten Sie ein!«

Toudic war von dem ersten Kontakt mit dem jungen Studienrat beeindruckt: Ein junger Mann, mit einer sehr gepflegten Erscheinung und mit guten Umgangsformen. Darauf traf er in seiner täglichen Polizeiarbeit immer seltener. Coudurier schien in keiner Weise durch das Auftauchen der beiden Beamten beunruhigt zu sein. Im Gegenteil. Er strahlte große Ruhe und Gelassenheit aus. Toudic hatte ernste Zweifel daran, hier endlich dem möglichen Täter gegenüberzustehen. Der Studienrat hatte sie durch einen kleinen Flur in die behagliche Wohnküche geführt. An den Wänden hingen mehrere alte Familienfotos. Beim Vorbeigehen hatten Kuhlmann und Toudic sofort eines festge-

205

stellt: Kein Bild ließ eine mögliche Verbindung nach Grâces oder Marie-Hélène Riou und ihrer Familie erkennen.

»Monsieur Coudurier. Wie gesagt, es geht um eine Ermittlung in einem Todesfall auf Bréhat. Wir sind dabei auf eine mögliche Spur gestoßen, die mit der Kooperative Buzug zu tun haben könnte. Bitte verstehen Sie uns richtig. Wir führen hier eine routinemäßige Zeugenbefragung durch. Sie sind doch der Hauptinitiator von Buzug?«

»In der Tat, Monsieur le Capitaine. Ich habe die Kooperative begründet und versuche, die Idee des Bio-Landbaus unter die Leute zu bringen. Mit mäßigem Erfolg, wie ich leider zugeben muss. Aber an meinem Gymnasium in Penvénan, da …«

»Entschuldigung, dass ich Sie unterbreche«, warf Kuhlmann ein, »aber ich habe im Wagen noch etwas vergessen. Ich komme gleich wieder.« Kuhlmann verließ die Küche. Nur zu bereitwillig ließ sich Toudic in der Zwischenzeit von dem von seiner Vision des ökologischen Landbaus begeisterten Coudurier weitere Buzug-Projekte erklären. Auch gerne in allen Einzelheiten. Nach einigen Minuten tauchte Kuhlmann wieder in der Küche auf. Coudurier referierte immer noch über die Zukunft der alternativen Landwirtschaft.

»Monsieur Coudurier«, setzte Toudic an, »bitte entschuldigen Sie, dass ich Sie hier unterbreche. Das war wirklich sehr interessant, was ich gerade von Ihnen gehört habe. Wir möchten Ihre kostbare Zeit nicht weiter in Anspruch nehmen. Aber erlauben Sie zum Abschluss eine letzte Frage: Wissen Sie noch, was Sie am 28. August, einem Sonntag, gemacht haben?«

Ohne lange zu überlegen, kam die prompte Antwort: »Ja, das weiß ich sehr genau: Der 28. August ist der Todestag meiner Mutter«, und zeigte auf ihr Bild neben dem Herd. »An diesem Tag waren meine Frau und ich an ihrem Grab auf unserem Dorffriedhof in Camlez. Danach haben wir zu Hause gegessen und den ganzen Nachmittag Unterricht vorbereitet und korrigiert. Wissen Sie, meine Frau ist auch Lehrerin, aber an der Ecole Primaire in Camlez. Nach dem Abendbrot sind wir früh zu Bett

206

gegangen, um für die kommende Arbeitswoche fit zu sein. – Voilà!«

Die beiden Gendarmen waren perplex. Das klang alles sehr überzeugend. Weder seine Ausführungen, noch sein Verhalten ließen den kleinsten Verdacht aufkommen, dass er die Unwahrheit sagte.

»Übrigens«, fügte Coudurier hinzu, »meine Frau kann das alles bezeugen. Leider ist sie noch in der Schule. Aber wenn Sie wollen, dann kann …«

»Nein, nein«, entgegnete der Hauptmann ruhig. »Das ist gar nicht mehr nötig.«

Beim Rausgehen stieß Kuhlmann im Flur aus Versehen mit seinem rechten Ellenbogen gegen einen Stapel bunter Flyer, die auf der Kommode abgelegt waren. Ein paar Exemplare glitten zu Boden. Kuhlmann entschuldigte sich.

Beim Aufheben schaute er auf die Vorderseite des Faltblattes.

»Ach, die sind von der UDB, der bretonischen Autonomie-Partei. Ich komme aus dem Elsass. Wir haben da auch unsere Probleme mit dem Pariser Zentralismus.«

Beide lachten und Coudurier reagierte umgehend.

»Wenn Sie das interessiert, nehmen Sie sich ruhig einen Flyer mit!«

»Avec plaisir, Monsieur Coudurier! Et merci beaucoup!« Toudic ärgerte sich über dieses herzliche Einvernehmen zwischen Kuhlmann und Coudurier. Statt eines Durchbruchs bei den ermüdenden Ermittlungen wieder einmal ein Scheitern auf der ganzen Linie. Bloß weg von hier, wünschte er sich nur noch. Zu allem Überfluss winkte ihnen der sehr modisch gekleidete Hausherr noch freundlich hinterher, als sie in ihrem dunkelblauen Dienstwagen den Hof der Couduriers Richtung Paimpol verließen. Kuhlmann war beim Einsteigen der mürrische Gesichtsausdruck seines Chefs nicht entgangen.

»Mon capitaine«, setzte er hastig an, »mir war das alles zu glatt, was der Typ uns gerade erzählt hat. Fast wie einstudiert.

207

Deswegen bin ich unter einem Vorwand nach draußen gegangen und habe mich dort ein wenig umgeschaut. In der Scheune habe ich etwas entdeckt!«

»Nämlich?«

»Ich hatte auf dem Hof gesehen, dass der grüne Simca über eine Anhängerkupplung verfügt. Und tatsächlich: Unter einer grossen Plane habe ich einen Anhänger gefunden. Aber nicht irgendeinen, sondern einen Bootsanhänger! Gar nicht alt. Die Reifen waren ganz prall aufgepumpt. Wenn Sie mich fragen, wurde der noch vor Kurzem benutzt und jemand wollte nicht, dass er dort entdeckt wird.«

»Und Sie glauben, dass …«

»Ja«, fiel ihm Kuhlmann ins Wort. »Coudurier könnte ein Boot haben und zur Tatzeit unabhängig von der Fähre mit Sailer auf die Insel gelangt sein. Deswegen konnte sich niemand von der Besatzung der Fähre an Sailer und einen möglichen Begleiter erinnern.«

Dank Kuhlmanns Beobachtung besserte sich Toudics Laune merklich. »Sehr gute Arbeit, Kuhlmann! Wenn wir gleich auf der Dienststelle sind, rufen Sie bitte im Rathaus von Tréguier an. Die sollen uns alles sagen, was im Standesamt über Serge Coudurier bekannt ist. Ich gehe auf die Suche nach einem möglichen Boot von unserem Herrn Professeur aus Penvénan. Zum Glück kenne ich eine Agentur, die mir ganz schnell darüber Auskunft geben kann.«

27

14. SEPTEMBER 1977 – ÜBER STOCK UND STEIN

Hauptmann Toudic hatte sich noch am Vortag mit der Geschäftsstelle der MAIF in Tréguier verbinden lassen. Er musste einer dringenden Frage nachgehen: In ganz Frankreich zählten fast alle Lehrerinnen und Lehrer zu den Kunden dieser großen Beamten-Versicherung. Warum nicht auch der Studienrat vom Landwirtschaftsgymnasium Penvénan? – Mit seiner Vermutung lag er richtig. Serge Coudurier hatte mehrere Versicherungen bei der MAIF abgeschlossen. Darunter eine Haftpflicht- und Diebstahlversicherung für ein Segelboot, die *Gwenaëlle*. Der Hauptmann glaubte schon, die telefonische Auskunft durch den freundlichen Agenturleiter, Monsieur Lentz, sei damit erschöpft, als sein Gesprächspartner am anderen Ende der Leitung noch ergänzte:

»Halt, Herr Hauptmann, ich sehe hier gerade in meinen Unterlagen, dass Monsieur Coudurier vor ein paar Wochen noch ein kleines Motorboot bei uns versichert hat, die *Gouelan*.«

Der Hauptmann bedankte sich herzlich und machte sich ein paar Notizen, nachdem er den Hörer aufgelegt hatte.

Wie gerufen erschien Kuhlmann im Büro seines Chefs.

Toudic berichtete ihm davon, was er gerade von Monsieur Lentz erfahren hatte.

»Und was hat Ihr Telefonat mit der Mairie in Tréguier ergeben, Kuhlmann?«

»Deswegen bin ich hier, mon Capitaine. Halten Sie sich fest: Coudurier ist am 08.06.1942 als Serge Riou auf die Welt gekommen. Name der Mutter: Marie-Hélène Riou. Vater unbekannt. Im August 1955, nach dem Tod seiner Mutter, ist er von Monsieur und Madame Coudurier, einem kinderlosen Ehepaar aus Saint Nicolas, adoptiert worden.«

Toudic schlug mit der flachen Hand auf die Holzplatte

209

seines Schreibtisches. »Mensch Kuhlmann. Da hatten wir doch den richtigen Riecher!«

»Es kommt noch besser, Herr Hauptmann. Die Standesbeamtin hat mir auch gesagt, dass mehrere Vermerke in der Akte, die Mutter und den Sohn in der Zeit vor 1955 betreffend, geschwärzt worden seien, als habe jemand die Wahrheit unterdrücken wollen. Das sei in den wilden Jahren nach der Befreiung häufiger vorgekommen, um gewisse kompromittierende Spuren aus der dunklen Besatzungszeit zu verwischen.«

Die neuen Erkenntnisse über Couduriers wahre Identität hatten Toudics Adrenalinspiegel nach oben schnellen lassen.

»Merci beaucoup, Kuhlmann, dass Sie nach der Zeugenbefragung von Serge Coudurier misstrauisch geblieben sind. Ich muss zugeben«, und dabei machte er eine kleine Pause, »dass mich der eloquente Typ mit seinem modischen Pull Marin und der schicken Cordhose vollkommen eingeseift hat.«

So viel Lob durch seinen Chef! Kuhlmann war richtig verlegen. Aber in Wirklichkeit gestand er sich ein, war Kristine auf die Idee gekommen, nach einem möglichen Kind aus der Beziehung zwischen Marie-Hélène und Paul Sailer zu suchen. Wie er den Hauptmann kannte, würde der diesen Verdienst der jungen Frau an geeigneter Stelle zur Sprache bringen. Dessen war sich Kuhlmann sicher.

»Kuhlmann, noch ist nichts bewiesen, aber wir haben erstmals eine richtig heiße Spur. Jetzt dürfen wir auf keinen Fall Fehler machen. Ich zähle auf Sie!«

Toudic hielt kurz inne. Schaute auf seine Armbanduhr.

»Es ist jetzt 11:15 Uhr. Wie sollen wir am besten vorgehen?«

»Herr Hauptmann. Heute, am Mittwoch, haben wir Einblick in Couduriers Stundenplan.«

Toudic war überrascht und blickte den Stabsfeldwebel fragend an. »Das müssen Sie mir erklären!«

»Chef, mittwochs ist an allen Schulen immer nach 13:00 Uhr Unterrichtsschluss. Für uns besteht die Chance, den noch ahnungslosen Professeur gegen 14:00 Uhr zu Hause auf seiner

210

Ferme Douar Prad zu überraschen. Ich bin gespannt, wie er reagiert, wenn wir gleich unangemeldet bei ihm aufkreuzen. Dann könnten wir ihn mit unseren neuen Erkenntnissen zu seiner Herkunft und einer möglichen Verbindung zu Paul Sailer konfrontieren!«

»Sehr gute Idee! Damit rechnet er nicht. Nach unserer ersten Befragung dachte er bestimmt, er sei aus dem Schneider«, pflichtete ihm Toudic bei. Der sonst eher wortkarge Stabsfeldwebel präsentierte seinem Chef noch eine weitere Überlegung.

»Mon Capitaine, ich habe mir gestern diesen flyer von der UDB mitgenommen und weiter recherchiert: Coudurier ist bei den letzten Kommunalwahlen für die UDB in den Gemeinderat von Saint Nicolas/Camlez gewählt worden. Beim Betrachten des Flyers ist mir etwas aufgefallen. Schauen Sie mal hier!«

Kuhlmann legte das bunte Faltblatt der bretonischen Autonomisten-Partei auf den Tisch, klappte es auf und zeigte dem Hauptmann etwas auf der zweiten Seite.

»Hier wirbt die UDB dafür, ihr Organ, *Le Peuple Breton,* zu abonnieren. Dabei ist mir dieser rätselhafte Papierfetzen vom Strand wieder in den Sinn gekommen.«

Toudic schaute interessiert auf das Formular, das man ausfüllen und an die Parteizentrale nach Rennes schicken sollte, um sich als neuer Abonnent anzumelden. Er wusste noch nicht genau, worauf Kuhlmann hinaus wollte und schaute ihn fragend an.

»Herr Hauptmann, Sie erinnern sich daran, dass unsere Kriminaltechniker auf dem kleinen Stück Papier nur vier Buchstaben entziffern konnten, aber immerhin: … OB … … RE …«

Toudic nickte. »Die Monatszeitschrift der UDB gibt es auf französisch als *Le Peuple Breton* oder wahlweise auf Bretonisch. Da heißt sie *POBL VREIZH.*

Ich halte es für möglich, dass diese vier Buchstaben *OB* und *RE* zu dem Namen der bretonischen Ausgabe *POBL VREIZH* gehören.«

Der Hauptmann musste gedanklich erst einmal hinterherkommen. Er zögerte, überlegte kurz.

211

»Sie könnten recht haben. Alle Achtung, Kuhlmann!

Damit spräche ein weiteres Indiz gegen Coudurier. Vielleicht hat er einen UDB-Flyer unten am Strand verloren, nachdem Sailer dort zu Tode gekommen war.«

Ihre Mittagspause verbrachten die beiden Gendarmen gemeinsam in Toudics Büro. Am Abend hatte der Hauptmann seiner Frau Françoise davon berichtet, dass die Auflösung des Bréhat-Falles in eine entscheidende Phase eingetreten sei. Das Verhältnis zwischen den Eheleuten hatte sich inzwischen deutlich verbessert. Toudic hatte mehr Zeit für sie und nahm aufmerksam und liebevoll an ihrem Leben teil. Wie früher sprachen und lachten sie wieder miteinander. Vielleicht lag es daran, dass Gaëlle vor Kurzem von einem Tag auf den anderen Guingamp verlassen hatte und damit aus Toudics Leben verschwunden war. Sie habe einen jungen Mann kennengelernt, hatte Toudic neulich von einer Bekannten aus der Tanzgruppe gehört, und sei mit ihm in seine Heimat, nach Aix-en-Provence, gezogen. Obwohl er es sich anfangs nicht richtig eingestehen wollte, empfand er Gaëlles plötzliches Verschwinden als eine Befreiung von einem gefährlichen Begehren. Heute Morgen hatte Françoise ihrem Ehemann Jean-Yves mehrere leckere Sandwiches geschmiert, weil es für ihn erfahrungsgemäß mit einem entspannten Mittagessen im Chez Paulo eng werden könnte. Statt eines Plat du Jour gab es Baguette mit Käse und Schinken. Kuhlmann freute sich, dass sein Chef die Sandwiches mit ihm kollegial teilte, und besorgte umgehend aus der Personalküche Mineralwasser und eine Flasche Cidre. Bevor die beiden gegen 13:30 Uhr starteten, rekapitulierten sie bei ihrem gemeinsamen Casse-Croûte, was sie gegen Coudurier in der Hand hatten und wie sie bei der Befragung vorgehen wollten. Wie verabredet, rollten sie um Punkt 14:00 Uhr auf den Hof von Monsieur und Madame Coudurier: Toudic in seinem Renault und der Stabsfeldwebel auf der neuen BMW. Coudurier bat die beiden Gendarmen höflich zu sich herein. Wieder trug er einen modischen Pull Marin und eine

Cordhose. Die drei Männer nahmen Platz in der Wohnküche, wie am Vortag.

»Monsieur Coudurier, schön, dass wir Sie hier antreffen«, begann Toudic. »Es haben sich in unserem Fall seit gestern ein paar neue Fakten ergeben, zu denen wir Sie befragen wollen.«

Coudurier schaute den Hauptmann ganz entspannt und ruhig an.

»Sie haben uns gestern berichtet, was Sie am 28. August, einem Sonntag, gemacht haben. Und Sie bleiben bei dieser Darstellung?«

»Ja, natürlich meine Herren. Das habe ich Ihnen wahrheitsgemäß erklärt und meine Frau könnte das gleich bestätigen, wenn sie vom Einkaufen zurückkommt.«

Kuhlmann schaltete sich jetzt ein, in einem etwas forscheren Ton.

»Monsieur Coudurier. Sie besitzen zwei Boote, die *Gwenaëlle* und die *Gouelan*. Ist das richtig?«

»Ja, warum? Ich habe beide ordnungsgemäß angemeldet und versichert.«

»Nein, darum geht es auch nicht, Monsieur!«, stellte Toudic ruhig klar.

»Bitte verstehen Sie uns nicht falsch, aber wir müssen uns ein Bild machen. Übrigens haben Sie den Booten hübsche bretonische Namen gegeben.«

»Sie wissen doch, mon Capitaine, wir sprechen hier auf dem Land überwiegend bretonisch. Französisch habe ich unter grossen Mühen erst in der Dorfschule gelernt.«

Kuhlmann fühlte sich an ähnliche Verhältnisse in seiner Heimat, dem Elsass, erinnert. Innerlich schalt er sich aber dafür, für einen Moment ins Persönliche abgeschweift zu sein. Toudic beobachtete genau das Mienenspiel und die Körperhaltung Couduriers. Das erlebte er selten: So viel Selbstbeherrschung und Abgeklärtheit bei einem Befragten, der langsam mitbekommen haben müsste, dass es um mehr als nur um eine Zeugenaussage ging. Kuhlmann hielt den Zeitpunkt für gekommen,

213

Coudurier stärker unter Druck zu setzen und holte ein kleines Foto aus der rechten Tasche seines Uniformrocks.

»Kennen Sie diesen Mann, Monsieur?«

Dabei hielt er ihm das aktuelle Passfoto von Paul Sailer hin, das ihnen der Kollege aus Hannover zugeschickt hatte. Coudurier warf einen kurzen Blick auf das Bild.

»Nein, den Mann kenne ich nicht. Wer soll das sein?«

Vielleicht täuschte sich Kuhlmann. Aber er hatte den Eindruck, dass der Lehrer eine leichte Verunsicherung nicht mehr verbergen konnte. Auch dem Hauptmann war nicht entgangen, dass sich Coudurier für den Bruchteil einer Sekunde auf die Unterlippe gebissen hatte und er nun seine beiden Arme vor der Brust verschränkt hielt. Kuhlmann legte nach. »Trifft es zu, dass man Ihnen vor vielen Jahren einen neuen Familiennamen gegeben hat?«

»Aber meine Herren, das ist völlig absurd!«, entgegnete der entrüstete Coudurier mit lauter gewordener Stimme.

»Es kann sich nur um ein Missverständnis handeln. Das klären wir auf der Stelle: Ich hole meine Geburtsurkunde. Ich bin gleich wieder zurück. D'accord?«

Zufrieden darüber, dass sie den Befragten *peu à peu* in die Enge getrieben hatten, schauten die beiden Beamten hinter Coudurier her, als er die Küche verließ.

»Auf seine Geburtsurkunde bin ich sehr gespannt!«, sagte Toudic grinsend zu seinem Kollegen.

Ehe Kuhlmann etwas darauf antworten konnte, hörten sie, wie eine Tür zugeschlagen wurde. Beide blickten sofort aus dem großen Küchenfenster auf den Hof hinaus: Zu ihrem Entsetzen sahen sie dort Coudurier über den Hof rennen.

»Der haut ab! Putain de merde!«, schrie Toudic voller Wut. Sie sprangen auf. Kuhlmanns Stuhl fiel um. Beide liefen über den Flur nach draußen. Auf dem Hof angekommen — keine Spur mehr von dem Flüchtenden. Sie schauten sich hilflos um.

»C'est pas possible!«, fluchte Kuhlmann.

214

Plötzlich hörten sie, wie in der Scheune der Kickstarter eines Motorrades zweimal betätigt wurde. Laut keckernd sprang ein Zweitaktmotor an. Noch ehe die beiden Gendarmen darauf reagieren konnten, schoss Coudurier auf einer knallgelben Geländemaschine aus der Scheune heraus und preschte auf sie zu. Aber kurz vor dem Zusammenprall riss Coudurier die Maschine nach links herum und verschwand mit Vollgas in dem Obstgarten hinter der Remise. Instinktiv griff Kuhlmann nach seinem Pistolenholster. »Non, pas ça!«, pfiff der Hauptmann ihn barsch zurück. Wenige Augenblicke später jagte Toudic in seinem Dienstwagen mit durchdrehenden Reifen von dem ungepflasterten Hof und nahm die Verfolgung auf. Blitzschnell zog Kuhlmann seine BMW, die er neben dem Scheunentor aufgebockt hatte, vom Mittelständer und startete den Motor. Vom Jagdfieber gepackt, sauste er quer durch den weiten Obstgarten Richtung Feldmark. Obwohl der Flüchtende einen leichten Vorsprung hatte und Kuhlmann ihn kaum noch sah, musste er nur der blau-grauen Rauchfahne folgen, die Couduriers Geländemaschine hinter sich herzog. Der Auspuffqualm stank nach Äther, einem Treibstoffzusatz, der eine Maschine noch schneller machen konnte, wusste Kuhlmann. Als Coudurier vorhin mit aufheulendem Motor durch das Scheunentor gerast kam und über den Garten davonbrauste, hatte der Stabsfeldwebel trotzdem für den Bruchteil einer Sekunde einen Kennerblick auf die Geländemaschine werfen können: eine Bultaco Frontera, 370 ccm, ganz neu. Der fliehende Lehrer schien von Motorrädern etwas zu verstehen und machte auch als Fahrer eine gute Figur, musste Kuhlmann zugeben.

»Aber ich bin auch kein Anfänger, mon vieux!«, sprach sich Kuhlmann trotzig Mut zu. Dank seiner geländegängigen Bultaco konnte Coudurier die Flucht über den brach liegenden Stoppelacker fortsetzen, der sich direkt hinter dem großen Garten anschloss. Kuhlmann hingegen musste ihn mit seiner BMW umfahren und die Verfolgung auf dem parallel dazu verlaufenden und ausgefahrenen Feldweg aufnehmen. Obwohl der Stabsfeldwebel alles aus seiner BMW herausholte, vergrößerte sich der

Abstand zwischen ihm und Coudurier. Der zog auf dem abgeernteten Getreidefeld immer weiter nach links, Richtung Feldgrenze.

Auf der Höhe der hinteren Grenze des Stoppelackers wartete eine alte Holzbrücke auf Kuhlmann. Er musste Gas wegnehmen, da auf den groben Holzbohlen Kartoffeln lagen. Bestimmt waren sie einem Bauern kurz vorher beim Abtransport vom Anhänger gefallen. Nachdem er die Brücke, die über einen kleinen Bach führte, vorsichtig überquert hatte, bog er im 90-Grad-Winkel scharf nach links ab. Jetzt hatte er Coudurier wieder direkt vor sich.

»Mais qu'est-ce qu'il fout celui-là?«, schrie Kuhlmann entsetzt auf. Coudurier hatte die Maschine gewendet und fuhr zurück. Kuhlmann stoppte kurz, wusste nicht, was der Fliehende vorhatte. Coudurier wendete noch einmal und beschleunigte die Bultaco in Richtung auf den Bach. Kurz vor dem Ufer stand er im Fahren auf und riss den Lenker hoch. Im hohen Bogen flog er auf seiner knallgelben Geländemaschine über das Gewässer, landete sicher auf der anderen Seite und raste auf dem Feldweg weiter, der kurz danach zur D 75 führte.

»Quel salaud!«, fluchte Kuhlmann.

Gleich würde der Fliehende die Einmündung zur gut ausgebauten Landstraße erreicht haben, musste sich Kuhlmann eingestehen. Er selbst hatte bei seiner Aufholjagd noch etwa 250 Meter auf dem holprigen Feldweg vor sich, bis er an derselben Stelle sein würde.

Es war zu befürchten, dass Coudurier, um seinen Verfolger abzuschütteln, bald danach wieder auf einen Acker abbiegen würde, vielleicht weitab vom nächsten Feldweg. Denn der Professeur wusste, dass sein Verfolger mit der stärker motorisierten BMW auf der D 75 schneller vorankommen und ihn einholen würde. Plötzlich erkannte Kuhlmann in der Ferne ein sich rasch näherndes Fahrzeug mit Blaulicht. Toudic kam von links auf der Kreisstraße angerast. Nur wenige Meter vor Coudurier hatte er die Einmündung erreicht, bremste ab und stellte den Renault quer davor. Der völlig überraschte Coudurier versuchte vor dem drohenden Aufprall noch eine Vollbremsung, konnte die Bultaco mit ihrem aufheulenden Motor nicht mehr halten und stürzte mit der Maschine hart zu Boden. Staub wirbelte auf.

Aber er gab sich nicht geschlagen, kam wieder auf die Beine und rannte davon, um ein rechts neben dem Feldweg liegendes hohes Maisfeld zu erreichen.

»Halt!«, schrie Toudic hinter ihm her und gab einen Warnschuss ab.

Coudurier blieb stehen und reckte beide Hände in die Höhe. Es war vorbei.

28

14. SEPTEMBER 1977 – EIN TRAGISCHER ZUFALL

Bereits um 16:00 Uhr konnte das Verhör von Serge Coudurier im Büro von Toudic beginnen. Der Festgenommene hockte in sich zusammengesunken auf seinem Stuhl. Die verschwitzten Haare, sein völlig verdreckter Pull Marin und die an mehreren Stellen zerrissene Cordhose – deutliche Spuren der dramatischen Verfolgungsjagd auf zwei Rädern mit dem abschließenden Sturz. Neben Kuhlmann und seinem Chef saß eine Sekretärin als Protokollantin im Raum. Zur großen Erleichterung der beiden Gendarmen zeigte sich Coudurier von Anfang an kooperativ und ließ erkennen, aussagen zu wollen. Nach der pflichtgemäßen Belehrung über die Aussagefreiheit und über das Recht zur Verteidigerkonsultation, entgegnete er:

»Ich will endlich reinen Tisch machen und erzählen, wie alles passiert ist!«

Ohne große Umschweife kam er sofort auf Sonntag, den 28. August, zu sprechen. An diesem Sonntag habe die Gemeinde Notre-Dame du Bon-Secours ihr Pfarrfest gefeiert. Viele Leute seien deshalb auf den Marktplatz gegenüber der Basilika gekommen, um sich nach dem 10:00-Uhr-Hochamt an den zahlreichen Buden mit Essen und Trinken zu stärken. Um die Gunst der Stunde zu nutzen, habe er hier gegen 11:00 Uhr einen kleinen Infostand der UDB aufgebaut.

»Etwa gegen 11:30 Uhr trat ein Herr an meinen Stand. Zwischen uns beiden begann sofort ein angeregtes Gespräch. Der Mann, ein Deutscher, wie sich schnell herausstellte, und um die 60 Jahre alt, sprach perfekt französisch. Er sagte mir, dass er aus Norddeutschland komme und die ganze Nacht durchgefahren sei, um in der Bretagne ein paar Tage Urlaub zu machen.

‚Ich bin Dozent für Französisch an der Universität Hannover', erklärte er mir. ‚Wir haben zum Glück noch einen Monat Semesterferien!'

Zu meinem großen Erstaunen kannte er sogar die UDB und wollte ganz viel über unser neues *Programme Démocratique Breton* wissen.«

»Hat er sich Ihnen vorgestellt?«, wollte Toudic wissen.

»Nein, wir haben uns aber nach einigen Minuten bereits geduzt. Und von da ab wusste ich, dass er Paul heißt.«

Danach berichtete Coudurier, dass er den Deutschen spontan dazu eingeladen hatte, mit ihm nach St. Nicolas zu kommen, um auf seinem Hof Douar Prad bei einem typisch bretonischen Essen das interessante Gespräch über Politik fortzuführen.

»Irgendwie fanden wir beide uns von Anfang an sympathisch, fast so, als ob wir uns schon lange kennen würden. Mein neuer Bekannter Paul hat diese Einladung sehr gern angenommen und sich auch darüber gefreut, dass ich ihn mit meinem Auto mitgenommen habe. Ihm steckte noch diese lange Fahrt von Hannover nach Guingamp in den Knochen.«

Coudurier musste kurz innehalten und bedankte sich für das weitere Glas Wasser, das ihm der Hauptmann hinstellte. Obwohl er seine Aussagen konzentriert und mit fester Stimme vortrug, machte er auf Toudic einen sehr niedergeschlagenen Eindruck. Jetzt nahmen ihm die beiden Gendarmen ab, dass er alles auf den Tisch legen wollte, ohne wieder zu tricksen. Von der lässigen Eloquenz, die er gestern und noch zu Beginn des zweiten Verhörs an den Tag gelegt hatte, war nichts mehr übrig geblieben.

»Nach dem gemütlichen Mittagessen bin ich mit unserem Gast in den Obstgarten hinter unserem Haus gegangen. Dort haben wir ...«

Erstmals unterbrach ihn der Hauptmann .

»Was gab es zu essen, Monsieur Coudurier?«

»Die Kartoffeln aus unserem Garten und ganz frische Buttermilch. Das Gericht hatte meine Frau nach einem alten Familienrezept der Couduriers zubereitet.« In der anschließenden kurzen Sprechpause hörte man deutlich das Kratzen des Füllfederhalters der Protokollantin, die ihren Dienst mit regungsloser Miene verrichtete.

»Im Garten haben wir noch lange zusammengesessen, einen Kaffee getrunken, Zigaretten geraucht und ganz viel über Politik diskutiert. Voller Stolz hat er mir seine MIB-Uhr gezeigt, die er sich aus Solidarität mit den streikenden Arbeitern in Besançon gekauft hatte. Seine Nähe zu Frankreich hat mich sehr beeindruckt. Mit so einem interessierten und gut informierten Gegenüber hatte ich schon lange nicht mehr das Vergnügen. Deswegen kam mir die spontane Idee, meinem sympathischen Gast die Ile de Bréhat zu zeigen und dort den Sonnenuntergang zu erleben. Er war sofort begeistert und freute sich auf die besonderen Fotos, die er von der untergehenden Sonne schießen wollte. Vor dem gemeinsamen Aufbruch Richtung Küste kurz nach 16:30 Uhr, haben wir noch einen selbstgemachten Chouchen als Digestif getrunken.«

Einmal mehr warfen sich Toudic und Kuhlmann vielsagende Blicke zu. Coudurier nahm einen tiefen Schluck Wasser aus seinem Glas. Die beiden Gendarmen beschränkten sich weiterhin auf das Zuhören. Bis jetzt deckten sich seine Aussagen mit ihren Erkennt-

219

nissen über den möglichen Tathergang. Hoffentlich würde er bald zum Wesentlichen kommen und schließlich aussagen, wie Paul Sailer zu Tode kam, wünschte sich Toudic.

»Mit meinem Auto ging es dann zur Pointe de l'Arcouest«, fuhr Coudurier nach einem tiefen Seufzer fort.

»Ich habe im Hafen mein Motorboot, die Gouelan, klargemacht und wir konnten bei ganz ruhiger See hinüber zur Ile de Bréhat fahren. An der Nordwestspitze der Insel, am Roc'h Blat, kenne ich eine kleine, meist menschenleere Bucht. Meine Annexe, das kleine Beiboot, macht es mir möglich, dort immer an Land zu gehen, unabhängig von den Gezeiten.«

Kuhlmann bat Coudurier um eine kleine Unterbrechung und holte aus dem Aktenschrank hinter sich eine geographische Karte von der Ile de Bréhat heraus. »Monsieur Coudurier, könnten Sie uns bitte genau die Stelle zeigen, wo sie mit Ihrem Gast an Land gegangen sind, und wie Sie mit ihm danach die Insel erkundet haben!« Coudurier orientierte sich kurz auf der Karte, zeichnete mit seinem rechten Zeigefinger den Weg von damals nach und gab den beiden Gendarmen kurze Erklärungen dazu.

»Mein Gast war nicht gut zu Fuß und wir mussten mehrmals eine Pause einlegen. Natürlich war mir nicht entgangen, dass er diese orthopädischen Schuhe trug. Aber er wollte möglichst viel auf der Insel sehen und beklagte sich nicht, im Gegenteil.«

Der Hauptmann konnte die Spannung kaum noch aushalten und unterbrach Coudurier an dieser Stelle. »Wann waren Sie am Leuchtturm an der Nordspitze?«

»So gegen halb neun.«

»Was ist dann in den nächsten Minuten passiert?«,fragte er mit einfühlsamer Stimme. Coudurier sammelte sich kurz, bevor er auf Toudics Frage einging. »Wir standen etwas unterhalb des Leuchtturms am Rande des großen Felsens und warteten auf den baldigen Sonnenuntergang. Paul konnte sich gar nicht sattsehen an diesem wunderbaren Ausblick auf den Strand und das unter uns brausende Meer. Wenn ich ihn mir von der Seite betrachtete, bekam ich…« Toudic griff nicht ein, ließ Coudurier Zeit.

220

»Ich bekam immer mehr den Eindruck, dass der Besuch der Insel ein Wiedersehen für meinen Gast bedeutete. Er genoss ganz still diesen Augenblick, schaute lange gedankenversunken in die Ferne und stellte mir keine Fragen mehr.«

»Kam es dann trotzdem zu einem Streit zwischen Ihnen beiden?« Coudurier schien diese Frage gar nicht wahrgenommen zu haben und schwieg. Toudic sprach ihn nochmals an.

»Kam es zu einem Streit?«

Coudurier holte tief Luft und ging ganz leise auf die Frage ein. »Er hat mir dann plötzlich anvertraut, dass er im Krieg längere Zeit als Besatzungssoldat in der Bretagne gewesen sei.

‚Du musst das verstehen, Serge', hat er mir zögernd erklärt, ‚ich war damals so jung, naiv und voller falscher Ideale!' Ich wollte ihn beruhigen und habe ihm gesagt: ‚ Es war Krieg, Paul. Du hattest keine andere Wahl. '

Danach ist er ganz erleichtert gewesen. Nach einer Weile hat er seine Brieftasche aus dem Anorak gezogen und daraus ein Foto genommen.

‚Serge, ich hatte hier die Liebe meines Lebens gefunden, aber dieser verfluchte Krieg hat alles kaputt gemacht!'

Ich habe mir das Foto angeschaut, das mir Paul nichtsahnend hinhielt. Blitzartig wurde mir etwas Schreckliches klar. Vor Erregung konnte ich kaum weitersprechen. Ich schrie ihn an:

‚Das ist meine Mutter!'

Paul wurde aschfahl.

‚Du bist dieser Dreckskerl! Du hast meine Mutter geschwängert und dich dann aus dem Staub gemacht! Ist dir überhaupt klar, was du damit angerichtet hast?'

In Toudics Büro herrschte völlige Stille. Die beiden Gendarmen schauten betroffen nach unten. Nur die Sekretärin saß regungslos an ihrem Platz, den Füller griffbereit in ihrer rechten Hand. Toudic befürchtete schon, dass Coudurier in Tränen ausbrechen könnte, aber er fing sich wieder und setzte seine Aussage fort.

»Deutschen-Hure haben sie meine Mutter hier gerufen und mich als verfluchten Nazi Bastard beschimpft!«

Paul habe gestammelt, das alles angeblich nicht gewusst zu haben. Er sei doch bis 1955 in russischer Kriegsgefangenschaft gewesen und habe danach mehrfach versucht, mit den Rious in Grâces Kontakt aufzunehmen, aber immer ohne Erfolg.

»Das habe ich ihm aber nicht abgenommen. Er hat dann sogar versucht, meine Hände zu ergreifen, und mich angefleht, ihm zu verzeihen. Da konnte ich nicht mehr, und ich habe ihn im Zorn von mir weggestoßen. Dabei hat er das Gleichgewicht verloren und ist nach unten in die Tiefe gestürzt.«

Coudurier brach in einem Weinkrampf zusammen. »Das war keine Absicht!«, wiederholte er immer wieder schluchzend. »Bitte glauben Sie mir. Das war wirklich keine Absicht!«

Voller Mitgefühl reichte ihm Kuhlmann eine Packung Papiertaschentücher. Als er sich einige Augenblicke später wieder gefasst hatte, konnte das Verhör weitergehen. Toudic wollte wissen, warum er nicht Hilfe geholt habe.

»Herr Hauptmann, ich bin in Panik über den Felsen zum Strand hinabgeklettert. Aber es war zu spät. Paul war bereits tot. Dann habe ich ihm die Papiere abgenommen und aus Angst davor, ins Gefängnis zu kommen, bin ich zu meinem Boot gerannt. Ich wollte nur noch weg von der Insel!«

»Aber vielleicht lebte er noch und Sie hätten ihn retten können?«, gab Toudic vorwurfsvoll zu bedenken. »Nein, bestimmt nicht!«, wehrte sich Coudurier.

»Während meines Wehrdienstes in Vannes bin ich zum Sanitäter ausgebildet worden. Ich weiß, wann jemand tot ist!« Nach einem kurzen Blickkontakt mit Kuhlmann nickte Toudic der Sekretärin zu und erhob sich. »Monsieur Coudurier, für heute machen wir Schluss. Sie kommen in Untersuchungshaft und werden dem Haftrichter vorgeführt. Morgen geht es mit dem Verhör weiter. Es gibt noch einiges zu klären.« Coudurier hielt den Kopf gesenkt und schaute regungslos auf die Tischplatte. Wahrscheinlich erreichten ihn Toudics Worte gar nicht mehr.

»Fahrlässige Tötung oder Totschlag mit bedingtem Vorsatz? Die Staatsanwaltschaft in Saint Brieuc muss darüber entscheiden.« Als ein Beamter eintrat, um ihn aus dem Büro in eine Zelle zu bringen, rief Coudurier mehrfach verzweifelt aus:

»Das habe ich wirklich nicht gewollt!«

Beim Hinausführen drehte er sich noch einmal traurig zu den beiden Gendarmen um und sagte mit tränenerstickter Stimme:

»Er war doch mein Vater!«

EPILOG

Eine Woche später fand in Toudics Büro eine besondere Dienstbesprechung statt. Toudic hatte seine Kollegen Kuhlmann, Le Gall und Guillou für um 16:30 Uhr dazu eingeladen. Auf dem Tisch standen Kaffee, Tee, Mineralwasser und zwei große Glasschalen mit Sablés Bretons und Galettes, den leckeren bretonischen Keksen.

Heute Morgen, vor seinem Dienstantritt, hatte der Hauptmann in einer Pâtisserie am Marktplatz von Guingamp noch einen Far Breton gekauft. Diese Konditorei bot den besten bretonischen Backpflaumen-Kuchen der ganzen Gegend an. Toudic hatte gerade seine drei Kollegen dazu ermuntert, sich zu bedienen, als die Tür vorsichtig geöffnet wurde. Atemlos betrat Kristine Martensen den Raum und entschuldigte sich für ihre Verspätung. Der Hauptmann begrüßte sie herzlich und machte sie mit Le Gall und Guillou bekannt.

»Kristine war zum ersten Mal nicht pünktlich. Sie scheint langsam eine von uns zu werden!«, dachte er amüsiert.

Niemand hier im Raum wollte einen Triumph feiern, aber die vier Gendarmen waren stolz, dass sie nach gut zwei Wochen intensiver Ermittlungsarbeit endlich die Bréhat-Akte erfolgreich schließen und den Fall an die Staatsanwaltschaft in Saint Brieuc abgeben konnten.

Seit einigen Tagen stand auch fest, dass die Blutreste unter Paul Sailers Fingernägeln von Coudurier stammten.

Schon nach wenigen Minuten konnte man in dem Raum fast sein eigenes Wort nicht mehr verstehen. Alle unterhielten sich angeregt miteinander. Le Gall und Guillou, stellte Toudic belustigt fest, umringten Kristine und überhäuften sie mit Fragen zu dem Fall, interessierten sich aber auch für ihre Arbeit als Assistante d'Allemand am Pavie. Nachdem sich alle scheinbar gut gestärkt hatten, bat Toudic um ihre Aufmerksamkeit.

»Chère Kristine, chers collègues!

Ich danke meinen Kollegen für die engagierte, gemeinsame Fahndungsarbeit. Stück für Stück haben wir den komplizierten Fall aufklären können. Wie die Umstände zu bewerten sind, die zu Dr. Paul Sailers Tod geführt haben, überlassen wir jetzt der Justiz.«

Plötzlich war es im Raum ganz still geworden. Dieses traurige Ende einer tragischen Vater-Sohn-Beziehung ließ sie alle nicht unberührt.

»Ganz besonders bedanke ich mich bei Ihnen, liebe Kristine!«, fuhr der Hauptmann nach einer kurzen Pause fort. »Sie haben uns ermöglicht, eine Spur nach Deutschland aufzunehmen und die grenzüberschreitenden Hürden zu überwinden. Ohne Sie hätten wir das nicht geschafft, denn Sie haben mit den Augen einer Frau auf diesen kniffligen Fall geschaut und uns zum Durchbruch verholfen. Noch einmal ganz herzlichen Dank dafür!«

Alle vier Gendarmen spendeten kräftigen Beifall. Die ob des Lobes etwas beschämte Kristin ergriff das Wort, um sich zuerst bei ihrem Vorredner zu bedanken und fügte schließlich noch hinzu: »Ich bin aber auch sehr glücklich darüber, dass ich an der gemeinsamen Suche nach der Wahrheit teilhaben konnte, und danke Ihnen dafür, dass Sie mich stets ernst genommen haben. Wir waren es dem Toten schuldig, dessen Leben am 28. August auf der Ile de Bréhat tragisch zu Ende ging! Erlauben Sie mir bitte eine abschließende Anmerkung: Gerade erreichte mich eine Meldung aus Hannover: Gaby Lindow, eine alte Schulfreundin, studiert dort Französisch an der Universität. Die gesamte Universität sei bestürzt über Dr. Sailers tragisches Ende. Zwar sei er

224

ein Eigenbrödler gewesen, so berichtete mir meine Freundin weiter, aber an der Uni habe er einen hervorragenden Ruf als Dozent genossen und sei seinen Studentinnen und Studenten stets mit großem Respekt begegnet. Die Hochschule werde sich dafür einsetzen, dass seine sterblichen Überreste bald in die Heimat überführt werden und er in Hannover ein würdiges Begräbnis bekommt.«

Die vier Gendarmen hatten ihr aufmerksam zugehört. Nach einer kleinen Pause ergriff Kristine die Gelegenheit und wandte sich direkt an Toudic und Kuhlmann. Beide legten sich gerade ein Stück Far Breton auf ihren Teller. »Messieurs, darf ich Ihnen noch ein paar Fragen zu dem Leben von Marie-Hélène und ihrem Sohn stellen? Einiges ist mir immer noch unklar geblieben.«

»Ja, natürlich!«, ermunterte sie der Hauptmann.

»Hat Ihnen Coudurier erzählt, wie es seiner Mutter nach ihrer Verhaftung ergangen ist?«

»Ja, in der Tat. Im zweiten Verhör haben wir von ihm erfahren, dass sie heimlich als Dolmetscherin für eine Résistance-Zelle in Plouha gearbeitet hat, zeitgleich zu ihrer Liaison mit Paul Sailer. Aufgabe dieser gaullistischen Widerstandsgruppe sei gewesen, den von den Deutschen abgeschossenen britischen Piloten nachts und mit Hilfe der Royal Navy zur Flucht über den Ärmelkanal zu verhelfen.

Nach ihrer Festnahme durch die deutsche Feldpolizei am 25. Oktober 1941 habe man sie in ein Straflager nach Le Mans verschleppt. Dort musste sie in einer Munitionsfabrik für die Nazis schuften.«

Kristine nickte kurz und überlegte einen Augenblick.

»Wie war es ihr unter diesen Umständen möglich, ein Kind zur Welt zu bringen, das überleben konnte? Das kann ich mir kaum vorstellen.«

Kuhlmann schaltete sich jetzt ein. »Marie-Hélènes Eltern haben nach Couduriers Aussagen französische Milizionäre und Gendarmen, die in diesem Lager den Wachdienst für die Nazis verrichteten, mit Geld und Lebensmitteln bestochen. Deswegen

225

konnte der kleine Serge gleich nach seiner Geburt heimlich aus dem Lager herausgeschmuggelt und zu den Großeltern nach Grâces gebracht werden.«

Kristine nickte nachdenklich. »Und wie haben sich dann Mutter und Kind nach der Befreiung im Spätsommer 1944 wiedergefunden?«

Toudic, der sich gerade seine Mundwinkel mit einer Serviette abtupfte, griff nach der Bréhat-Akte, die in Reichweite auf dem Tisch lag.

»Kristine, am besten lesen Sie sich selbst in dem Protokoll des zweiten Verhörs die Passage durch, in der Coudurier das alles erzählt. – Einen Moment bitte.« Der Hauptmann blätterte in dem umfangreichen Dossier bis ganz nach hinten und reichte ihr den schwarzen Ordner. »Voilà. Ab hier schildert er genau, was Sie wissen wollen!«

Kristine nahm einen Schluck Kaffee, wischte sich ihre leicht verschwitzten Hände an ihrer dunkelroten Jeans ab und begann in dem aufgeschlagenen Protokoll zu lesen:

»Sehr viel später habe ich erst erfahren, dass meine Mutter mich gleich nach ihrer Befreiung eines Nachts aus Grâces abgeholt hat. Auf keinen Fall hätte sie dort bleiben können, weil sich viele Dörfler immer noch gut an ihre Beziehung zu einem Nazi-Offizier erinnerten.

Diese Frauen der Schande und der Collaboration Horizontale, wie man sie verächtlich nannte, mussten für den rachsüchtigen Mob auf der Straße als Sündenböcke herhalten. Es gab viel Lynchjustiz gleich nach der Vertreibung der deutschen Besatzer. Oftmals waren die Opfer Frauen. Deswegen ist sie mit mir sofort nach Paris gegangen, wo uns niemand kannte. Dort bin ich aufgewachsen. Maman hat es als Putzfrau und Bedienung in Kneipen irgendwie geschafft, uns durchzubringen. Kontakte nach Grâces gab es nicht mehr.

Erst als meine Großeltern 1954 schwer erkrankten und La Métairie Neuve nicht mehr alleine bewirtschaften konnten, ist Maman mit mir nach Grâces zurückgekehrt.

226

Obwohl alles damals schon mehr als zehn Jahre zurücklag, hat man uns im Dorf geschnitten. Maman galt nach wie vor als Kollaborateurin und Verräterin.

Sie hat ihren Eltern noch tapfer geholfen, aber sie sind beide im Dezember 1954 vor Gram gestorben.

Der Tod ihres in Indochina gefallenen Sohnes Gilles hat ihnen endgültig das Herz gebrochen. Nachdem meine Mutter nach Omas und Opas Beerdigung den stark verschuldeten Hof verkauft hatte, sind wir nach Paris zurückgekehrt.

Ich war erst zwölf Jahre alt und habe das alles nicht richtig verstanden. Gerne hätte ich Maman geholfen. Sie war immer so traurig. In Paris hat sie wieder in Bars und als Putzfrau gearbeitet. Männer kamen und gingen. Eines Morgens, wenige Monate nach dem Tod meiner Großeltern, habe ich sie tot in ihrem Bett aufgefunden. Waren es die Spätfolgen ihrer Internierung in Le Mans oder zu viel Alkohol, Tabletten und Zigaretten in den Jahren danach? Der Arzt, der ohne viel zu fragen den Totenschein ausgestellt hat, wollte es nicht näher wissen.

Gleich nach Mamans Tod hat mich die staatliche Fürsorge in ein furchtbares Waisenhaus gesteckt.

Aber ich hatte Glück: Kurze Zeit später sind Monsieur und Madame Coudurier plötzlich aufgetaucht, ein kinderloses Ehepaar aus der Nähe von Tréguier, und haben mich da rausgeholt.

Die anschließende Adoption klappte schnell. Monsieur Coudurier war ein Kriegskamerad und guter Freund meines Onkels Gilles und hatte von meinem Schicksal erfahren. Die Couduriers haben mich sehr freundlich bei sich aufgenommen und waren immer gut zu mir. Zwar musste ich auf ihrem kleinen Gehöft Douar Prad in Saint Nicolas hart mitarbeiten, aber ich durfte auf das private Landwirtschaftsgymnasium in Penvénan gehen und dort mein Abitur ablegen.

Das Schulgeld haben meine Adoptiveltern klaglos bezahlt, wie auch danach die fünf Jahre an der Universität in Rennes. Was waren sie stolz, als ich nach dem Studium eine gute Stelle an meinem alten Gymnasium, dem Lycée Agricole de Penvénan, fand!

Leider sind beide nicht alt geworden. Nach ihrem Tod vor einigen Jahren habe ich alles geerbt.

Meine Frau und ich wohnen seitdem auf dem Hof der Couduriers. Die dazugehörigen Felder haben wir alle verpachtet.«

Kristine klappte ganz behutsam die Akte zu.

Kuhlmann und Toudic, die ihr gegenüber saßen, schauten sie fragend an. Die beiden Beamten kannten sie in der Zwischenzeit gut. Ihrem Schweigen und ihrem nachdenklichen Blick entnahmen sie, dass die junge Frau noch etwas klären musste, um mit dem Fall abschließen zu können.

»Messieurs, eine letzte Frage: Wissen Sie zufällig, ob Marie-Hélène Riou mit ihrem Sohn jemals über dessen leiblichen Vater gesprochen hat?«

»Er hat das an einer Stelle des Verhörs erwähnt und uns erzählt, dass die Frage nach seinem Vater bis zuletzt ein Tabuthema gewesen sei. Seine Mutter habe ihm einmal gesagt, dass sie ihm alles darüber erzählen werde, wenn er größer sei«, antwortete Toudic.

Der Hauptmann erhob sich langsam. Es war Zeit zum Aufbruch. Er ging auf Kristine zu und schüttelte ihr fest die Hand zum Abschied.

»Kristine, bei Ihrem Spürsinn, den sie in den letzten zwei Wochen bewiesen haben, – hätten Sie nicht Lust, Polizistin zu werden? Die Kollegen in Deutschland stellen gerade vermehrt junge Frauen ein. Das habe ich kürzlich in einer Fachzeitschrift gelesen.«

Die junge Deutsche lächelte ihn an. »Danke für das große Kompliment, Monsieur Toudic! Nein, ich arbeite weiterhin daran, in ein paar Jahren an einem Gymnasium zu unterrichten! Das bleibt nach wie vor mein großes Ziel.«

Ein letztes Mal blickte sie versonnen auf die geschlossene Bréhat-Akte. Dann drehte sie sich wieder in Richtung Toudic und sagte ihm zum Abschied:

»Aber ich könnte mir vorstellen, eines Tages einen Roman über diese tragische Geschichte zu schreiben. Qui sait?«

FIN

DANKSAGUNGEN

Mein langjähriger Freund Eugen Schneider hat als Germanist und Historiker dankenswerterweise das anspruchsvolle und mühselige Lektorat übernommen. Bei dieser Arbeit ging es ihm nicht nur um sprachliche Belange, sondern er half mir auch dabei, für gedankliche Klarheit zu sorgen und historische Authentizität beim Erzählen sicherzustellen.

Auch danke ich meiner Frau und unseren Kindern. Sie alle haben mich während der gesamten Schreibphase unterstützt und beraten. Ich bedanke mich bei meinen Söhnen Martin und Joseph für die Gestaltung des zum Lesen einladenden Buchcovers. Dabei gilt meinem Sohn Joseph ein besonderer Dank:

Zusammen mit seiner Frau Jesika waren die Beiden in der Endphase des Schreibens für den aufwendigen sprachlichen und inhaltlichen Feinschliff an meinem Roman mit verantwortlich. Außerdem wäre es mir ohne Joseph und Jesika kaum gelungen, den Roman nach außen zu kommunizieren.

Zwei langjährige bretonische Freunde aus Saint Brieuc, vormals Guingamp, standen mir von Anfang an beratend zur Seite. Ich konnte mich jederzeit hilfesuchend an sie wenden, wenn es darum ging, ein möglichst stimmiges und realistisches Lokalkolorit der Bretagne zu zeichnen.

»Merci braz, chère Viviane et cher Maurice!«

Für alle sprachlichen und inhaltlichen Fehler bin nur ich verantwortlich.

GWENN HA DU –
DIE FARBEN DER BRETAGNE

Bei ihrem morgendlichen Routinerundgang auf der malerischen Kanalinsel *Ile de Bréhat*, ganz im Norden der Bretagne gelegen, finden zwei Beamte der Gendarmerie Nationale aus Paimpol am 20. August 1977 eine männliche Leiche am Strand. Kam der Mann durch einen Unfall ums Leben, oder steckt ein Verbrechen dahinter? Niemand scheint den Toten ohne Papiere zu vermissen. Nach vielen Rückschlägen stoßen Hauptmann Jean-Yves Toudic und seine Kollegen schließlich auf eine mögliche Spur, die zurückgeht auf die „années noires", die dunklen Jahre Frankreichs unter der deutschen Besatzung zwischen 1940 und 1944. Kristine Martensen, eine junge deutsche Sprachassistentin am Gymnasium von Guingamp, erklärt sich bereit, den Ermittler bei diesem mysteriösen Fall zu unterstützen.

Die handelnden Personen sind frei erfunden. Aber sie sind alle authentisch eingebunden in die historischen Strukturen der Bretagne in einer längst vergangenen aber nicht vergessenen Zeit.

Das Buch macht die Leserinnen und Leser bekannt mit der rauen Schönheit der Bretagne, die mit ihren keltischen Wurzeln zu den Sehnsuchtsorten in Frankreich zählt. Bei seiner historischen Recherche konnte der Autor auf viele Gespräche mit deutschen und französischen Zeitzeuginnen und Zeitzeugen zurückgreifen. Das Haus in Guingamp, das in dem Roman eine besondere Rolle spielt, kennt er sehr gut aus eigener Anschauung. Er hat darin einige Monate gewohnt.

Im Rahmen der historischen Recherche zu dem Roman haben diese drei Publikationen weitere Einblicke in die Okkupationszeit von 1940 – 1944 gegeben:

Christian Le Corre

– *Bretagne occupée, Photographies inédites des soldats allemands,* 1940 – 1944, Rennes 2015

Cécile Desprairies

– *Sous l'œil de l'occupant allemand – La France vue par l'Allemagne 1940 – 1944*, Paris 2010

Irène Némirovsky

– *Suite française*, Paris 2004

Michael Scherfenberg studierte Französisch und Geschichte in Göttingen. Im Studium sammelte er während eines Schuljahres als Deutschassistent erste Berufserfahrungen an einem Lycée in der Nähe der bretonischen Kanalküste. Nach dem Referendariat und dem II. Staatsexamen im Raum Koblenz unterrichtete er 34 Jahre lang an zwei Gymnasien in Hannover, davon die letzten 14 Jahre als Studiendirektor im Stadtteil Linden. Seit 2016 lebt er im Ruhestand. Mit seiner Frau wohnt er in einem Vorort von Hannover. Das Ehepaar Scherfenberg hat drei erwachsene Kinder.